京师学术随笔

桐荫梦痕

体验与感悟

钱中文／著

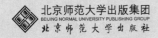

北京师范大学出版集团
BEIJING NORMAL UNIVERSITY PUBLISHING GROUP
北京师范大学出版社

图书在版编目(CIP)数据

桐荫梦痕：体验与感悟／钱中文著.—北京：北京师范
大学出版社，2013.1(2014.4重印)
（京师学术随笔）
ISBN 978-7-303-14668-0

Ⅰ.①桐… Ⅱ.①钱… Ⅲ.①随笔-作品集-中国-
当代 Ⅳ.① I267.1

中国版本图书馆 CIP 数据核字（2012）第 142729 号

营 销 中 心 电 话	010-58802181 58805532
北师大出版社高等教育分社网	http://gaojiao.bnup.com
电 子 信 箱	gaojiao@bnupg.com

TONGYINMENGHEN

出版发行：北京师范大学出版社 www.bnup.com
　　　　　北京新街口外大街 19 号
　　　　　邮政编码：100875

印　　刷：北京京师印务有限公司
经　　销：全国新华书店
开　　本：155 mm × 235 mm
印　　张：20
字　　数：279 千字
版　　次：2013 年 1 月第 1 版
印　　次：2014 年 4 月第 2 次印刷
定　　价：39.00 元

策划编辑：赵月华　　责任编辑：杨　帆
美术编辑：毛　佳　　装帧设计：耿中虎
责任校对：李　菡　　责任印制：孙文凯

跋涉的命运（代序）

　　我喜欢跋涉，我的命运就是跋涉！

　　从小到大，从童年到老年，生命就是长途跋涉！

　　我喜欢跋涉，我的生命的诞生，就汇入了不见尽头的跋涉！

　　跋涉，是红黄蓝白黑挥洒的酸甜苦辣，是几次跌入生死相依的人生况味！跋涉，它的前头总有什么点点闪耀，宛若年轻孤独的情书的祈求，有如没有回答、只有忍受的情爱！

　　跋涉，是天风海雨，仲春丽日；是冷月黄沙，秋水长天！跋涉，是我不变的青春的激烈忠怀，还有那散落着灵动飞雪的残梦点点！跋涉，是声震灵魂的"贝九"的《欢乐颂》，那人间的生之颂歌；跋涉，也是我同乡回环往复的悲凉的《二泉映月》，那迤逦在长街陋巷凄苦的弦音袅袅！

　　跋涉，是斗室枯坐的不尽旅程，无止境的

苦涩的自我酿造，却是越过了那疲劳的顶点，那点点滴滴的感悟之灵泉！跋涉，是骑车上班路上刹那灵感的一痕闪电，是无意倒下的流淌的苦汁，却酿成了一束束收获的欢快！

跋涉，是求新、求变、创新！虽然坎坷处处，荒芜中飘逸着几许悲怆，一旦推石上山，却如银瀑千尺，谱写着生命的流畅一片！

跋涉，是生命的再生！我自知会在哪个驿站，悄然倒下，不无伤感，但会留下些微的喜悦！在潮涨潮落的祈求中，在疲惫的执著中，一个身影，轻啸悠长，正笨拙地舞向再生之欢唱！

我喜欢跋涉，我喜欢跋涉的生命，还有那跋涉的命运！

目　录

中 编

下 编

附 录

上　编

季羡林先生二三事

历史、人生的体验与感悟

我认识季羡林先生是 1993 年的事。这年 3
月，我应邀出席在中国澳门召开的"东西方文
化交流——历史与展望"研讨会，出席会议的
有大陆和澳门、香港、台湾地区的学者以及一
些研究东方文化的外国专家，其中老一代的著
名学者有季羡林、任继愈、饶宗颐、梁披云诸
先生。

20 世纪 80 年代开始，中国走出几十年的封
闭状态，中西文化交流日益频繁，学者们竞相
介绍西学，以为自身处处不如别人，时时把西
学中的论述奉为圭臬，西化思想相当普遍。比
较文学、文化研究得风气之先，一些学者常常
强调中西学理的共同处，确实如钱锺书先生所
说："东海西海，心理攸同；南学北学，道术未

裂。"在中西文学、文化比较研究中相互印证。随后提出了中西学识之不同,不宜笼统接受西学中的各类思想,当做我们建设新文化的范本。在这一过程中,季老是反思得最为深刻的一位学者。

在澳门会议上,季老做了《嘉宾演辞》,又以《东方文化和西方文化》做了大会报告。季老在两文中,一是强调文化的多元化;二是指出中西文化体系的同与异,它们各自提高了人的本质,推动了人类的发展;三是认为东西方思维不同,我们要弄清它们各自的长短,才不至于在文化交流中产生盲目的现象。季老认为,西方人轻视东方文化,出自民族偏见,为时已久;中国人看不起自己的文化,则是一种短视。在他看来,任何文化都有一个发生、繁荣、逐渐走向衰微的过程。西方文化曾经独霸天下,但由于其思维方式是分析型的,对自然只知索取、征服,发展至今,引发了无数严重的社会弊病。东方型思维是综合性的,在对待自然方面是倡导"天人合一",现在正是以后者来补充、纠正、丰富前者的时候。在人类历史上,"东西文化总是互为主导"的,于是提出了"三十年河西,三十年河东","河西河东行将易位"的观点。季老说,倡导"三十年河西,三十年河东",并"不是要消灭西方文化,西方文化为人类带来了巨大的幸福,今天我们的衣食住行哪一个也离不开西方文化。我只是说,到了今天,西方文化已经是强弩之末,必须以东方文化为主,在西方文化已经过的基础上,保留其优点,校正其缺点,把人类文化的发展推向一个新的高峰"。

其实,这些观点,季老早在 20 世纪 80 年代末就提出来了,在那时的一片西化声中,它们真是发聋振聩,使人耳目一新。季老的观点,随后不断受到商榷、嘲弄、批评。不过我们看到一个有趣的现象,那些浸淫于西方文化的批评者,对于中国自身的文化所知甚少,而且总把西方文化的某些优点与中国文化中的弱点甚至糟粕相比较,以彰显西方文化的优势,算是驳倒了季老的思想。季老就在 1996 年 3 月写的一篇文章中写道:"许多人(包括我自己在内)对东西文化了解研究得都还不够深透，有的人连我的想法了解得也不够全面，不够实事求是却唯争论是尚。"对于西方文化发展中所发生的严重问题，一些著名的外国学者也在反思，并有所发现，而且在寻求更新之路，他们不约而同地把目光转向了东方文化。季老提到的有施本格勒、汤因比等。其实活了 102 岁、在21 世纪初去世的德国哲学家伽达默尔，就与一位中国学者说过："中国人今天不能没有数学、物理学和化学这些发端于希腊的科学而存在于世界。但是这个根源的承载力在今天已枯萎了，科学今后将从其他根源找寻养料，特别要从远东找寻养料。"他不知不觉地又重复了季老的预测："二百年内人们确实必须学习中国语言，以便全面掌握或共同享受一切。"伽达默尔与季老真是想到一起去了，他们知识渊博，经历丰富，感受到几千年来历史兴亡、丕变的内在搏动，经历过世界风云的不断变幻，所以都能以整体、综合的观点，宏观的历史眼光，宽阔的地理境界，来看待东西文化中的变化。这正是他们对历史、人生的体验与感悟了！当然，对"为主"说、"易位"说究竟如何理解，还是值得进一步探讨的。

在东西文化交流中，西方文化由于长期处于强势地位，所以在输入、输出方面赤字极大。过去我们奉行的是"拿来主义"，季老认为，今天我们应持"送去主义"，即将我们文化中的优秀部分送出去；而不是把什么大侠的"稀世神功"、江湖郎中的狗皮膏药、毫无文化内涵的杂要小技送出去，倒人胃口。随着我们国力的日渐强大，西方国家也开始正视急速发展中的东方国家，西方人也有着迫切的需要来了解我们文化的奥秘。现今我们正在做着"送出去"的工作，"送去主义"的思想，显示了季老深邃的历史感和时代的责任感。

艺术性、"失语症"与美学的根本转型

1995 年 7 月、8 月间，中国中外文艺理论学会在山东师范大学举行成立大会，学会、学校方面拟请季老前来指导。季老因年迈不宜外出，

未能到会，但托刘烜教授带来了一篇书面发言——《现代中国文学史研究回顾》。我们当然十分高兴和感谢，并请刘烜教授在大会上宣读了他的论文，后来编入了由我和李衍柱教授共同主编的《文学理论：面向新世纪》。季老的文章提出了一个文学史界和文学理论界时常遇到的问题，即思想性和艺术性问题。季老一反潮流，认为："评定文学作品首要标准是艺术性，有艺术性，斯有文学作品。否则，思想性再高，如缺乏艺术性，则仍非文学作品。"他说："写文学史，应置艺术性于第一位。只要艺术性强而新，即使思想性差一点，甚至淡到模糊到接近于无，只要无害，仍能娱人，因而就是可取的。"季老认为："文学史家往往不重视艺术性，而艺术性最重要的表现工具，我认为是语言文字。"西方人用有形态变化的文字写诗，而"汉文没有字母，只有单个的字，每一个词就等于一幅画。它没有形态变化"。汉文妙就妙在它的模糊性，模糊性迫使人们要具有整体概念、普遍联系的观点。西方强调概念清楚、科学，季老长期也想用它们来说明中国的文学理论，但思考的结果，觉得难以如愿，他认为这是被中西两种不同的思维方式、不同的审美情趣所决定的，中国的"可以意会不可以言传"的东西，禅宗主张"不立文字"的办法，西方人难以理解，所以特别要注意不同的语言特征，重新来撰写中国文学史。关于艺术性的位置，长期以来，已成定规。季老贯通中外，所见甚多，而今推重艺术性，这也是他长期接触中外艺文的体验，也是他长期做学问的感悟，可备一说。这一问题由于季老登高一呼，倒是大大促进了学术思想的解放。

1995 年深秋，刘烜老师给我电话，约我在一个星期天一起去看望季老，我说我与季老不很熟悉，不妥当吧？其实就在这年的 4 月 20 日，我参加一个会议，季老也出席了，中饭时我们同桌并肩而坐。由于第一次一起用餐，我有些拘谨，和季老说话的朋友较多，所以我和季老没有说上几句话。这次刘烜老师说：季老想了解一下当前文艺理论研究的情况，我推荐你去比较合适；并说季老想给《文学评论》写稿子，想听听你的意见。当时所里正要让我接任《文学评论》主编，听说季老要给《文学评论》写稿子，自然喜欢，老一辈学者的稿子越来越少了，都属于"抢救"对象了，所以我立刻表示同意。

12 月 12 日，我与刘烜老师先在北大校门口见了面，然后慢慢走进了朗润园，沿湖走了一段。刘烜老师指着湖中的一片残荷说，这荷花相传是季老种的，夏天湖上一片青翠，半湖荷花，园中人称它"季荷"。刘老师是季老家的常客，到了季老家里，谈话毫无拘束，我也十分松快，向季老问好。此时刘老师和季老正在策划禅学研究的丛书，谈得很是投入；随后我谈了在 1993 年春在澳门的一段往事，季老听后呵呵一笑，连说："幸亏你，幸亏你!"原来那次会议间小憩，大家在走廊里闲聊，台湾历史学家张振东教授要和季老合影，让我拍摄，之后我与季老转到会场侧门想进会场。走廊与会议场地有一很低的台阶，由于灯光较暗，不易觉察，季老进去时显然踩了个空，身子往前一冲，我这时正在他的左边，右手赶紧拽住他的左臂，算是扶正了他，这让我出了一身冷汗，而季老连忙向我道谢，我们相对一笑，算是进一步认识了。这次在季老家里，大家谈了一会儿文艺理论研究中的问题。我说季老要给《文学评论》写稿子，我们无任欢迎。接着季老就文艺理论中的某些问题，谈了不少意见，而且还拿了一摞稿纸向我示意，我们几人也说了一些看法。后来据刘烜老师说，他与季老来往，从未见过季老拿出稿子示人，可见他的态度是十分慎重的，也表示了对客人的尊敬。季老爱猫，家里有几只猫，只见有的在打瞌睡，有的到处乱转。告辞时，季老直把我们送到门口道别，相约以后再见。

后来，我就收到季老寄来的稿子，并附有一信。我看过后立刻让其他编委审读，表示这些年来，老学者们由于气候关系，很少发表文章，我们要改善学术环境，要尊重老学者们的学术成果，只要自成一说，便优先刊出，这就是发表在《文学评论》1996 年第 6 期上的那篇《门外中外文论絮语》。季老在这篇文章中谈到他最近读了一些论文，涉及我国文论中的所谓"失语症"问题。他说这一问题提得很好，近百年来，西方文论不断传播过来，文艺理论中充满了外来语，中国文学理论面对西方文论几乎是"失语"了。20 世纪 50 年代，苏联专家来华讲文学理论，课堂设在人大，他也去听了，涉及东方文学，错误甚多。但是照他现在的看法是，西方文论是有"话语"的，自然未曾"失语"，不过一涉及中国文学，他认为患"失语症"的不是我们的中国文论，而是西方文论了。他以为我国文论不是赤贫，而是满怀珠玑，自有一套不同于西方的文论话语。中西文论的差别不在形式上，而是在思维方式上，只有从根本上弄清楚了两者的差异，才能深入到中西文论的相互关系中去。西方思维立足分析，凡事求个清清楚楚，但世间事物极为复杂，难以做到这点；而东方综合思维主张整体，从普遍联系中了解事物，自有它的长处，这是符合当前兴起的模糊科学与混沌科学的。可贵的是季老对当前自然科学、科学思想领域发生的事十分清楚，他指出："最近半个世纪以来发生的事情，是西方向东方靠拢的朕兆。这种朕兆在二十一世纪的前沿科学中，必然会表现得更明显。"十五六年过去了，季老的预言，在今天的自然科学、人文科学研究中，早已露出端倪，显示了其科学的洞见。想想我在前面引述的伽达默尔的话，我觉得伽达默尔关于"二百年内"的预言，不知是否会提前一些到来呢？

次年 5 月 16 日，我和刘烜老师又一次去看望季老，谈了他提出的命题所引起的一些争论。他说，和我"商榷""批评"过去就有，早在意料之中，对于一个新的说法，没有争议反倒是不正常了。他说他有一篇谈美学的稿子要给我，观点与当今流行的美学不一样。我们闲谈不久，就有两拨外地的老师，有的邀请季老为他们的会议题词，有的要求他当他们的一套丛书的学术顾问，一时小小的房间里挤满了客人。我和刘烜老师商量，想先行告辞，好腾出时间和地方，让季老接待外地和边远地区的老师，他们来趟北京，找季老谈事，实在不很容易。季老示意我们稍稍等待一下，等那些客人走后，我们又闲谈了一会儿，一起在他住所东面约五六十米开外的一家小饭馆用了午饭才散。

稍后季老寄我《美学的根本转型》一文，刊于《文学评论》1997年第5期上。他认为中国近代美学主要受到西方美学影响，是舶来品，我国美学家们在西方美学的范畴里兜圈子，难以出新。他讲到作为感性学的西方美学，基本上只限于眼和耳，研究眼视之美与耳听之美，而忽略了鼻、舌、身三个方面，从"美"的词源出发，美源于五官中的舌头，不同于西方。季老提出有以心理为主要因素的美，如眼与耳；也有以生理因素为主的美，如鼻、舌、身。所以我国美学必须重起炉灶，把生理与心理感受的美融于一体，寻找建立新的美学体系之路。这也是一位老学者关于美学创新的精深的思索。

季老不遗余力地提携后进，令人感动。2000年6月10日，我与童庆炳教授主编的《新时期文艺学建设丛书》第一辑6册（至2002年出版了6辑，收入了我国当代36位不同年龄的文学理论家的著作，后因出版问题只得停止）首发式在京举行，这辑丛书收有童庆炳、胡经之、孙绍振、张少康、朱立元和我的著述。季老寄来了书面发言，他说："这一套丛书是对我国文艺学研究的重要贡献。著作这几部书的先生我差不多都认识，感谢他们为我们中国自己的文艺学做出的成就。我一直认为，中国有自己的博大精深的文艺理论，这是西方所望尘莫及的，但是一定要归纳整理出来。现在这几位先生做了这项工作，这是令人很欣慰的事情。""丛书通过不同年代人的优秀论文理清了新时期文艺学的发展轨迹，应当说是中国文艺学发展中很有历史意义的事情。"季老的贺词热情洋溢，使与会者深为感动，也使我们作为丛书的主编深受鼓舞。季老虽已高龄，但对学术前沿问题十分了解，与年轻学者是心连心的，因而永葆学术的青春。

日常闲谈中的季老

1998年夏，我主编的苏联哲学家、文艺理论家《巴赫金全集》中译6卷本（2009年合补遗为7卷本）出版，我与刘烜老师商量想送一套给季老，刘老师很是赞同，由他安排在1999年1月20日的上午。我和刘烜老师去后，发现延边大学的王文宏老师也在。1996年夏天，我应邀去延边大学讲学时与她认识的，1998年她去北大师从季老进修时，受延大中文系之托，送我一套延大出版社出版的大型《中国国民党党史》。这次我送给季老一套《巴赫金全集》，然后粗略地介绍了一下巴赫金其人及其学术成就。

季老听完后说：奇怪！在一些国家，一些有学问的知识分子怎么都要受到迫害？可能这些知识分子凭着自身的人格与学问，著书立说，坚持独立的精神、自由的思想，不肯轻易盲从别人，故而受尽折磨，能够活着过来，真是不容易啊！"文化大革命"中我蹲牛棚，让我看守35楼女生宿舍的大门。我去35楼时是不走大路的，专走小路，那排房后面原无路可走，平常也没有人去，那里到处是人粪狗屎。走到底，无处可走了，才转上大路，随后赶快再寻找无人的背阴小路，怕见人啊，怕连累人啊！人的心态被扭曲到这种地步！

季老说：在牛棚里，他想来想去，觉得无事可做，就想着把《罗摩衍那》翻译出来。但白天又不好办，晚上就一段一段阅读《罗摩衍那》，把大意记在小本本上。白天带着小本本"上班"，看看没有险情，就拿出小本本逐句斟酌、修改。从1971年到1981年一直在翻译此书。说来可笑，要是没有"文化大革命"这场厄运，就不会有我的这部翻译了！他说，你们也要把"文化大革命"中的遭遇记下来，不记，就会淡忘掉的。我连忙说，是要记的，是要记的，记下来，就是历史，否则，很多历史片段就不见了。

由于是随便聊天，季老谈到他在德国求学时的情况。他说在德国十年，实际上是饿了十年。平常吃的是小鱼和着面粉做的面包，第一天吃还可以，但第二天就不想吃了，吃了肚里尽胀气，可那时只有这种食物供应，不得不吃。谈起他在大学里的学习，他说一位德国老教授80多岁了，和他相识后，非要把自己的全盘知识传授于我，中国武师教拳，都会留一手的，他倒好，毫无保留地传授于我，回国后我真是终身受用，这也是缘分吧。季老说他自己的工作方式特别，晚上9点钟就寝，清晨4点起床，随即工作到7点，这段时间脑子特别清楚，写作起来也无人打搅，效率特高，已几十年了。谈起文学研究所诸家，他兴趣盎然，问起杨季康，我说她是外文所的，他说他几次参加外文所的会议，从未见到她出席，我说她平常是不去所里的，而刚去世的钱锺书先生，文学所分家时留在了文学所。后来我们说到他熟悉的文学所的老人一一走了，其中有王伯祥、俞平伯、余冠英、吴晓铃、吴世昌、孙楷第、蔡仪等。外文所也有一批人作古了，如冯至、卞之琳、潘家洵、缪朗山等。不知一个什么话头，话锋一下转到新诗问题上来。季老说：新诗是失败的，我的看法可能很简单。闻一多、林庚、卞之琳都主张新诗是有形式的，而我以为新诗只是断句的散文文句。一次我与冯至谈起此事，冯至大不以为然。接着谈起文学所的敏泽，季老说，他的《中国美学思想史》未能在三届中国图书奖中入围，该书在香港评价颇高，在内地则无人置评，据说《思想史》首发式邓力群、贺敬之等人都参加了，还有蔡仪也参加了。我说敏泽是很用功的，他的著作的首发式我也参加了，由于该书写于"文化大革命"之后不久，仍然贯穿了阶级斗争这根线索，所以不同意见颇多。他主持《文学评论》，采稿单一一些，不过这段时间也很难办，上面有时要反自由化，于是一方说《文评》"左"了，可一方说他右了，有人径直给他打电话，责问他怎么登了某某人的稿件？这段时间，学者们不愿写文章，一些刊发出来的文章，又霸气十足。由于我与他学术上有些交往，所以他有时还可向我诉诉苦。1995年他病倒了，领导要我接手《文学评论》，我不愿干，后来所里领导第三次和我说这是院里的决定，我想我也许还会有求人的地方，比如要求扩大一些住房呀，也就答应了。这次在季老那里闲聊，无所不谈，十分愉快。刘烜老师提议说，季老最近发表的一篇文章得了奖，要请客。季老来了兴致，忙说可以可以，那我们就出去吃饭吧。于是大家穿衣戴帽，准备外出，这时几只猫躺在一旁，季老特地对我说，他家的猫现在是三小一大。三只小猫是好品种，是上猫谱的，大猫则躺在冰箱上看着我们。

出得门来，我们在朗润园池塘的西边走了一段。冬天，这里平常来人不多，路也坑坑洼洼，不大好走。小路曲曲弯弯，老树枝干在风中微微摇摆，池里残荷一片，伸出有如铁骨一般的枯枝，参差错落，有的折断后斜立水面，像水墨画一般，我想这是季老特地让我们来欣赏这段冬景的吧，果然是别有情趣的呢！

出得校门，我们缓缓而行，王文宏老师扶着季老，绕过蔚秀园，进了一家在去颐和园的十字路口西南角的、装修成类似附近农民开办的小饭店。菜肴以素为主，土气很重，是以"农家乐"为特色的。我看老人饭量适中，食欲不错，大家吃得高兴。在结账时，老板拿出一个刚烤好的全麦面包，说是专门为季先生准备的，算是感谢季先生光临的礼物。这时我才知道，原来老板还是个文化人，是认识季老的。余下的菜肴与馒头，季老都叫打了包，说晚上加热一下，可以当他的晚饭了。

21世纪初，季老主编的"东方文化集成"出版，实践了他将东方文化"送去主义"的主张，我曾著文祝贺。这套丛书，聚集了我国各方面的东方学家，进行专题撰写，规模宏大，种类繁多，显示了东方文化的恢弘与精深。在首发会议上我又见到过季老，但后来见面的机会甚少，他的李姓秘书接我电话后，总要详细地审查我与季老的各种关系，我也就懒得联系了。

2007年年初，我收到季老的三本著作，一本是他的《相期以茶——季羡林散文集》，这是他80年的散文精选，有64万余字，读着它们真让人心旷神怡。散文集还收有各个时期季先生以及与友人的合影，真是图文并茂，其中我在给季老介绍巴赫金时的一张照片也被收了进去，使我感到十分惊喜和荣幸。这时我读到季老的《清塘荷韵》，知道了"季荷"的来历，原来这朗润园池塘里以前都是些水藻，现在的荷花，是季老亲手撒下的种子开的花。季老在塘边等了两年，第三年夏天，池面曾经长出过五六个叶片，使他高兴得不得了。到第四年，从池水里窜出来的荷叶，一下竟盖满了半个池塘，而且后来竟是满池荷花，一片清香，荷韵如画，让季老每天要在塘边徘徊多次，真是赏心乐事朗润园呢！季老爱荷，还特地刻了一枚圆形印章"季荷"，并收入了这本散文集。据刘烜老师说，季老说过，这满池荷花是他留给后人的一笔最宝贵的遗产。另一本是《牛棚杂忆手稿本》，季老在扉页写道："这一本小书是用血换来的，/是和泪写成的。/我能够活着把它写出来，/是我毕生的最大幸福，/是我留给后代的最佳礼品。"季老以亲身的遭际，真实地揭露了"中国历史上最野蛮、最残暴、最愚昧、最荒谬的一场悲剧，它给伟大的中华民族脸上抹了黑。我们永远不应该忘记"。在面对严酷的历史与现实、说真话这点上，人们常常把季老与巴老并提。第三本是季老主编的丛书"中国禅学丛书"中季老在各个时期关于禅学的论文集《禅与文化》。他与刘烜共同主持这套丛书，涉及方面极广，极力拓展禅学这块地域，大大地深化了我国的禅学研究，对禅学研究做出了贡献。他以为总结我国古典文学理论，禅学是一个不可或缺的方面，启发我们后人。

　　季老去世前几年，我一直没有机会与他联系，有好几次只闻友人对他病情的描述，为他的病情深感不安，直到他去世为止。

　　季老的去世，使当今以营利为目的、极其浅薄的媒体和季老的后人，立刻活跃起来。他们把季老当成了炒作对象，迅速把他明星化，又是什么采访，又是快速出书，以自己的低俗趣味，搜集季老的所谓"桃色新闻"，又是什么"性压抑"、性忍耐，通过另类"弑父情结"发泄愤懑，真是令人扼腕。季老的治学精神、素朴文采、诚信品格、崇高人格，对于今天的社会、学术界是多么需要啊！

2010 年 9 月 20 日

"我们这些人实际上生活在两种现实里面"

——忆钱锺书先生

20 世纪 70 年代末 80 年代初，锺书先生几次出访欧美等国家，载誉归来，澄清了不少传闻。随后不久，听说过去文艺界的一位头面人物，有意出访欧美，想邀先生同行，他自当团长，锺书先生为副团长，锺书先生婉言谢辞了。我想这样挺好，先生可犯不着去为他更衣换装的。

后来我与先生的往来多了一些。70 年代末，我可以自由地说话、写作了。80 年代初，因写作《文学原理》，我先与同行合编一套《现代外国文艺理论译丛》，曾写信给锺书先生，向他求教可供翻译的外文书籍。锺书先生很快给我回信，谈起情报所一位先生主持的《现代西方社会科学手册》，收有一篇北大年轻老师写的有关西方文论的述评，是经他推荐的。此文的写作，曾经得到先生的不少指点，先生建议我与情报所商量一下，借阅一下原稿，后来不知什么原因，我未去成。他认为述评中所开列的作者与书名，都很准确。同时我也开列了一份书单，先生说我开列的书单，有的著作已过时，其中如卡西尔的《语言与神话》，他认为是"一本基本经典"，《管锥编》就引用过两次；而另一部为结构主义开路的普洛普的《民间故事形态学》，他认为把这本书译出来应"是当务之急"。此书我原与一位搞民间文学的朋友商量由他译出，因国内当时就他有原著，书又不肯借出来，他也答应由他翻译，但一晃已是多年，人事全非，看来是胎死腹中了。先生还讲到卡勒的《结构主义诗学》是本"叙述周备而平允"的著作，这些指点都开阔了我的视野。

我在50年代的大学生活里，已逐渐地抹平了自己的原有的鲜活的个性，"文化大革命"前，进一步受到"左"倾文艺思潮的左右，所以对于领导号召批判这、批判那的各种举措，从未怀疑过，成了一个"跟跟派"。60年代我在一篇文章里，曾批评了所谓资产阶级人性论，涉及了外文所（原是文学所分出去的）的几位先生。当生活正常下来后，我觉得人和人的关系应该是真诚的。因此在我初步反思了过去学术思想上的失误之后，见到曾被我提过的先生，我就向他们表示歉意，以获得人家的谅解，这样我们就有了相互的了解与共同的语言。

1983年年初，中国社会科学院准备在8月底9月初，由锺书先生主持召开第一届中美国际比较文学研讨会，双方各出十人。是年3月，锺书先生通知我撰写苏联文学理论家巴赫金的理论问题，参加这次国际学术会议。当文章写好后，我就送稿子给锺书先生审阅，并附了一信。在信中简要地表示了过去在我身处绝境时，先生是我亲属之外的唯一人性地对待我的人，在残酷的年月，给了我人间的温暖和生之信心，久久不能忘怀；表示了我对过去的反思，在上面提及的文章中，我也曾涉及杨先生翻译的《名利场》一书的序言。锺书先生很快给了我回信，说见我信后，"我们俩极为感动"，信中引了两句杜诗："丈夫声名动万年，记忆细故非高贤。"（"声"原诗为"垂"）先生说："上一句是我们对你的期望，下一句是我们对自己的鞭策。请不要有记忆包袱。"杨先生则做了附笔。两位先生的话，显示了长者的豁达大度，给了我莫大的鼓励与安慰。

八九十年代我国兴起的巴赫金研究，实际上是和锺书先生的推动分不开的。自60年代我国开始所谓"反修"以来，外国文艺思想被极"左"思想搞到极度混乱的境地；同时文学研究所几十年不订外国杂志，也使我们到了双目失明的地步。外文方面的文学理论书籍已中断了几十年，图书馆里虽有巴赫金的零星著作，但我并未看过。及至这次锺书先生要我就巴赫金写成文章，并要在两个月内写出，这给了我很大压力，于是我立即进入了状态。我知道《世界文学》曾于1982年刊出过巴赫金的《陀思妥耶夫斯基诗学问题》第一章的译文（夏仲翼先生译），同时还刊有夏仲翼先生写的《陀思妥耶夫斯基的〈地下室手记〉和小说复调结构问题》一文。这是当时介绍巴赫金的全部中文资料。至于巴赫金的原文著作，80年代初，我国图书馆里仅有两种，一为《陀思妥耶夫斯基诗学问题》，一为《文学与美学问题》（论文集），英文材料当时不易找到。

我阅读了一个多月的原著，觉得巴赫金的文艺思想十分独特，这是我过去从未接触过的，和其他苏联文学理论是大相径庭的，有关评论巴赫金的俄文资料当时也相当难找。于是围绕复调小说写了一篇文章《复调小说及其理论问题》，指出这一理论的独创性及其对后世文学创作的影响，同时也提出了一些不同的看法。此文交给锺书先生后，不久就接到先生一字条，说文章写得有自己见解，很用工夫；缺点是未将此一理论与同类文学现象进行比较研究，考虑到要译成英文，为外国与会者提供讨论的文本，这次只好这样了。锺书先生说得对，我的文章未作比较，这实际上是个难题，因为我刚刚接触巴赫金，理解他的理论，理清它的线索就很不易，加上80年代初的知识有限，所以要做"比较"，暂时无从做起。参加这次会议的美国哈佛大学斯拉夫语文系唐纳德·方格尔教授提供了类似的一篇论文，它一方面介绍了巴赫金当时鲜为人知的一些传记材料；另一方面也侧重于对复调小说理论的探讨。由于我们两人论题有些重叠，会有不同观点，于是在研讨会上，一些学者力图挑起我们两人在理论上的争议，但我们两人的论文只是形成了互补，未能激起针锋相对的争论。会上，方格尔教授提供给我的一份研究巴赫金的文献目录，是很有价值的。西方从 20 世纪 60 年代中期起至 1983 年 6 月止，在研究巴赫金方面，大约出版了几本小册子与发表了 120 篇左右的论文（不包括苏联在内），而我国则刚刚开始。我听到参加这次会议的王佐良教授说，20 世纪 80 年代初，在国外与西方学者进行学术交流时，总是听到巴赫金、巴赫金的，不清楚巴赫金是什么人，这次中美学者共同讨论这一问题，大体使人了解了巴赫金其人及其学术地位，很有帮助。而此时锺书先生对西方掀起的巴赫金热早就看到，所以当西方学者提交的论文中有巴赫金的论题时，也就让我来做这方面的文章了。

巴赫金是 20 世纪独树一帜的哲学人类学家、美学家、文学理论家，他的学术思想，比苏联的美学家、文学理论家的著述加在一起，更富独创精神，更有意义和更丰富。通过这次会议，外国人知道了在中国也有学者在研究巴赫金的著作。1983 年 10 月，我就收到香港大学比较文学系的邀请书，要我这年 12 月参加他们召开的一次有关文学理论的国际学术讨论会，我因来不及准备论文，未能去成。1984 年春，美国专门研究巴赫金的学者霍奎斯特夫妇，来京作短期逗留，与我约会，谈了不少国外研究巴赫金的情况，他们自己则已写完《米哈伊尔·巴赫金》一书，即将出版，等等。后来我国学者培养了好几位研究巴赫金的博士，出了专著，有关巴赫金的论文也日见增多。1996 年，我与巴赫金遗产继承人鲍恰罗夫教授取得联系，并无条件地获得巴赫金著作中文版权后，与白春仁等教授一起，主编并出版了中译 6 卷本《巴赫金全集》，进一步普及了巴赫金。而在我自己的著作中，则借鉴巴赫金的对话理论，给以阐发，努力使之成为我的文学观念的组成部分。可以这样说，锺书先生是促成我国研究巴赫金的始作俑者。

这次国际学术研讨会，学术组织工作极好，讨论问题相当宽泛，显示了中美两国比较文学研究的实力。锺书先生的大会开幕词，充满了交往对话的精神，得体而富睿智与幽默。他用中英两种语言交替演说，赢得了中外学者的阵阵掌声！

　　大约是1986年的8月，邻居许国璋先生托我下班回家时，顺便为他给锺书先生送篇他的文稿，请锺书先生提提意见。我与锺书先生约好后，回家时就去了他家。锺书先生的大客厅进门是会客地，往里就算是工作室。几个书柜，书并不多。他充分依靠图书馆的书，随借随看随摘随还，所以他过去图书馆跑得很勤，与一般学者喜欢买书的习惯是大不一样的，不过，他案头新的外文杂志不少。这次我去，正值他身体健康不算太好的时候。我一到，他就用无锡话和我交谈。他说，他主要是血压高，低压到了110，而且没有感觉，所以医生嘱他要严格休息。他自己也无精神看东西，他说连西德、法国出他的小说、论文集的序文，他都不看，主要是没有精力。因此对许国璋先生的文稿只好表示抱歉了，让我如实转告许先生，许先生是不会见怪的（许是他的学生）。

　　随后他谈到前不久，一位年轻人，通过院领导转给他看稿子，他翻了翻，觉得错误不少，引了些美国末流教授的话，真没价值，他对这种学风表示不满。此人还说到，神话的"表层结构""深层结构"是他发明的，先生对此很不以为然，认为这些说法，中国文论中有的是，中国的文字也分表里的。他说现在不少文章的引文，你去核对一下，就会发现走样了，有的完全走样了，不知道它是从哪里引来的。

　　锺书先生接着说，搞文学理论研究不容易，我一生搞理论，搞得很苦，理论研究要有自己的见解。现在不少人都在说新理论，其实在外国人那里，早已不是什么新的了，结构主义已经过时，我们过去不清楚，现在仍在大搞，也真是没有办法呢！托多罗夫已经改弦易辙，有本叫《批评之批评》的，可以看看。这是我第一次听到先生自己说，他一生是在搞理论的。一般认为，他较多地是研究古籍、古代文论与古代文学的，而且年轻时还搞创作。

　　我还说，现在理论上各种各样的说法都有，很需要把外国的东西有计划地介绍过来，让人多多了解。锺书先生马上接着说，那自然要的，但怎么介绍？你看看，介绍那些外国理论的人，真正弄清楚的人不多，倒往往是他被人家的理论介绍了。我忍不住哈哈一笑，连连说，正是这样，正是这样，这种情况很多，作者其实并不清楚自己的对象，却是摆着架势，这类文章，读者读得自然莫名其妙。

先生说：我看到一些文章，错误太多，一知半解。我看你们研究室很活跃，就一篇关于主体性的文章说了不少意见（指我当时在文艺理论研究室主持的关于主体性的讨论会），真是，文章经不起推敲，这可是不行的呢！澳大利亚的一位哲学家说，真正的好文章在于证明为什么是错误，而一般文章都是在证明自己的正确。如果反过来看看自己的不足，笑话就可能会少了。然后谈到当时有人提到"忧患意识"的问题，先生说，这一问题外国人七八十年前就讲了，我在三四十年前的《谈艺录》中也谈过的。

锺书先生对法国作家萨特的评价似乎不高，但对卡夫卡十分推崇。他说，卡夫卡说过：得到了出路，并不就是得到了自由。我说，这话是很深刻的，实际情况往往就是这样。这时，先生就从书柜里拿出他的《七缀集》，打开第29页，给我看他的引文。我说，我很喜欢卡夫卡的小说，我们都是通过他描写的"城堡""审判"，走进了20世纪80年代的。锺书先生笑了一笑，接着说，卡夫卡可以好好研究一下的。然后先生带着感叹的语调说：中文啊，我们这些人实际上生活在两种现实里面，一种是小说的现实，一种是生活的现实，看看好的小说，对照对照这两种现实，各有启发，是很有意思的呢！

锺书先生的这次谈话，内容丰富，一些看法切中时弊，十分中肯，对文学理论现状的不少评语，充满睿智，所以给我的印象很深。使我尤为感佩的是，他对中外文学理论发展的现状与趋势，相当熟悉，而且了如指掌。对于外国文艺理论中出现的新现象，他都能及时把握；他对于我们刚刚讨论过的有关问题，甚至一些人的发言，也能及时阅读，这对于一位已经接近八旬高龄的学者来说，实在是难能可贵。他未写作有关当前文学理论问题的文章，但他了解当前的种种理论现象，因此他的思想总是处在学术前沿。他的关于生活在两种现实里面的说法，我也是第一次听说。这使我了解到锺书先生的精神生活的一个侧面，即对于一位文学理论家来说，他大体面对两种现实，在小说阅读与对现实的体验的相互激荡中，来进一步欣赏虚构的东西与体验现实真实的东西，从中获取心灵的愉悦与灵感。

后来锺书先生身体一直不算太好，我也不忍去打搅他，只是逢年过节打个电话问候。每逢他在电话中知道是我，立刻就使用家乡话和我谈话，这有时使我感到突然，一下还反应不过来。在得知我大病之后，他便驰书表示慰问，使我感动；有时来信，表示几句抱歉，说所里把我的信送到他那里去了，拆开一看内容，才知是我的信。我也发生过好几次类似的情况，并且至今一些给我写信的人，大约深受锺书先生名字的影响，老要给我改名，把我名字里的中字加上金字偏旁，好些信件，干脆把我的姓也改成了"钟"，这也是无可奈何的事。

现今，锺书先生被一些人写成各种样子。就中国社会科学院前后领导，就写出了不同的钱锺书，仔细一看，都是在把先生往自己的思想框架里塞，这也是名人的不可避免的命运。在政者描绘钱锺书如何与当局合作，并且加油升温；不在政者则极力写其相反的一面，阐扬其特有的独立不羁的风采。但是我们心中自有一个真实的锺书先生的形象！

有的人则把先生描绘成一个粗俗的人，无缘无故抡棍子打人的疯子，逼死女婿的人，等等。这样的散文与写法，一看就知道存心不善，企图给锺书先生抹黑，把"文化大革命"逼死人的罪责，转嫁到锺书先生身上去了（何况他所写的那些所谓"看在眼里"等细节描写全是一种杜撰，要知道被描写的锺书先生那时根本"不在场"），而且现在还用嘲弄的口吻，描写惨遭"516"悲剧的家庭与死者，这做得实在太过分了！至于人，都有俗的一面，看在什么场合表现了。在集中营里，在抓"516"的一片肃杀之中，说些俗话，说不定还可以缓解一下生活之无聊与伤痛，使人松弛一下神经，解构一下那些圣者之虚伪面目的呢！

至于借"诗坛泰斗""理论名家"的评语，来说明锺书先生的著作不过是"七宝楼台，炫人眼目，碎拆下来，不成片段"的东西，这自然是一种看法。不过，锺书先生的东西，目前还没有人真能把它"碎拆下来"，因为如果要做到"碎拆下来"，实际上就得把《谈艺录》《管锥编》真的拆碎以后来读，谁会这样愚蠢地来读书的呢？你要读先生的整本的书，你就拆碎不了他的思想。对锺书先生的吹捧、炒作是存在的（锺书先生估计到一种现象，他说一旦学问成了"显学"，是会被人庸俗化的），但是这些成分会被历史不断清除，而不断净化着的。

历史已经证明：锺书先生的《谈艺录》《宋诗选注》《管锥编》和小说《围城》，是会长久地流传下去的！

20世纪的中国文学理论，将会记上锺书先生的杰出的贡献的！

（原载《中华读书报》，2002年8月25日）

7月，这潮湿而闷热的7月

——怀念何其芳同志

我总想就其芳同志写点什么，写他常常使我怀念的真诚与宽厚，他的率真，他的质朴。虽然，别人已写了很多。

那是1977年的7月，这致命的7月，潮湿而闷热的7月！

他因大量吐血，已被送进了医院。住院前几天，在文学所的一次会议上，他就运动中那些纠缠不清的事而发怒了。我见过他多次发怒的情景，但一般只是生气、发牢骚，而这次显得那么激动，极不耐烦。他说，所里的业务工作已荒废了十多年了，现在要赶快搞上去，怎么总纠缠那些事呢？接着他站了起来，生气地说，我们还要不要搞业务？谁愿纠缠过去的事，就让他继续去干吧，但这样的会我以后不参加了。

我知道其芳同志平日很爱争论，勇于亮出自己的观点，但这次说出这样的激烈的话，我还是第一次听到。大概，他是忍无可忍了。这时他已满脸通红，语言已不利索。我知道，他有病，有好些病。血压总是高，而且意识之流常常受阻中断，形成语塞，后来得知，这就是轻度的脑血栓了；而愤怒会使他血压骤然增高，这于他健康极为不利。于是大家劝他平静下来，而会议显然难以继续，只好不欢而散。

第二天就传来了不妙的消息。原来昨天会后回到家里，其芳同志一反常态，显得焦躁异常，难以休息。晚上工作了一段时间，到半夜竟是大口吐血了。这悲伤的消息使文学所陷入了惶惶不安的气氛之中。行政方面安排所里的同志去医院轮流看护病人，每逢这种情况，说明病人病情不轻。十分突然的是，这次其芳同志是胃癌出血。

我去看他时已在几天之后，轮到我值班。我进入病房时脚步很轻，但他听到了我和另一同志的说话声音。见此情景，我赶忙向他打了招呼。他要我坐下，我忙说，你只管安心休息，有什么事，招呼我就是。过了一会儿，他说他很寂寞，所里无人理解他。我知道前几天的事仍萦绕于他的脑际，赶忙安慰他说不要去想这些事了，以后再说，现在养好身体最要紧；我们大家都理解你，支持你工作，你放心吧。说实在的，多年来没有一个领导人和我这样平等对话了。他的话感动了我，他在我面前没有掩饰，没有拿一副标准的、原则的脸给我看。因此使我的心为之一动，两眼突然湿润起来。他眼睛闭着，又继续对我说：我怎么能休息，我好些事还未做呢，我的文章的清样不知来了没有？你们组里的工作……

我一面答应一面打断他的话，劝他着急不得，等病好了再说，他大概感到有点累了，就不说话了。

但是不到半小时，他突然招呼我，说屋里闷得很，让我开一下电扇。我赶忙说，电扇一直开着呢，是不是有点闷？我看了一下窗外，一片铅色，有如迷雾，湿热难忍。他接着说：我气闷极了，你快扶我坐起来。

我见他挣扎乱抓，就上前扶他的手和背，叫他轻轻地、慢慢地，不要动得太厉害。刚扶起一些，他突然"哇"的一声，大口大口地呕吐出深褐色的已经淤积了一段时间的血来，吐得床单、我左手手臂、我衬衣左胸一边都是血。我吃惊不小，连忙拉起枕头，扶他靠着，然后急忙叫来了护士，护士一见这等情景，立刻转身就跑，叫来了大夫，进行急救。

这时我感到一阵冷战，一股痛楚的感觉，紧紧地捆住了我的心。我的心里轻轻地唤呼着：唉，其芳同志，其芳同志！两眼一热，终于忍耐不住滴下了眼泪。接着我打了电话，叫来了所里同志，后来家属也来了。以后其芳同志长时间处于昏迷状态，有时清醒过来，就要家人把他的校样取来，说他要工作……等我再去看他时，他已完全昏迷……

其芳同志的逝世，使文学所呆木了许久。好些业务工作刚做了筹划，开了个头，可突然又中断了，打散了，失去了头绪。

我开始认识其芳同志，是在 1959 年 9 月，那时我刚被分配到文学所。我在国外学习时，就很向往到文学研究所工作，现在幸运终于落到了我的头上，自然十分高兴。来到文学所之前，只知道其芳同志是位诗人，也零星读过他的一些文章。一到文学所，其芳同志就接见了我们，他简单介绍了一下文学所的情况，说我们可以根据自己的专业和意愿，选择自己愿去的研究组，他很想我们中一些人去文艺理论组。这第一个印象使我极为振奋，觉得他很开明、随和，没有架子，可以对话。后来果然如此，比如在称呼问题上，不久我们看到文学所的年长同志和青年同志，都亲切地叫他其芳同志，连姓都不带，于是我们也就这么称呼他了，而见了面称他何其芳同志反而会不习惯；至于在研究人员中间，我从未听到有人称他做何所长的。

当时文学所正在搞"反右倾"运动，气氛神秘得很。文学所的几位领导，好像都去过庐山，为彭德怀同志帮过腔，都成了运动重点。后来知道，副所长唐棣华同志是黄克诚同志的妻子，我才恍然大悟，怪不得文学所如临大敌一般。看看大字报，只见她"反"这、"反"那，如此这般。这还了得，光这些帽子就会把人吓死了。至于对其芳同志和蔡仪同志，则要我们几个刚到文学所的年轻人，查阅他们过去的著作，从中彻底揭发他们的"右倾"思想，等等。

我先读了他 20 世纪 50 年代前的《画梦录》《刻意集》和《夜歌和白天的歌》，读完一遍后，未发现其中违反总路线、大跃进与人民公社"三面红旗"的地方，不过这么一翻阅，倒引起我的兴趣来了。我看到了痛苦的诗人的他，有对光明的追求和向往，也有对孤独生活的忧伤与叹息。读他的《论〈红楼梦〉》，觉得见解独到，论说新颖，文字如行云流水，显示出了一个批评家的独特风格，读着使人愉快。其中关于典型"共名"说，富有创见，令人信服，但是这一论点在大字报上是被当做人性论观点加以批判的。而我知道，一些新来文学所的年轻同志，都反复地阅读过这本书，作为自己学习写作批评文章的范本。

"文化大革命"前几年，我印象中其芳同志没完没了地做检讨。"反右倾"这次运动，上面整他整得很厉害，那些人都是些"武林高手"，他怎么顶得住？检讨做了三次才通过，听的人都听够了，而他也真有耐心，当然每次都要加码上纲。其实，其芳同志就管一百多人，值得他费那么大的心力去写检讨吗？只不过是他有些书生气，别人觉得他好对付而已。我们那种整人方式是很独创的，上面有纠纷，有病，总到下面来找替身，找出气筒。说穿了，就是要下面的人代人受过。1962 年提出"以阶级斗争为纲"，其芳同志又作了检讨，检讨了跟不上形势，有糊涂观念，右倾思想，等等。历次检查，他都很认真，检讨内容都用道林纸写成详细提纲，并且像他写稿子一样，规规矩矩，字迹工整，这不知要消耗他多少精力和写作时间。有一年，有关领导要他写篇纪念《讲话》的时评。其芳同志回到所里对人说，他觉得很为难，由于他常常写这类文字，再写也没有新意了，没有什么好说的了。后来，他为此自然受到了批判。

作为历次运动中的一员，其芳同志不仅代人受过，同时也奉命批判别人。他多次说过，他最不喜欢写这类政论性文章，写不好，但又不得不写。他最喜欢写的是关于阿 Q、《红楼梦》、诗歌创作研究、小说评论、论争性的文章，而且写了不少。可以看得出来，他处在一种矛盾的心态中。一方面，他无力超越运动的局面，在上级领导下搞批判，诚心诚意地干。因为对他来说，不这样做，就是"失职"，就要检讨，为此，他的虔诚使他吃了不少苦头。另一方面，他的身上始终存在着诗人的气质、理论家的真诚和勇气。他总认为文学研究所是搞学术研究的，要不断拿出经得住时间考验的东西来，因此，他尽量维护真正的文学研究，竭力为广大研究人员争取正常的研究条件。三卷本《中国文学史》正是在他领导下抓出来的。因此，他除了写批判文章外，同时还写了大量的理论性的研究文章。今天看来，这后一类文章中，不少是可以经受住历史的检验的。

　　"文化大革命"期间，下干校后，其芳同志被分配去养猪。那时他已是快 60 岁的人了。我常在木工棚里，见他矮胖的身子肩挑两桶猪食时东斜西歪的艰难步履，后来更不行了，他就拄着拐棍挑东西了。小猪常常闯出猪圈，跑到田野里去。其芳同志发现后，就叫着"啰啰啰""啰啰啰"地到处去追寻。一天黄昏，下着雨，大家都在宿舍里，不知是谁大叫一声："猪跑出来了!"其芳同志连忙穿上胶靴，披上塑料雨衣，拄着根竹竿，一脚深、一脚浅地到野地里追猪去了。接着从远处传来了一阵阵"啰啰啰""啰啰啰"的苍凉的唤呼声，在雨蒙蒙的中原大地低低地回荡着。我的心不禁一震，急速地跳动起来，在雨天烂泥地里去赶回一窝走散的猪，对一个身强力壮的小青年来说，也是够呛的，何况对于其芳同志呢？我想前去助他一臂之力。但阶级斗争的弦立刻从反面绷了起来，因为那时我的处境比他还不如，在这个如此冷酷、残忍的世界上，我如去了，说不定还会给他带来麻烦。于是只好在宿舍门口听那叩击心弦的"啰啰啰"的声音在夜幕雨帘中渐渐远去。大约半小时后，"啰啰啰"的声音又由远而近。一阵骚动之后，其芳同志回来了，在灯光的闪动中，只见他满身泥水，两脚歪斜地支着疲惫不堪的身子，回到了宿舍。想到他这一阵正犯着病，有时还不断地发出"头痛啊! 头痛啊!"的叫喊声，我的心感到一阵难以忍受的痛苦和不安。

运动中间，虽然有些人互相摧残，但也有不少人自己虽被摧残过而始终不去摧残别人，其芳同志就是其中之一。他有着一颗水晶般透明、黄金般珍贵的心。他获得"解放"后，并未像有的人那样扩大着仇恨的心，而是对各类人都一视同仁，不存芥蒂，这需要宽厚的胸怀。不过，他对有的人却明显地怀有憎恶感。1975年，《红楼梦》等"研究"闹得不亦乐乎，文学所的大批力量闲得无事可干。在一次会议上，其芳同志很有情绪地说："有人出于好心，劝我给姚文元写信，承认一下过去的错误，为文学所领点业务工作。笑话！我怎么会去干这种事！我向姚文元检讨什么，姚文元算什么？文学所跟他有什么关系？我是共产党员，党员有组织性，我们有党组织……"其芳同志对丑类的不满之情和蔑视，可说溢于言表。大家怕他的话引起麻烦，就把话题岔开了。1973年和1974年间，他在一些会议上心情极为不平地谈起了有人在北京图书馆做有关《红楼梦》报告时批判了他的"共名论"。他之所以极为不满，主要是当时他被剥夺了发言权、发表权，他的意见得不到申述的机会。他说这种做法不光明正大，他要辩论，要求有答辩的权利。但是直到"四人帮"垮台，他始终也未能得到这一权利。

由于工作关系，我常听到其芳同志关于研究工作的一些经验谈，它们至今给我启发，给我教益。

1959年其芳同志建议我去文艺理论室时我没有去，当时我想，我过去接触的主要是俄罗斯文学，其他文学虽也了解一些，但从未深入思考过，所以不敢贸然答应。前面讲到"反右倾"运动中，要我们一些年轻人查阅其芳同志和蔡仪同志的著作，从中寻找"右倾思想"。但这一阅读的过程，却无异于一次理论补课，使我对文艺理论产生了兴趣。我觉得理论中的问题很多，研究它们，比以毕生的精力去研究几个作家有意思得多。于是我把这个想法向其芳同志说了，要求转一个专业，其芳同志十分支持我的想法。他接着像谈心一样，说一个人的兴趣十分重要，搞研究没有兴趣不行，至于理论研究就更是如此。他说他原来的兴趣是写作，至今犹跃跃欲试，但客观条件不允许，总未免觉得可惜。

他后来在别的场合又谈到，搞文艺理论研究要多读当前作品，要了解现实问题，开始时不要去钻研抽象问题，要多读作品，中外古今的文学感性知识越多越好，知识范围越广越好。如果要写东西，最好先搞一段文学评论，具体分析一些作品，这样一两年后，再研究理论问题，自然会深入下去。否则不需多久，写文章就会感到无话可说，结果就会在概念中转来转去，无法深入，这样做也容易脱离实际。他的这个意见，完全是一种经验谈，我是深有体会的，因此我后来也给一些同志介绍过。

20 世纪 60 年代初的几年，不少同志写了稿子，总喜欢给其芳同志看；有时打印出来，相互传阅，互提意见，以便精益求精，这大约也同那时杂志少，理论文章不易发表有些关系吧。其芳同志对大家送去的稿子从不拒绝，也从不敷衍。当他不特别忙的时候，他会说，过一两天就看完，并约定时间谈稿子中的问题。当他忙着的时候，他会问你，这稿子急不急？你说不急，那他一般在一星期内读完，约定时间谈；有时稿子急，你不得不以实情相告，他就会在三四天内挤时间看完。和青年同志谈稿子，他一般总要说些肯定话，哪怕稿子不能用，先使你在精神上宽松下来，然后再从各方面提出问题，分析问题。你听着觉得他确是抓住了文稿中的不足，对某些问题的分析，使你觉得他所做的思考要比你多得多，从而使你感到心悦诚服。他爱在稿子上写下详细意见，有的段落就动手修改，错字、标点符号有误，都一一改正。当你看到这种修改稿，你就会感到你的工作因耗费了其芳同志的精力而深为内疚，下次再不敢马虎从事了。

其芳同志根据自己的经验和看稿中的问题，在一些小会上常常谈到研究、写作问题。他说写文章要抓住问题，抓住问题后要进行彻底地分析。所谓彻底，就是抓住现象间的真正的本质的联系。他有时问写评论作品的同志，对被评论的作品阅读过几遍？有的说两遍，有的说三遍。他说，阅读一两遍是欣赏式的阅读，写评论文章，评论者对被评的作品起码要读三遍，才能全面把握，深入思考，复杂之处要反复读，否则议论问题只能浮在作品表面，一般文章抓不住关键的原因就在于此。他说一些特别复杂的作品，更要反复地读。稿子写完后，自己要反复地看，材料是否充实，论点是否清楚，有无新的见解、新的意思。材料充实，不是堆积材料，而是说材料有无说服力；要检验论点是否准确，要自己看出问题来，那时文章就会写得严密了。他说要把理论文章当做艺术作品来写，要精雕细琢，要字斟句酌。写得要有感情、要有起伏、要有气势、要有文采，切忌平铺直叙、言之无物，这样才会诱人去读。有时，我们羡慕他的文章写得自然、流畅，说理清楚、透彻。谈起这点，他说他主要是写成后反复看、反复改，注意表达方式，把自己的意见说透、说清楚，让别人愿意读你的文章。他一写长文章，就要请假，关起门来写。我们问起这样一天能写多少字？他说在最顺利的情况下，一天最多两千字，那算是了不得的了。按现代人的标准，他一天似乎应写万儿八千，论才情，他完全可以做到。但是他写下的两千字，却是经得住时间的磨洗的两千字。

其芳同志对于别人涉及他文章的论点，喜好论辩，他对论辩中的断章取义十分苦恼。他说他摘引别人论点，为了避免曲解，一般要摘录一段，而别人批评他，则常常只是片言只语的引用，抓住几句，大做文章。他说和这种文章进行论辩，说清原委，很是浪费时间，但又不得不做。我们说，你的文章有时火气太大，有讽刺挖苦别人的地方。他一面笑着，一面又正经地说，别人首先如此，在论辩中大家是平等的，我有我的权利，不这样，文章就写不好了。这大概也算是其芳同志的文章风格的一种吧。

为了使自己的文章具有充分的说理性、科学性，其芳同志十分注意引文的准确性。在引用外国作家、理论家的文字时，他都要请人找原文加以核对。他说核对的结果还真会发现译文与原文意思弄反了的。在这方面，他完全做到不耻下问，他的严谨、认真的作风，使人十分感佩。在他逝世前不久，一次他和我谈起文学的"人民性"问题，我把"人民性"的来龙去脉向他简单地介绍了一下,顺便提到马克思、恩格斯的论述中没有这个概念。可他说他好像在哪里见到过。我说我好久前也曾在马克思、恩格斯的不知哪篇文章中见到过,但和俄国文学理论中的"人民性"是两回事。一星期后,一天上午在所里,其芳同志来找我,手里拿了张卡片,我接过一看,上面摘录了马克思在《第六届莱茵省议会的辩论》中的一段话。我一看正是我过去看到过的那段文字,便对他说,这不是文学的"人民性"的人民性,但一时又说不清楚。他把卡片给了我,说有空再查查。于是我翻阅了《马克思恩格斯全集》的俄译本,这里的"人民性"原是"人民特性""人民特征"的意思,为了避免和文学的人民性的专门名词相混,似译作"人民特性"为妥。我把这个出处和原文意思同其芳同志谈后,他才释然,觉得我的解释有理。

其芳同志对青年同志十分和蔼,他对人平等,没有架子,即使在长幼之间,也很重情谊。1964 年他的《文学艺术的春天》出版后,赠送了我一本,并在扉页上写有几行字:"送给钱中文同志,谢谢他对《托尔斯泰的作品仍然活着》一文提过许多意见。何其芳,1964 年 5 月。"读完题字我十分激动。原来 1961 年 1 月是托尔斯泰逝世 50 周年,苏联文艺界开会纪念,邀请其芳同志参加。1960 年年底,其芳同志写了初稿,给一些同志看,让我们提意见。我阅读后,曾就论点、材料提出过一些意见,过后也就忘怀了。而其芳同志不仅记着,而且写到赠书的扉页上去了。后来我又阅读了其芳同志的这篇文章,它较之 1961 年发表的论文,实际上已做了重大的修改。就这点来说,正表现了其芳同志长江大河般的胸怀,诗人的真诚,朋友的亲近感,一种令人难以忘怀的师友情谊。

大家都说,在文学研究所,其芳同志是不可重复的。

7 月,这潮湿而闷热的 7 月!令人怀念的 7 月!

1986 年 11 月

(原刊《衷心感谢他》,上海文艺出版社,1987)

深切的怀念

——回忆蔡仪先生

1959年8月，我从苏联回国；9月，就被分配到中国科学院文学研究所工作。一到所里，正逢所谓"反右倾"运动。会议室、走廊里挂满了大字报，有所领导人的自我检查，有工作人员的"揭发"，一派神秘、肃杀景象。

不几天，所里为了分配我们的工作，由所长何其芳先生召开会议，征求我们意见，确定专业方向，分入研究组（当时无室的编制）。那次会议蔡仪先生、叶水夫先生也参加了。何其芳先生、蔡仪先生想加强文艺理论组工作，希望我们参加理论组，水夫先生则欢迎我们进苏联文学组工作。结果是美学专业的同行选择了理论组，我则进了苏联东欧文学组。

为了显示"反右倾"运动的深入，同时"锻炼"我们这些年轻人，领导要我们清查何其芳先生、蔡仪先生的著作，包括他们1949年以前出版的理论、散文著作和诗作在内，找出其中的"右倾思想"，好像1959 年出现的所谓"右倾机会"思想，早在他们几十年前的著作中就有了的！但是，当时我自己陷入这种荒诞而不自觉！

我先阅读何其芳先生的著作，他的《画梦录》和《论〈红楼梦〉》深深地吸引了我。关于这点，我在怀念何其芳先生的一文中已谈到。接着我又开始阅读蔡仪先生的著作。一些大字报批评蔡仪先生的著作文字"晦涩难懂""缺乏群众观点"云云。我接触到蔡仪先生的著作后，则感到他的文字和何其芳先生的理论文字是两种风格。后者如行云流水，论说新颖；前者凝重厚实，逻辑性强，见解独到。没有丰富的文学史知识，没有一定的理论积累与思考，自然不容易读懂蔡仪先生的著作，那么，实际上何晦涩之有？这样找来找去，自然没有找出什么"右倾思想"来；倒是读来读去，使我对理论发生了强烈的兴趣，真有些进入"得鱼忘筌"的境地了。阅读蔡仪先生的著作《新美学》《新艺术论》以及有关现实主义的一组文章，实在使我获益匪浅。我过去接触的是苏联读物，多而零星，对于一些问题的见解，不成系统。蔡仪先生有关现实主义的五论，算得上是当时对这一问题相当完整的阐释了。阅读何、蔡二先生的著作，无异于一次理论的享受和补课，它们引起了我的理论的激情，从而使我的兴趣转向了理论研究，这可算是我在"反右倾"运动中的最大收获。当然，那时的思想小结可得毫无例外地写成：我在这次"反右倾"运动中如何加深了对"右倾思想"的认识云云。运动后，等我应约写完一部小册子的稿子后，我就正式向何其芳所长提出想去文艺理论组的要求，蒙他立刻答应，同时经他疏通，在征得蔡仪先生、水夫先生的同意后，我就去了文艺理论组工作了。

我的生活里充满了无数的偶然性事件，有的给我带来精神的痛苦，有的给我带来肉体的伤痛，唯有那次让我阅读何其芳先生、蔡仪先生著作的偶然性事件，却给我带来了欢乐。每当我回忆起这件事，我总把两位先生当做我学术上的引路人看待，心里充满感激和暖意。人对于生活是要有一种兴趣与追求的，有了兴趣与追求，他才能有所投入，找到生活的位置、工作的动力与生存的欢乐。从那时起，我就怀着浓厚的理论兴趣，投入了文学理论研究的工作，直至今天。

20世纪50年代至70年代，是我国学术研究最受压制的年代，学术与政治几乎是一回事，而且只能是几个人说了算。回顾50年代的学术著作，能够保留下来的有几多？蔡仪先生的现实主义五论就是现在读来仍不失其理论力量，经受住了时间的检验，这真是难能可贵的。但是，蔡仪先生也是不断遇到麻烦的。

60年代初期，领导布置编写《文学概论》。这文学概论是南北各写一本，南方由叶以群先生担任主编，北方由蔡仪先生担任主编。蔡仪先生写出提纲，这提纲我未见到，据说在天津会议上给领导否定了，于是这位领导自己拿出提纲，要别人按他的提纲写作。蔡仪先生只好照办，组织力量，勉力写成初稿。蔡仪先生平常沉默少言，不痛快的心情一般不轻易外露，但是有时在工作交谈中不免流露出来，认为此书已不是他的想法，有违他的初衷。70年代末，为适应当时教学的需要，《文学概论》初稿经修改后出版，成为大专院校采用的教科书，影响极大。这书既然写成于60年代初，自然受到当时"左"的势力的干扰，部分观念已失去了其意义，所以在80年代就受到一些非议。出版社曾建议编者进行修改，蔡仪先生觉得除了少量提法可以改动，此书难以再改，要写就得另起炉灶，重搭框架。但他正在改写《新美学》，这是他的毕生精力所在，《文学概论》已无暇顾及，所以一任人们评说。而那位制造过无数冤案、横扫过不知多少人的领导，却对此事不置一字，摇身一变，举着一面过去被他践踏的人道主义大旗，又在呐喊了！但此事到现在未了。80年代被这位领导举荐的新秀，曾在文学所庆祝蔡仪学术活动60周年的纪念会上，大力表彰蔡仪先生如何开创学派，要营造尊敬卓有影响的老学者的学术气氛，提倡宽松、宽容，云云。而一离开会场就对蔡仪著作中的认识论观念进行歪曲，庸俗化一通，然后加以挞伐，非欲把认识论除之而后快。其实，任何理论、体系，都有其长处与局限，你不满他的理论，最好是拿出你自己的货真价实、以理服人的新东西来，让读者在比较中自然明白。不要一会儿大倡西学，把它们奉之为神明，一会儿又举行与诸神告别仪式，像小儿游戏一般。要分清一般理论原则与极"左"和"左"的理论之间的界限，混而统之，或是把别人的理论庸俗化一通，就以为骂倒了对方、清除了对手，我们不能以己之昏昏使人昭昭！不然，何以一些人在大骂认识论，而另一些学者又在大写"文学认识论"或"认识论文艺学"呢！不是他们没有见到被骂的危险，而是认为你骂得并不在理，骂不到点子上，说了好多的外行话，所以他们仍然我行我素，不予理会。要看看自己的东西，并非都是金科玉律，漏洞倒是不少的。

另一次是在60年代初，那位名声显赫的文艺界领导，为了提倡"双百"方针，先让朱光潜先生批评蔡仪先生，然后让蔡仪先生进行反批评，这不是创造了一幅学术争鸣的繁荣图景吗？但是在朱先生发了第二篇文章后，蔡仪的反批评文章就不让发了，这自然是那位领导的裁夺，并要何其芳先生将蔡仪先生的第二篇文稿从《新建设》编辑部撤回。所谓"双百"云云，全是由一些人在调动、摆弄的，只有极权的发号施令，那有什么百家争鸣啊！下雨了，需要装点一下，于是"双百"的这把雨伞打开了：大家来呀，自由发言呀，大家都到这把大伞下来享受自由呀！等到雨天过去，一收雨伞，这自由也就随风而去了。我知道，蔡仪先生对此事一直感到不快，可又能怎么办呢！这事就连何其芳先生也感到不平、委屈啊，他说怎么可以这样对待人呢？但是那时哪里没有各种各样的阴谋呢！当然，朱先生在极"左"路线下也是身受其害的，甚至在他弥留之际，在其意识即将消逝的时刻，在回光返照之时，仍在发出"我要检讨，我要检讨"的胡话。要检讨什么呢？大概就是所谓"反动的唯心主义"吧！请看，那已是什么时候了？1986年了！可见其身心蒙受的摧残之深！但是就这场争鸣来说，我们作为局外人，至今都是同情朱先生的，同时也深为蔡仪先生感到不平的！

在"文化大革命"中，蔡仪先生成了"文化大革命"发动者挑动群众斗群众的牺牲品。下放到干校后，蔡仪先生竟以65岁高龄被分配去干校厨房充当火头军，为几百人烧饭、烧水。有时我走过厨房后院，看到他为炉膛一铲一铲加煤，那炉膛射出的火光照着他那坚毅的脸，我的内心就感到隐隐作痛，为此他要克服多大的体力上的衰颓。他在炉灶旁，沉思着，大概觉得周围的世界是荒诞而寂寞的吧。

蔡仪先生在美学上自成一派。他在40年代初出版的《新美学》中提出以马克思主义的唯物主义观点来研究美学后，一直未改初衷。有人说蔡仪先生的美学没有新东西，这自然是一种浅薄的见解。在这些人看来，所谓"新东西"，就是看热闹，就是轰动效应，就是不时提出一些耸人听闻的东西，使自己处于新闻追踪中心。比如有的风云人物，要去某地访问，起程前几天，媒体就有新闻报道出来了，十分气派！可是踏踏实实地做学问，则是应该耐得住寂寞的。其实，40年代蔡仪提出的唯物主义新美学，就是美学中的重大的创新。他后来主编的《美学原理》，逻辑严密，学理清晰，自成体系。八九十年代的《新美学》的改写本，极大地丰富了原著。他崇尚新思想，在一段时间里，在编辑《美学论丛》中，我常听他说，文章要有新意，或提出新的问题，或在讨论中有所深入，切忌老生常谈，所以他选稿极严，这给我印象极深。

蔡仪先生生活简朴，严于律己，宽以待人，真正是位忠厚长者。他知道我的一些缺点和一些不同意见，但他绝不像有的人通过"小小的政变"获得权力，立刻排斥异己，扶植亲信。1989年冬，我因手术住院，术后一些年轻的同行都前来看过我。一天下午，蔡仪先生夫妇来探望我，使我心头为之一热。蔡仪先生是我前辈，而且已是83岁高龄的老人了，作为后学，我从未想到他会来看我的，每想起此事，总是令我感动不已！

先生之德，山高水长！

（原刊《蔡仪纪念文集》，中央编译出版社，1998）

怀念蒋孔阳先生

——2000 年 6 月 24 日在蒋先生逝世一周年纪念会上的发言

今天，我们在这里举行研讨会，蒋先生自己虽然无法参加了，但是我们深切地感到，他就如坐在我们中间，作为师长，他那和蔼、安详的音容；作为大学者，他那特有的平易近人的风度，仍然生动地展现在我们的面前。可告慰于先生的是，他那独特的开放性的美学体系与思想，将会被更多的后来者所接受，汇入新世纪的学术洪流，而葆有其久长的生命力。

蒋孔阳先生生性率真。率真就是处处流露自然真情，在做人方面就是胸怀坦荡，无所掩饰；在做学问上，就是锲而不舍地追求事物的本真，而不受外力的干扰。

蒋先生作为一位美学家，他把美学研究与人生真谛的探索结合了起来，这是他一以贯之的作风。甚至到 20 世纪 90 年代，在他带有终结性色彩的著作中，蒋先生在论及文艺时，提出"文艺把发现人、讲人性、讲人道，当成自己的重要任务"。什么是蒋先生所说的发现人、讲人性、讲人道？就是通过文艺，"人生应当美化与高尚化"，就是使人的灵魂得到提升，就是使人要具有血性与良心，怜悯与同情，就是使人生获得价值，使人走向完美。这样的美学表述蒋先生过去也有过，但是这种文艺为人生的最为基本的出发点，对于20世纪八九十年代的种种新潮美学家来说，早已是不屑一顾的事了。在把文艺创造描绘得天花乱坠、文艺日益堕落为官能享受的时代，蒋先生不改初衷，重申文艺的人文天职，确实表现了一个美学家不肯迁就世俗病态的大智大勇。蒋先生的美学追求的最动人之处，莫过于他把美学的不断"觉醒"、不断地开拓与发展，与人的"觉醒"的追求结合起来，并且身体力行。哲学、美学需要不断求真、求新，需要开拓，需要进步。不断地求真求新，形成了美学发展的长环。蒋先生与现今的不少美学家的不同之处，就在于把美学理论的求新，与他作为人的自身的完美追求，水乳交融地结合了起来。这意味着他把自身的生命意趣，投入了人生价值的追求，这既是美的理想的追求，又是自身人格美的追求，在美的理论的提升中，也增进了探求者自身作为人的觉醒、自身人格的升华，从而成为我们时代的真正的智者。因此蒋先生的美学，是面向生活的美学，也是投入、融化了自身生命的美学，是当今独步一时的美学。蒋先生的美学上的功夫，就在他的著作自身，就在他做人的自身。请看当今的一些理论家，在多大程度上是像蒋先生那样做学问的呢？他们的功夫常常是在他们的理论之外。他们好像是在追求理论的"觉醒"，但是他们自身似乎并未觉醒，甚至自我贬值。

蒋先生的美学，是维护文学艺术人文精神的美学，蒋先生自己也是一位深具人文精神的人，美学的人文精神是一种维护与建设人的精神家园的精神。蒋先生的美学从未成为热点，没有出现过轰动效应，在我看来，这不是他的不幸，而正是他的幸运。因为所谓被炒作出来的理论热点与轰动效应，都是文化泡沫，泡沫文化多了，是要发生灾难的，就像泡沫经济一样。蒋先生的美学创造，是他真挚的生命的创造，它将成为我们民族文化中的一个亮点，成为维系我们民族生存、发展的文化的组成部分。

作为蒋先生的学生、同行和朋友，我们极愿像蒋先生那样来维护我们的精神家园。蒋先生的美学是一种开放性的美学，他并未标榜体系，可是却自成体系，出现了众多的追随者。90 年代中期，我曾向他诉苦说，我在理论上自认是个"中间派"，在一个时期里，却受到"左""右"两方面的夹攻。蒋先生说，这样好，走自己的路，可以广采博取。他自己在治学中，正是奉行了这一方针的。"广采博取"，要有一种开放的思维方式，要改变独白的思维方式而走向对话的思维方式，把自己与对方都看做相互独立、自有价值的主体，在对话与应答中撷取他人的长处，用以丰富自己。这是一种不设框框，善于吸取人类一切有价值的思想，因而具有生命力的美学。在我看来，凡是步步为营、处处设防的封闭性的美学体系，可能都只会留在 20 世纪，而那种开放的、不断完善的美学思想，将会进入 21 世纪而永葆青春。

蒋先生的道德文章，山高水长，他建立了新的美学的丰碑，也建立了一座为后人景仰的人格美的纪念碑。

（原载《文汇报》2000 年 7 月 15 日；并刊

《蒋孔阳：且说说我自己》，上海文艺出版社，2008）

当代知识分子精神

——徐中玉先生的立德与立言

认识徐中玉先生是 20 世纪 80 年代初的事。那时中玉先生正筹办在广州召开的中国文艺理论学会的年会，来信嘱我参加会议并要发言。我向他汇报了我拟在会议上介绍两本外国的文艺理论著作，一本是出版于 20 世纪 40 年代末的美国韦勒克和沃伦合著的《文学理论》，一本是 1976 年出版的苏联波斯彼洛夫的《文学原理》，两本著作各有自己的思路和体系，可算是当时见到的不同于我们文艺理论的代表之作，都算是"新知识"，因为我们的研究工作荒废得实在太久了。其后，我在广州会议上发了言，介绍了这两本著作。这样我和徐中玉先生就算认识了。以后不断读到先生的著作，它们对于我国当代文论的建设，起到指导性的作用；并有多次登门求教的机会，逐渐了解了徐中玉先生的为人，使我对他由衷地产生了一种崇敬之情，直至今天。

中国人文知识分子讲究立德、立言、立功，这立功恐怕难以和人文知识分子联系在一起，这立德、立言恐怕是不少人文知识分子挥之不去的情结。当然，这立德、立言的内涵和过去是大不同了，徐中玉先生正是这类人文知识分子的典范和旗帜。

先生深深受到优秀的传统文化的熏陶，对国家、民族饱经忧患沧桑有着深切的感悟。阅读先生出版于十年前的《激流中的探索》一书的《代序：忧患深深八十年》，真使我感动不已，这是一个优秀的爱国主义者的胸怀自述。一个人的生命短促得很，不过几十年罢了，而能有所创造、有所发现，也就在这几十年中一个短暂时期内。先生青年时期倾心求学，颠沛流离，进入盛年创业时期，却连遭两个十年的摧残，真是情何以堪！然而不屈于命运摆布的先生，历经多次的生死拷问，却仍然一往无前，虽九死其犹未悔！何故？爱我家园使然，忧患意识使然，这是不少优秀的传统人文知识分子都具有的品格，也是我国优良文化传统的品格。先生说，在我们这块土地上，"这里有祖宗庐墓，有父母兄弟姊妹，有亲戚朋友，有故乡山水，有优良的共同文化传统，有基本一致的现实利害关系，在哪里都找不到可以如此自在、发挥作用的地方。这就是为什么历来志士仁人都有热爱国家民族的思想。这是爱国思想最重要的基础和来源。这同政权并无必然的关系"。我几次读到这段充满血性和良知的文字，总会在感同身受中悄然动容！

忧患意识与居安思危的意识，使人自觉地要有器识，要有高尚品德，并且自觉地去服务于社会与人群。所以先生秉性耿直，胸怀坦荡；总是强调做人要胸怀大我，要有真诚，敢于说出真话；为文，要有志天下，要有意而言，言必中当世之过；不以一身祸福，易其忧国之心，等等。他把古代文化中的优良成分，与当今为人和创作的需求融而为一了。

先生知识丰富，积学深厚，所见甚多，视野开阔。他贴近现实，跟踪文艺理论批评的发展，主张实事求是，要按文艺自身的规律办事，早在 20 世纪 50 年代就洞见教条主义的危害。1957 年他写的一篇名为《闲话自封的马克思列宁的代言人》的论文，深刻地揭露了文艺理论、批评界的时弊，捅了教条主义的马蜂窝。他说："是什么造成了此类教条主义文风？这就是某些人灵魂深处的唯我独尊、我行你不行、马列主义只有我在行你不在行，或者只有我的马列主义才是'真正的''老牌的'等等思想在作祟……"这种振聋发聩的言论，在当时自然是奇文，自然要受到"全国共讨之"的命运了，即使在今天看来，先生的真诚批评，又何尝不是奇文！它充满了何等的智慧和大无畏精神！

徐中玉先生是我国当代文艺理论成绩卓著的建设者、古代文论研究家，又是文艺理论队伍的组织者，他对我国文艺理论的发展，做出了不可磨灭的重大贡献。

新时期以来，先生把文艺理论界组织了起来，成立了中国文艺理论学会，他总是处在理论批评的前沿，关注着文艺理论、批评的发展，不断提出有利于文学艺术发展的主张。他对 20 世纪 80 年代初出现的文艺学的方法论热，给予了热情的肯定。在文艺理论批评中，先生很早就关注"当代意识"问题，对于那时提出的各种说法如"叛逆意识""反传统意识""批判意识""突破意识""自我意识""超脱意识""忧生意识""竞争意识""哲理意识""超前意识""反思意识"，先生都做了辩证的、令人信服的辨明和阐述。

先生精通古代文论，早在 80 年代初就提出古代文论这一丰富的资源如何开发、研究方式和方法问题，并且确立了古代文论在建设当代文论中的地位，语重心长，持论中和得体。他说，目前古代文论是一个摊子、西方文论是一个摊子、从苏联介绍过来的文论是一个摊子，我们文艺理论的建设，要把这三个摊子有机结合，融合一体，建成具有中国特点的文论，这是极有见地的观点。后来先生提出古代文论的民族特色，和它在当代文论研究中的地位与作用，更是抓住了我国当代文论建设中的根本性问题，极具启发性，而且从这一问题的探讨，到具有继承意义的如何使得古代文论发生现代转化的研究，现在正在大力地开展中，成为我国文艺理论研究中一个长盛不衰的热点，而且取得了不少成绩。

传统文化有何意义，是先生不断关注的一个大问题，他反对把现代意识与文化传统对立起来的做法。他认为要看到"现代意识不但并不总与文化传统对立，往往还是文化传统中合理部分的延续和发展。现代意识并不只是一个限于现代时间的概念，更重要的是一个随着历史的发展而不断有所发展、充实的观念"，立论精当。就孔孟学说来说，70年代还有人在斥责"孔学名高实秕糠"，90年代国学研究兴起，有些人马上就认为这是要代替马克思主义而十分惊惶。其实，这都是长期糟蹋、中断了文化传统的后遗症，这种病症实际上已经走到人已非人、国已不国。中玉先生的有关孔孟学说的几篇文章，令人信服地揭示了传统文化中，哪些属于精华部分，哪些属于可以被继承的东西，哪些属于我们现代并可进入未来的东西，哪些可以恢复、滋养我们被致残了的人性的东西，简明通俗，读来令人回肠荡气。

先生就是这样立德立言的。90年过去了，岁月如诉，精神可敬！先生的形象，将是人文知识分子立德立言的完美结合，而昭示我们后学！

（原载《中华读书报》，2003年10月14日）

磨剑精神

——记胡经之先生

　　我认识经之先生是在 1986 年的深秋，那时我们都参加在苏州召开的"全国文学观念学术讨论会"。我知道经之先生执教于北大，在讲授文艺美学，还在深圳大学参与建校的工作，从事文学理论教学，同时觉得他对展开比较文学研究也很热心。会后，我们一起游览了苏州紫金庵等古迹，闲谈中，知道他是无锡人，见是同乡，也就增添了几分亲切感。

　　1987 年夏，经之先生邀我参加他的北大的硕士研究生的论文答辩会，这使我认识了一些优秀的年轻人，如张首映、王岳川等。同年，张首映、陈晓明就考上了我的博士生。

　　这年夏天，在深圳大学举行《西方文艺理论名著教程》定稿会，经之先生是主编，我应邀与会。在这次会上，我认识了一些从事文学理论、西方文论教学与研究的朋友，如李衍柱、李寿福等。会议结束后，主人组织我们去海边游泳，去新建的开发区、山区度假村参观，但印象最深的是经之先生邀我到他的家里闲聊。经之先生的家离海边不远，房子不算特别宽敞，但比起那时我辈在北京的住房情况要好多了。要是白天有工夫在窗口小坐，透过树丛瞭望大海，那是很有情趣的事呢，夜里探望窗外，但见火光点点，已不甚分明了。那天晚上，我们谈得十分投机，从故乡事、北京的各种奇事传闻，到深圳时事、天下事，无所不谈，有时开怀大笑，体验到有种难得轻松的自由感。夜深了，就安顿我在他家里住下了。

1989 年，经之先生赠我《文艺美学》，这是他经营了十来年的一本专著。阅读之余，我想这是我国文艺学中的一本精品之作了。在 20 世纪 80 年代，甚至现在，这类著作不算很多。主要是不少学术著述不是厚积薄发，而是随积随发，无积而发，几人分工一凑，一本东西就出来了。快是快了，但缺乏学术的厚实感与可信性。我佩服经之先生坐得下来的本领，这与他在北大学习、教学期间所受的训练是分不开的，与他和不少老学者之间切磋学问耳濡目染是分不开的。经之先生在北大求学期间受过良好的知识训练，后来对文艺学与美学这些学科的相互关系有过长期的思索，终于在 80 年代初提出使文艺学与美学相互沟通的"文艺美学"，并得到老一辈学者如朱光潜、王朝闻的鼓励与首肯。这一首倡，确实富于远见卓识，它崇尚独创，而独领风骚。80 年代初，文艺美学的初稿本来可以出版，但经之先生奉行"宁可晚些，但要好些"的思想，毅然一再修改而写成了现在的《文艺美学》。

经过经之先生的倡议与其他学者的一起推动，现在高校中文系普遍开设了"文艺美学"而成了中文系的一门基础性学科，在这点上，经之先生的首创精神功不可没。在当今时代，学科的综合、交叉与互渗，可能形成新知识、新学科。我知道，有的部门在 80 年代外国文艺思潮如潮水般涌来时，就纷纷提出要建立新学科，如文学研究所还成立了新学科研究室。但是十多年过去了，新学科却并未出现，何故？原因是搞科学研究是浮躁不得的，学术上的真知灼见、新的推进或是新的发现，不是靠一时的"意气风发"、心血来潮，而是借知识的积累、底蕴的深厚、踏实的学风获得的。不是把外国的东西翻译过来、加上自己写的东西合在一起出版，就算是有国际水平的新学科了。一个普通的论题的研究，或是外国人早就有了不少成果的命题，怎么算是新学科呢？作为真正的新兴学科的"文艺美学"的出现，倒是从另一个方面说明了这个问题。

经之先生的《文艺美学》在治学上做到了中西融会。经之先生原本具有深厚的古代文论的底子，文艺美学提出后，他带领助手，广泛搜集我国古代文论资料，先是编成《中国古典美学丛编》，然后又经删削增补，编成了《中国古典文艺学丛编》，整体上把握了古代文论的体系、基本范畴及其内涵。同时，经之先生很快转向西方文论，有意识地收集当代西方各种文艺思潮、各家文论，编辑资料，熟悉了各个流派、倾向及其范畴，主编了《西方文艺理论名著教程》，与张首映合著《西方二十世纪文论史》。这样，在全面把握了中国文论的范畴与精神和西方文论的最新成果，分辨了各自特征与又有相互通约的基础上，再来撰写他的文艺美学，就能高屋建瓴，左右逢源，在总体上真正做到了中西融会。于是，我们见到《文艺美学》的独特的构成：审美活动、审美体验、审美超越、艺术掌握、艺术本体之真、艺术的审美构成、艺术形象、艺术意境、艺术形态、艺术阐释接受、艺术审美教育。这个文艺美学的结构或体系，和经之先生对它所做的独特的阐释，显示了作者深厚的学术功力、深思熟虑的精深学理、诗学与美学的和谐结合、和贯通中西的学术传统，成为文艺美学中最具创新力度的著作，从而充实和丰富了我国的文艺科学。

经之先生治学的现代意识、前沿意识令人感佩。新时期为研究古代文论开辟了大好的局面，以经之先生的资历与执著，完全可以就古代文论写出洋洋洒洒的大部头专著来的。但他没有，不是不能，也非不为，而是另有所为，他想打通美学与文学理论形态，使之结合为"文艺美学"。在用与不用之间，他既选择了不用，又选择了用，使我国古代文论从一个方面实现"现代转化",使不用转化为用,《文艺美学》就是这一转化的形态之一。

一些学者,尽可以去以古释古,并自成学问,实际上完全以古释古是根本做不到的,不过这种研究自然是基础的、根本的,也是极为需要的。在任何优秀的、存活到现今的古代文化遗产中,都必定存在着属于未来的成分、全人类的成分、古今通约的成分,吸取这些有生命力的部分和有用的因素,使之汇入当代文学理论的建设,是极为迫切的,不少当代文论研究者正为之殚精竭虑,不懈努力。2002年年初,一些研究古代文学的学者对"我国古代文论的现代转换(化)"集中火力批判说:古今文论背景有别、血缘上几无联系而不可通约,嘲弄中国古代文论的"现代转换(化)",是漠视传统的"无根心态""殖民心态",编了"新好了歌"——"世人都晓传统好,唯有西学忘不了",提出"'传统'是拒绝现代化的",由此宣布"中国古代文论的现代转换(化)"是个"虚伪命题";"古代文论的历史研究尚处于很浅的层次,很低的水平,古代文论的理论阐释水平难以提高,也正是由于这个缘故"。而古代文论界"像一个僻远的乡村突然因古迹成为旅游胜地,全村都兴奋起来,热烈欢呼'转换'的口号,希望借此激活走向僵化和停滞的古代文论研究";探讨古、今的两班人马,"都在自己掘开的洞口小天地里唱歌跳舞、多情自赏,各摆弄各的工具",结果是东西对垒,各说各的,中西文论并存、转化、贯通,并未落实,知难而退,悄然收工,"转化"自然是被他们宣布失败了。

新时期以来,除了80年代初盛行一时的"左"倾思潮和否定过去一切的学风,美学和文学理论讨论到后来出现了情绪化倾向,90年代初"左"倾思潮再度回潮,在后来的文学理论的探讨中,还未见过如此轻佻、浮躁、不明事理的学风的。如果他们读一读《文艺美学》和其他学者古代文论如何转化方面的著作,可能就不致说出这类浅薄的话来,也就不会不可一世地把自己曾在程门立雪三年的老师都一扫而光了!

90 年代，我和经之先生交往更多，彼此也有了更多的了解。1999年，我和童庆炳教授编辑"新时期文艺学建设丛书"，第一辑就收入了经之先生的《文艺美学论》。经之先生寄来了稿件，并附了一篇《自序》。读罢《自序》，使我更多地了解到经之先生对文艺美学的提出与投入的原因。他从小就受到水乡风物、园林雅趣的熏陶；那里湖光山色，风帆点点，稻香鱼肥，渔舟唱晚。结合幼时叹唱的古诗、古文的教学，家学渊源，培植了他对艺文的兴趣，使他不断投向了文学艺术的海洋。以后在名师的指点下，将生命的审美体验汇入了他学问的追求之中。

随着 90 年代文化现象审美化的泛化，经之先生提出要注视现实，研究大众文化及其多种形式，及时转向文化美学的研究，显示了其目光的敏锐性。

漫读经之先生的一些散文，深感经之先生的生命线是漫长的。从江南稚子到北大学子，然后留校任教，后又成了南海"海滨游子"。"唱晚岭南应无悔"，"家园亦可在天涯"，何等爽朗、达观！

愿他在文学理论和文艺美学里，结出更多的精神果实来！

2003 年 1 月 25 日

（原刊《钱中文文集》第 4 卷，韩国新星出版社，2005）

有容乃大

——记童庆炳先生

我和童庆炳教授相识，是 20 世纪 90 年代初的事，以前只是以文会友，通过他的文章了解一些而已。有了接触之后，我觉得先生在文艺理论方面学问渊博，中西兼及，论说精当，说理透彻；同时他为人正直、稳重、踏实，和他在一起有一种安全感。后来有了进一步的了解，觉得我们观点接近，有共同主张，在学问上共同切磋与支持，可算是知己了。

我国当代文学理论的发展，经历了好几个阶段，这几个阶段的特征，大概在童庆炳教授身上表现得最为完整的了。

在这 20 多年里，童庆炳教授执著地追求学术的建设，孜孜以求地探讨着文学理论中的各种问题，成就卓著。他以理论上的远见卓识、学术上的巨大影响，独树一帜，显示了文学理论大家的学术风范，而成为我国当代文学理论的开拓者与组织者之一。

童庆炳教授以他的学术贡献，引领了当今的文学理论潮流，这一潮流并将会持续地发生影响。几十年来，童庆炳教授以精深的学养，积极地吸收新知识、新观念，拓展自己的理论视野，为我国文学理论提出了可持续发展的新命题。

20世纪80年代初期，在我国文论开始的清理与建设中，文学的审美特征受到普遍重视，这时童庆炳就文学本质、审美特性、形式与内容、文学的对象，发表多篇论文，强调了过去被忽视了的文学自身的特征，显示了他的学术研究的独特性，随后在此基础上和其他学者一起，提出了文学"审美反映"说，此说在文论界产生了很大影响，后来此说虽然不断受到诟病，但批判者自身始终未能摆脱惯性的非此即彼的思维方式和庸俗社会学的影响，先是把"审美反映"简单化一番，然后再来批判，这是又一次庸俗化了的批判，所以始终未能批判到点子上。

20世纪80年代中期，西方的心理学、精神分析等学说广为引进，开人眼界，所以文艺心理学研究在文论界极为盛行，说法众多。此时童庆炳率领一批年轻学者，吸收了西方文论中的最新成果，联系我国古代文论，就中外文论中的心理学说与文学艺术的关系，作了方方面面的探讨，推出来的一批令人耳目一新的文艺心理学研究成果，成绩突出，使人觉得后人再写这类著作是很不容易的了。90年代初，当西方的语言学转向（其实早就过时了）成为一些中国学者谈论的时尚，以为已得风气之先，童庆炳则早就发动了另一场战役——文学的文体研究，他与他的同行、学生出版了一批专著，推动了我国文学语言的研究，他的《文体与文体的创造》，新说迭起，而令同行钦羡。童庆炳教授与同行极力倡导中国古代文论的现代转化，这是我国新的文论建设的必由之路，难度很大，目前已有多种论著出版，他的这方面的著作特别是《中国古代文论的现代意义》，是本沟通古今、学理深入的用心之作。文学理论总要回答文学的本质问题，新时期以来，各种说法都有，而且各有一定道理。

童庆炳教授长期从事文学理论的教学工作，经过多年的比较研究和完善，他在文论的探讨中、《文学理论》教材中，确立了文学理论的核心观念——审美意识形态论。童庆炳提出文学的审美特征、审美反映而走向审美意识形态论，这一理论具有深刻的逻辑力量和实际意义。文学审美意识形态论抓住了文学的两个最基本的特征即诗意审美与价值功能的融合，并不是什么用美文来演绎思想观念，并且较之其他文学本质观的涵盖面要完整一些，所以被文论界广为使用。当然，这一观念无法穷尽对文学本质问题的探讨，但它无疑是我国新时期文学理论重要成果之一。

　　纵观文学理论的进展，在经历了对政治化的反拨、内在研究与外在研究的转向，到泛文化研究的输入，童庆炳教授在一片文化转向声中，顺应当今文学理论发展的自然的、必然的趋势，提出了"文化诗学"这一命题，从而使文学的诗学研究牢固地建立在宽阔的文化语境的基础之上。它与巴赫金的文化诗学相呼应，确立与拓展了文学研究中自律与他律、诗意的审美与社会功能相互融合的内涵，而在理论上有所创新；它与美国的被称为文化诗学的新历史主义，在内涵上由于道不同而不相为谋。文化诗学揭示了我国当代文学理论研究的总体性走向，形成了文学理论可持续发展的新命题，这是我们中国学者自己的创造。

　　在童庆炳教授的学问求索中，具有人文学者的一种浩然之气。在当今实利、浮躁之风甚嚣尘上的时代，在教育居然成了产业的时代，童庆炳教授把文学与文学理论视为自己生命的组成部分，并在自己的研究中汇入了自己的生命与精神，表现了人文学者应有的学术良知。童庆炳教授的理论著作与文学评论，总是强调历史与人文两者之间的张力。文学既是描写人性、人道的，又是历史的，你会感受到这是一位人文学者对文学的独特而深刻的理解——文学创作自身的理路与良知的结合，你会感受到他对广大的群体特别是弱势群体的一颗炽热的、同时又是富有同情的心，也就是血性与良心。在他看来，文学是不能吃喝玩乐的东西，自然可以娱乐于人，但是更应是提升和高扬人的精神的东西。其实，人文学者的思想、行为、行动的准则，就在于人文精神，就在于在知识的传授中要对人的现实的生存状态和终极目的给以深切关怀，并做出力所能及的哪怕是点滴的微薄贡献，这是最为深刻的人文精神。正如启功先生为北师大写的校训——"学为人师，行为世范"，表现在童庆炳的人格上、文论中，形成了一种浩然正气。文论界有些人，把童庆炳文学观点当做文学的非思想倾向批判，看看他们充满教条气息的旧式批判，好像是20世纪梁效的文艺批判的再现了，他们有如外星来人，或是常住国内的"海归"，对新时期的文学理论过程真是罔无所知。

童庆炳教授的知识面宽阔，遍及文学的各个领域，可以说中外古今四通八达，形成了他有容乃大的学术胸怀、古今中外融会贯通的精神。他有着我国老一辈学者的坚定的、以我为主的学术立场。他要求西学为我所用，因为西学毕竟是西方学者根据自己文化语境所创造出来的东西，而不是我们治学的出发点。他的著作中有许多借鉴之处，但不是什么哗众取宠、炒作式的照搬，而是理解了的、消化了的东西，吸收它们，目的是为了自身的创新，而理论创新不是简单的移植。他深刻地理解当今现实与理论的需要，以为理论创新是在传统基础上的创新，所以他对古代文论进行了深入而独到的研究。他提出要清理现代文学理论传统，因为当今的文学理论，是不可能在与这一理论传统断裂的基础上产生的。所有种种，造就了他一种具有视通万里的学术气魄与学者本色。他致力于文学理论的现代化与中国化，执著于追求一种具有中国特色的文学理论。说实在，这也是我们几代人的心愿。

童庆炳教授平等待人，风度雍容，真挚坦诚，谦和宽容。比如我提出的新理性精神，在文论界得到他与一些朋友的最先响应。新理性精神是一种以现代性为指导，以新人文精神为内涵与核心，以交往对话精神确立人与人的相互平等的关系，建立新的思维方式，并包容了感性的理性精神，这是以我为主导的一种对人类一切有价值的东西实行兼容并包的、开放的实践理性。我知道，当今提出一个新的理论观点，特别要得到同辈同行的认可，是不很容易的；在学术上遇到知己，在同辈中间，在今天的学术界也不多见。这也是很自然的，在思想多元的时代，各人有各人的知识背景，不同的知识谱系，谁也不用买谁的账。解构一种理论，也十分容易，不顾对方任何历史背景与知识积累，使用时髦理论中的任何一个所谓观点，或就他知识范围设定的一个相反的观点，就可以把你的理论立时消弭于无形！我和童庆炳教授交往多年，在文学理论的重要观念上，各自有话直说，又十分一致，进而相互承认、互为补充、互相补台，做到这点，实在很不容易。我们交谈问题，看法大体相同，相互买账，求大同存小异，合作编辑"新时期文艺学建设丛书"，观点一致，十分愉快。平常我们之间，为学问道，讨论起问题来，十分默契，但没有什么无谓的应酬。古人说，君子之交淡如水，此之谓也！

一百多年来，中国的文学理论走过了特有的曲折道路，现在学术环境有了改善。作为我国当代文学理论界的重要代表之一，童庆炳教授已经做出了巨大成绩，为当代文学理论的中国化、现代化，一定还会做出更大的贡献的。

今天，童庆炳教授的著作不仅影响着我国当代的文学理论，而且已在外国结集出版，不仅向外国传去了中国学者的理论智慧，而且使中国特有的文化精神和创造汇入了世界绚丽多彩的、多元的文化之中，而走向世界。

2005 年 12 月 5 日，作于童庆炳教授七十大寿之际

风范与人格

——记樊骏先生

　　我与樊骏先生共事有半个世纪之久，虽然在不同的研究室，但对他是有不少了解的。1959 年秋，我到了文学研究所，以后所里政治运动不断，所里召开批判大会时是常常见到樊骏先生的。那时樊骏先生似乎总是靠壁而坐，沉默寡言，少有说笑。听到所里有关方面的传闻是，他对政治运动态度不很积极，在"拔白旗"运动中受到影响，单身主义，云云。20 世纪 60 年代初，我知道他积极参与唐弢先生主编的现代文学史写作，是唐弢先生倚重的得力助手。"文化大革命"期间，樊骏先生在运动初期虽然受到一些冲击，但正是过去的那种"对政治运动不很积极"的态度，使他躲过了致命的一劫。后来想想，要是我也像他那样，对政治淡漠一些，不受宣传家们的蛊惑，就不致在后来吃足苦头了！但是在那时的政治氛围中，大多数人是做不到的。

80年代以后，我对樊骏先生有了更多的了解。那时修改文学史、重写文学史十分热闹。樊骏先生是研究现代文学史的，他看到了运动中写作文学史的所谓"以论带史"引起的各种弊端，在这方面积累了丰富的知识、教训与经验。他认为文学史写作，要把对于学术性的追求置于第一位，论从史出，才能做到真正的史论结合，因此他能够抓住现代文学史写作中最为关键的问题。我记得80年代初，陈荒煤所长在一次会议上说：过去一篇文章只管用几天，管上几个月就不错了，现在写文章应管用它半年、一年、两年，如果做到这样，那就更不错了（大意）。在那政治正确、政治第一的年代，文章都是应政治的需要而做，而政治捏在几个人手里随时在变，一旦政治变了，文章岂得不变，岂能不遭到"作废"的命运！写作文学史也是如此，政治正确、政治第一的结果是提出以论带史，就是将历史塞进一个既定的理论框架，凡是塞不进这个框架的历史，也即曾是作为现实的过去，就要强行删除，当做不存在、不在场，而不是论从史出。这样来要求写作文学史，从领导来说，完全是强人所难，从写作者来说，只能是勉为其难。于是文学史写作可以不顾史实，而按政治需求进行取舍，这必然会严重地割裂历史，以致歪曲历史。

有感于此，樊骏先生在治学方面相当严肃、认真，十分重视史料的发掘，他的《关于中国现代文学史料工作的总体考察》长文，从原则到方法，都有详细阐发与指点，是经验与理论相结合的精当之论，是深知文学史写作理路之说。他自己写作文学史问题，总能在全面把握材料的基础上，进行深入、彻底的分析。如获得好评的《认识老舍》，对老舍的思想艺术进行了多角度地、缜密地层层剖析，指出老舍主要从"他的文化选择与道德评价"来描述他的主人公的。这"比之单纯的政治选择与简单的历史评价，文化的视角与道德的判断，有时反而能够在不怎么明确的认识中，甚至不无矛盾的心态中，把握住人生、社会的复杂的内涵；尤其是当涉及一些敏感的政治课题时，可以不受一时一地的是非利害的束缚，而更接近于客观的实际，也更经得起历史的检验"。这一论点独到，很受同行推重。他提出观点，对现代文学总是心存全局、反复斟酌，力求圆融会通，所以立论公正、分量厚重，每有新说，令人信服。范伯群先生惠寄我他主编的两册《中国近现代通俗文学史》，该书将过去被现代文学界否定或忽视的通俗文学列为现代文学一翼，为现代文学找回另一只翅膀。这部文学史著作，极富挑战勇气与创新意义，事关重大，使我极为敬佩，读后很有收益。但我又觉得有些问题似乎还可以商讨深入，不过由于我未曾在这方面用过力，所以一时觉得不易说清。后来读到樊骏先生的《能否换个角度来看》一文，该文先辨析了"通俗"与"俗"的同和异，指出正是这同中之异，使得两者不能混用；随后谈到新文学与俗文学在后来各自发展中，实际上你中有我，我中有你，不好截然分开。"换个角度看，是指从近现代中国文学演变的客观进程，比较先后出现的'鸳蝴派'和新文学的同和异，再进而考察各自的历史位置和优劣得失。"这一观点，我觉得也很精彩，不知是否可以看做是对范先生主编的文学史的一个补充，从而使现代文学史的整合，更能深入而通向更高的新境地？

樊骏先生的写作，无急功近利的浮躁，所以思考缜密，而求其功到自成。他的写作不仅是有感而发，到非发不可才动手写作，而且写出来的东西又都是反复修改的结果，可算是惜墨如金。他的著述比起有的同行，可能在数量方面少了一些，但篇篇精练厚重，思想容量大，自成风格。

樊骏先生对于现代文学史界的王瑶、唐弢、陈瘦竹等几位前辈的研究，堪称是真正的知人论世之作。特别是他与现代文学学科的开拓者与奠基人的王瑶与唐弢，因工作关系过从甚密，对他们的著作反复阅读，观察精微，融汇了他的平时的了解与对材料的全面把握，所以对这两位前辈，写得细致、中肯。对他们在历史进程中各自的选择，各人的才华与写作特征及治学态度，在全局与史实、史料与史识，以及指令与无奈、参与和疑虑、公式化与周旋、想写而又不能写、自由写作与应景应酬等矛盾方面，写得极为真实而动人。

晚年的王瑶先生对自己过去的工作有所不满、有所质疑，根本性的问题在于"有所蔽"。樊骏先生十分中肯地指出，"从理论上看，他所指出的这种偏向，与其说是历史研究等的共同缺陷，不如说是把时代对文学、史学等的作用、影响绝对化了以后，容易产生的弊病……而忽略了它们自身的发展规律与特征，一般属性与普遍意义，来自各个方面的联系与制约，忽略了从其他方面对它们进行剖析，从而导致'有所蔽'的问题。"同时樊骏先生认为，如果过多地从意识形态的角度考虑问题，为了特定的现实需要，而"让历史告诉未来"，由此对于历史与现实的评介，也难以避免"有所蔽"的。文学史前辈回顾以往的文学史工作中的"有所蔽"，正是对原先的思想的超越，显示了不懈的探索精神，同时也酝酿着新的变化。但也不无惋惜，人已进入暮年，这只能是看做"最后的光彩有力的一笔"了。

对于唐弢先生的论述，同样极为精辟。樊骏先生抓住了唐弢先生最为鲜明的几个特征，即作为作家和学者的唐弢，具有极好的艺术感觉，"书话"尽显先生的艺术特色，对于人事、作品随时可以做出精美的"审美评价"。唐弢先生认为，写作"要紧的是'言之有物'。如果'无物'……最好一个字也不写"。在治文学史方面，我们都知道唐弢先生藏书极富，包括旧时的杂志在内，从收集到整理，做了大量史料工作。唐弢先生提出，写作者应有史识，即要有自己的观点，对于各种文学现象不仅要提出具体的观点，同时也应善于从总体上把握所研究的那段文学的全局，梳理出历史进程中主要轨迹和线索，在概括中把握规律性现象和经验教训，形成自己的系统观点。在史观方面，樊骏先生指出，唐弢先生是"主张'论从史出'的……有了理论可以帮助更好地清理史实，但重要的还是实事求是，以事实为主"。遵照这些条件、观念与原则，唐弢领导了一批很有才华的青年学者写出中国现代文学史。但是唐弢先生早在 20 世纪 60 年代就对自己所写的东西表示不满了，在新时期的反思中尤其如此，觉得自己的论著中，时代的烙印太强了。如果写起书话来，他的材料独特，文采飞扬，得心应手；而写起论文来却往往奉命作应景之作，纪念这人，颂扬那人，可又十分投入。唐弢先生自称，如果无物，最好一字不写，但又偏偏要写，于是要他写的他不想写，自己要想写的又不能写，以致在文学史的写作中，碰上有些所谓问题作家的评述稿子，不得不被他改得"七零八落、吞吞吐吐"。可是来到新时期，遇到这些脱去了政治迫害外衣的作家，唐弢先生只好一一道歉，说明原委，这是多么尴尬的事啊。大概使唐弢先生最为遗憾的是，竟未能实现自己觉得完全可以写出个人特色来的、以风格流派为主导线索的现代文学史和鲁迅传的计划，最终是"赍志以没"，成了"死者与生者共有的遗憾"。我们知道，唐弢先生在这些方面，是花了一生的精力与思考的！樊骏先生说，这就是唐弢先生研究工作中发生的"错位"，而且是双重的"错位"，这是时代时尚的驱使，而且也是他主观的"不以为苦，不以为非"的结局。直到 80 年代，当唐弢先生终于挣脱了这种"错位"时，才找到自己，而欣悦于自己已有了写得"顺手"的感觉，但是已是身处夕阳无限好的暮景了。读着樊骏先生的这些文字，我觉得这真是带着敬爱又带着泪痕的透彻的分析了。它们在学术史上给了王瑶先生、唐弢先生以确当的评价和精确的定位。樊骏先生的这些文章，其实也可看做对他自己的反思，一群与同他年龄相仿的人，何尝没有王瑶先生、唐弢先生式的命运与苦恼啊，只是程度深浅不同罢了。在承前启后这点上，樊骏先生的文章是极有启迪意义的。

樊骏先生为人认真、真诚、正直、公正。80 年代下半期与 90 年代上半期十多年间，我与樊骏在所学术委员会评定职称的工作中接触较多。那时邓绍基先生、樊骏先生与我，在所学术委员会负责职称评定工作。回想起来，我们都从全局出发，没有私人情绪，对所里参与评定的人的情况，都很了解，心里有数，评价大体一致。在每年的评定工作中，讨论问题，根据材料，讲出理由，相互比较，体现了公正的原则。樊骏先生的特点是，每次讨论，总会认真准备，一如写作论文一般，列出详细的提纲，说得有根有据。遇到棘手的问题，以大局为重，总能想出办法，还以公正，所以我们合作得很好。

樊骏先生恪守着做人的道德底线，即血性与良心，怜悯与同情。作为一个学者，他淡泊名利，不像有的人，追名逐利，一有奖励，先给自己锦上添花。他极富同情心，遇到同行家里困难，就会托人送些资助，帮助他人渡过难关，并且要求保密，不透露他的姓名。他去世前把全部遗产捐献给了文学所。樊骏先生对世情理解透彻，有着一颗大悲大悯之心，是位高尚的人。

樊骏先生在学术、为人等方面的表现，都是文学所的精神财富，我们应当继承这种财富，爱护这种财富。不久前，文学所就制作所徽征求意见，在我看来，有了所徽，固然很好，但是更需要的是一种精神，即樊骏先生式的做人的正直和学术正气的弘扬。当社会生活践踏了诚信，因此社会生活也就普遍地失去了诚信，于是人们奉行着"百事可为"的原则。正因为如此，所以樊骏先生的精神，就显得更加宝贵了！

2001 年 3 月初稿，5 月修改

忆高晓声

我是从 1999 年 7 月 8 日的《文艺报》上，得知高晓声在 7 月 6 日去世的。那天看报十分奇怪，打开报纸，首先映入我眼帘的竟是高晓声逝世的那条消息，虽然讣告并不显眼。我不禁"啊"了一声，在房间里无意识地转了几个圈，顿时感到一阵孤独与寂寞，不知如何是好。

过了一会儿，我转过神来，心想，何不试试给他家里打个电话呢，也许可以得到些消息，虽然我从未和他的家属有过联系。接电话的是他女婿，他简单地和我说了高晓声的病情和追悼会的日期，便把我转给了江苏作协；我请江苏作协代我送上一个花圈，算是为高晓声送行了，但心里却仍是茫然。

初　识

高晓声作为新时期的一位著名作家，我自然是通过他的小说认识的。他专写农村新变的故事，那幽默而带有辛酸意味的格调，充满江南浓郁乡情的动人语言，使我这个在北方待了多年的江南游子，大为折服，但和他订交则是从1985年开始的。那时我和同行主编了几本著名的外国作家关于文学的论文集，已经出版，我想何不将它们送与几位家乡的作家，使他们多了解一些外国作家有关文学的见解，也许对他们创作不无裨益。于是我给几位专写苏南风物的作家寄了书。不久就收到高晓声的来信，他一上来就像老友谈心似的，说他"错过的时间太多了，最遗憾的是20多年没有读什么书，如今记忆力差了，读书比以前困难得多，我也很想了解一些外国作家的意见，你能给我帮助，十分谢谢"。同时他也同意我提出的一个意见，即文学创作要形成地域的自己的特色与性格，也要有一支理论队伍共同参与建设，他说目前似乎还暂不具备这一条件。接着他又来信，谈及江苏每年要讨论一位作家的作品，原先是第一个要讨论他的，但他觉得讨论要有准备，要了解评论已说了什么，并提出进一步评论的"主导意见"，他说目前这样做，可能还有困难。然后他希望，我们如有新著，要相互寄赠。

20世纪80年代中期，文学方法论热、文学观念热，风靡全国。1986年11月，我在苏州大学参加并主持"全国文学观念学术讨论会"。一天午后，苏大的范伯群教授领了一位脸色黝黑、中等身材的人，走进我的卧室，并对我说："老钱，这是高晓声同志，他想看看你。"当我开门把两人让进来的时候，就对范伯群教授后面的人感到面熟，一经介绍，我十分高兴，忙说："认得认得，早就认得了！"虽然，这是我们初次见面。随后，范君就离去了。原来这几天高晓声正在苏州，得知苏大正在召开全国文艺理论讨论会，就向范伯群打听我，这样，就被领来了。我自称是无锡东北塘乡人，多年在北方工作，从事文艺理论研究；同时向他介绍了文学观念正面临大变化的过程；他则自我介绍了他在五六十年代的遭遇。初次见面，双方就交代自己的身世，感情上一下就缩短了距离，真是乡里乡亲，谈得颇为投机。我开会的时间到了，他才起身告别，并说会议结束后，如有时间，希望我去他常州家里再叙叙，在无锡也可；说他今天傍晚就要去无锡，在太湖边的湖滨宾馆休养一个时期。

会后，我去了无锡老家，又顺便去湖滨宾馆看望了高晓声。这湖滨宾馆原是新中国成立前的无锡江南大学，依山傍水，曲径林静，景色佳绝。新中国成立后就关了学校，改成了当局有身份的人的休养地方了，几十年经营下来，已相当富丽堂皇。这次我去湖滨宾馆，是在梅园下的车，步行去的，约需半个小时，有身份的人去，自然有小车接送，哪有像我会跑得一身大汗的！记得小时候远足，去大箕山万顷堂玩，再摆渡去鼋头渚，就是走的这条路。过了梅园往南走了一阵，在三岔路口，再往西南走，是大箕山，向西走就是宾馆。进得湖滨宾馆，一见那荣华富贵的气派，真有些让我自惭形秽。见了高晓声，我们谈话的话题主要是故乡见闻，风物变迁。谈到这个宾馆，我把它的历史讲了一通，现在改造成了这样的高级去处，想必无锡的大资本家荣德生在苦心营建江南大学时未始所能料及的。荣德生经营有方，富甲海内，为了回报父老乡亲，开办江南大学，以启民智，自然称得上是一大善事了。谁知当权人物竟是废除了一所大学，把它变成了一处安乐场所，自然也是为人民服务的需要！后来虽然在梅园东面重建了江南大学，但学脉中断了很久，底力自然难以和苏州的学府相比，从此无锡在文化素质上落后下去了！接着我对高晓声说，你进入这个饭店，大概会有陈奂生上城住进高级饭店的那种心情吧。他听后，带着有些沙哑的声音，嘿嘿嘿地笑了。

高晓声应美国密歇根大学邀请，将于1988年2月访美，并要做几次演讲。1987年8月他写信告诉了我，并问及一些情况。我觉得作家讲学，如谈理论问题，非其所长，如谈自己创作的体会，则非他人能及，因此建议他围绕自己的创作来谈，才是独特的。这年年底，他又来一信说，他这次出去，"主要是讲我自己……讲我自己，人家才是没听到的，只能在我这里听到的"。由于他此时健康欠佳，信是由他口述，请朋友笔录的。1988年7月，他来信说，他已从美国回来，他的60寿辰是在返国的飞机上度过的，真是一晃而过。他不无幽默地说，错过 60，还有 70、80、90；不过不主张活万岁，但看来还能活下去，说他父亲就活了 89 岁。是年 10 月，在福州举行"全国文学理论建设与中外文化交流学术研讨会"，他得知我要出席会议，来信约我会前或会后，顺便去常州一晤。但此信后来辗转到了我手里，已是年底了。信里讲到他的长篇小说《青天在上》，已在上海文艺出版社出版的"长篇小说专辑"第 2 期上刊出，并寄了我这册杂志，要我一读，特别在小说结构方面提提意见。我见老高如此认真，自然从命。

《青天在上》

《青天在上》是高晓声在短篇小说创作经验的基础上，写成的一部长篇小说。我读完后，很快将我的印象与意见告诉了他。我感到这部小说，在揭示生存荒诞、特有的笔调风格、语言特色与民间文化的关系方面，较之短篇有了新的发展。1989 年年初，我把这几个方面的想法写成稿子，给了《文学评论》，并将论文的几个小标题告诉了高晓声。1 月 27 日我接到高晓声的来信，说我提出的意见极好，修改时会做参考；又说："这篇小说的创作素材很多就出在我和亡妻邵主平身上，但并不能说是自传体小说，因为有一些关键性的东西，是有较大的变动的，但性格、命运都没有变，可以说我的亡妻就是这个人。但你要避免'自传体'的说法，以免引起一些人去考证。文学一旦到了被考证的程度，便索然无味了。"接着又来信："不管人们对我如何冷淡，我这部《青天在上》，在反映苏南农村的'大跃进'历史方面，没有人能够更加'体贴入微'了。这是因为当时亲身经历的人，都快没有精力再去写长篇了。"

他没有看过我的评论稿，但希望我的论文能够发表出来。在《青天在上》里，我注意到了高晓声写了许多民间故事、寓言、传闻，融合在情节的发展中，使现实与民间故事浑然一体，加重了民族文化精神的氛围，而显得别具一格，因此在论文里我专门就民间故事、传闻与小说的关系写了一节，小说的这种描写，提升了文学的民族文化精神。我的稿子交给《文学评论》后，编辑认为文章太长，要我压缩。为了使文章完整起见，我把最后一节即小说与民间文化的关系部分留了下来，在别的杂志上单独发表了。高晓声在1989年3月1日给我的信里说："你写的那五个（后来合并了一个部分，为四部分）部分，我认为同我的意见会吻合。第五部分《故事、寓言和民族文化精神》使我想起我在密歇根大学讲过一课《民间故事同我小说的关系》。回国以后，秋天在宜兴（苏州大学）中文班上讲过，现在《苏州大学学报》发了出来，寄你一份供参考。"接着我很快得到高晓声寄我的演讲录。他说他在他的小说中相当广泛地使用了民歌、儿歌、民间故事，"这种影响深入到小说的骨髓，我的语言结构和叙述方法"。有些短篇就直接取材于民间故事，如《钱包》《飞磨》《鱼钓》《收田财》等。其中如《鱼钓》，依据的是一个真实的故事，原是人钓鱼，因贪图小利，自作聪明，结果反被鱼钓走了，害了自己性命。这种极为罕见的故事与形式，在神秘的气氛中，揭示了极为丰富的生活内涵。"民间故事往往很动人，往往很出奇，往往能启发人的智能，使人变得聪明。它使得我能够赋予它新的形象和内涵。"他在演讲中又说："它（指民间故事）成为我这部长篇小说的一根重要支柱，如果把它抽掉，就会失去光泽，五星饭店就会降成三星级。"大量使用民间故事，"这样做就使我的小说具有民族风格，并显得根深蒂固的重要原因"。看来我的观察与作家的写作意图有不谋而合之处，所以这使老高颇为高兴。

我的文章《〈青天在上〉与高晓声文体》，发表在1989年第4期《文学评论》上。我很熟悉高晓声使用的语言，江南的一些土话一经他的改造，既保存了十足的泥土味，又显得生机盎然，从而以富有地方色彩的话语，丰富了通用的文学语言；他的不懈追求，使他创造了自己的文体。1989年8月他来信说："江苏作协有位同志把7月的《文学评论》给我看了，心里很高兴，你的评论具体而细微，特别是讲了很多关于语言方面的话，是我很喜欢的，一个作家的观点、技巧、生活等，都极难形成独特的格局，能够形成独特的格局的最主要的素质就是语言。我自信我的语言不同于一般，至于其他方面，并没有特别的东西，许多作家都可以有，你说是吗?"

阅读高晓声的《青天在上》，我觉得小说在情节、结构上没有带来新东西，但可以发现，这部小说与其说是情节小说，不如说是部"细节小说"。因为主人公实际上已处在情节、事件之外，在这一意义上，情节已淡化了，小说所铺展的全是细节。通过对吃、喝、住、讲老空、坐黄昏、说山海经等琐琐碎碎的生活小景，折射出人们内心的隐秘与隐痛，组成了一幅展现人生存的痛苦的长轴。高晓声在信中说："你那句'细节小说'提得好，我之所以轻视情节而重视细节，是因为情节可以类同，细节不能类同，情节可以虚构因而会有漏洞，而细节总是真实的。可惜的是，我还缺乏用细节来吸引住青年读者的本领。我的小说需要有耐心看，才能慢慢看出味道来。"他说，他将修改小说，并将考虑我的意见。又说："如有空或方便，秋天可南下一游。我们都到了年龄了，也该允许自己浪迹江湖、漫游天下了。"

不久之后，我真的在生活中"漫游"起来了! 1989 年秋冬之交，我因一场无妄之灾，受到削皮伐肉之苦而休养在家，等在年底缓过来后，我写信告诉了高晓声。高晓声随即来信，说但愿一刀之后，从此健康起来，说老来的健康问题甚是重要，如果行动不便，生活在世上也极少情趣了。其实我此时才五十多岁，还全无老年的感觉呢。他说这年 6、7 月间，也受了一场惊吓，因胃里气胀，到医院检查后，不让出来，而被留在医院，结果经过了 21 天的折磨之后，才宣告"解放"。他说："我也算是个耐吓的人，仍旧有点吃不消这种神经病的检查。记得 1977 年也是如此，说我有胃癌（当时我完全像个农民，医生以为我不认字，所以在报告单上写得很明白），我只好回家等死，谁知等了半年不死，再去检查倒一切正常。从此以后，我就不相信我再会得癌症了。"他说他正要动手修改《青天在上》。

1990年年初，高晓声在修改他的《青天在上》。3月他写信给我说："我正在修改《青天在上》，所以常常想起你来，本来要写信给你了，想问问你近来的健康状况。虽然上次来信说没有别的毛病，但动了手术出院后，长久收不到你的信，也不禁要牵挂。前天收到了你送我的大作（指我赠他的《文学原理——发展论》，1989年版），虽然还没有拜读，但心里很高兴。我们虽然很少见面，彼此心中都怀念对方。"由于他年初生了两个月病，所以修改工作就拖了下来。但在3月里修改得很顺利，预计4月可以完工。我经过朋友的努力疏通，大约此时决定秋天前往无锡大箕山的华东疗养院去休养一个时期，所以我把这一消息告诉了高晓声，说有空便会去常州看他。5月底他来信，显然很是高兴，说《青天在上》修改很快，总的倾向是前删后加。"改得还满意。人物关系抽紧了，性格也明朗了些，该抒发出去的地方也写得比以前淋漓。"又说，10月、11月，他还会在常州，到12月，大概要去南方。去冬一场哮喘病，不敢使他再留在家里过冬了。我知道，苏南人家一般没有取暖设备，冬天彻骨寒冷，日子是难过的，所以后来老高像候鸟一般，每逢冬天，为了避开寒流，就要飞往南方栖息。

风雨故人情

1990年9月，我已住进大箕山疗养院，高晓声来信说，他一定会来看我，他说他猜想到了我的病情，劝我好好休养一阵。他说："人也不过如此。同大自然联系起来看，实在太渺小。因此我觉得宁可在大自然中自居渺小的地位，不愿在渺小的人类中夜郎自大。革命家当年粪土万户侯，何尝想到今天当了'万户侯'，竟恋恋不舍乃尔，可笑也夫！"看到这里，我不禁莞尔一笑。他劝我不要去常州了，免得劳累，他会抽空来看我的。

10月初的一天，疗养院的一位护士小姐跑来对我说，有人找我，人在会客室。我去一看，原来是高晓声。寒暄过后，他说，他这次来，纯属过路性质，所以事先没有来得及告诉我，是搭了朋友的车，特地拐了个弯来看我的。他说他看我精神不错，就放心了，说下次再来。我忙说不用了，不用了，"莫道春秋多佳日，最难风雨故人来"，你来看我，我已很高兴了。由于他几个朋友有事，车子在等着，所以他说不便久留，于是来也匆匆、去也匆匆地走了。他走后，护士问我他是什么人，大大咧咧的，我说是你们这里的作家高晓声呀！她又问，是不是那个写《陈奂生上城》的高晓声？我说就是他呀！她又说，你怎么不让我们认识认识呢，我们都爱读他的小说的呢，他长得真是个土里土气的人！我说他本来是个乡下人，以后还会来的，那时再给你们介绍吧。他走后，我想着，老高真是个重情义的人，他自己身体也并不好，还惦着我呢！大箕山桂树如墙，10月底，花开二度，香溢四方。高晓声第二次来看我时，是与常州市文联的李鸿声先生一起来的，这次他们有辆车，时间上不受限制。我把他们接到我的房间里，坐下来说了好一会儿话，然后在房间里照了一些相，也在房外草坪上留了些影。这次我才看清，高晓声的肩膀左高右低，一问原因，是肺病动了手术的缘故，他身上病痛可多。后来他说他可能不久就要去南方避寒了，又说《青天在上》正在印刷中，将来如开讨论会，我身体情况如许可，要请我参加。我说，如有可能，我一定争取前去。想起要看看高晓声的那位护士，但一问她不在班上，我也只好作罢！

《青天在上》出版后，颇有好评，出版社原拟于1991年9月开个座谈会，但听说当时政治形势转紧，风闻文学作品不许写"大跃进""文化大革命"，《青天在上》自然犯忌，为谨慎起见，出版社便不想开了。这"形势紧张"是什么呢？实际上就是一些人制造的一种令人窒息、压抑的政治气氛，在这种氛围里，有的是帽子与高调，学术讨论是搞不起来的。90年代初的3年多时间里，在文论界，大家很难坐在一起探讨文艺理论问题的。开起讨论会，免不了有些不同意见，有的人就会把他认为"出轨的话"一封平信告到高层机关，然后高层机关转到你的单位，你单位就会奉命对你进行批判的。因此，和动不动就上告的人在一起开会，感到很不安全。你给我乱扣了政治帽子，我干吗还要同你坐在一起，听你念叨经文和毫无长进的老调，受你教训？早已不是"文化大革命"前与"文化大革命"的时代了！那些人一只脚已跨进90年代，可头还枕在五六十年代！但是他们有的是权力，不想这种"文化大革命"遗风，还刮到90年代！作家和知识分子的命运，真是可悲也夫！

1991年9月初，高晓声来信说，他的一位西班牙朋友达西安娜·菲萨克来华，同她丈夫住在北京外语学院，要我妻子（她是外语学院老师）去找她一下，把他的地址告诉菲萨克，以便取得联系。我妻子很快使他们联系上了，他们需要面谈，于是高晓声就到了北京，在我家里住了下来。18日下午，他同菲萨克来我处。原来菲萨克是位西班牙的汉学家，想翻译高晓声的小说，这次大概来洽谈选题、篇目的。我们请他们一起吃了晚饭，席间，他们似乎十分愉快，看来洽谈得很顺利。菲萨克汉语说得不错，交谈中间，看得出来，对高晓声的幽默、语言艺术，相当欣赏，充满了崇敬之情。晚餐间，天东地西，什么都谈，甚为欢快。老高爱喝白酒，我还真有佳酿，于是找出泸州老窖，对高晓声说，我有佳酿，藏之久矣，专等高晓声来享用，说罢大家一笑。因为这是烈酒，我是只敢用舌头舔舔，即使如此，也要倒抽几口凉气的；另外两位女流也不敢抿嘬，真让老高一人独享了，聚餐到晚间9时才散。菲萨克离去后，我们看到老高面有倦意，就劝他早些歇息。他说他真想休息了，回到房里，一夜鼾睡。

第二天上午，老高在我家休息，我就和他闲聊了一个上午。他说他被遣送返乡后，浑浑噩噩过了好些年，到了1972年，实在感到黑暗、无望了，草草地结了婚，生了三女一男。大女儿好学，已去了日本。儿子在学习上还未走上正轨，东摸西摸，睡觉前突然想起要做功课，学我闲散呢，我的闲散是可以随便学的？我说，你孩子生多了，现在可管不过来了。他说，当时没有精神生活，又在农村，人已只剩下生儿育女的功能了，大家一阵欷歔。我说现在孩子都这样，外面吸引他们的东西很多，不过年纪大了一些后，慢慢地会醒悟过来，校正自己的航道的；小时循规蹈矩的人，可能大了就未必佳，而年少时并不显眼的孩子，大了却很能干的。他说，7、8月间，他出游云南，有个把月，看尽了西南风光；觉得意犹未尽，又自己搭伴，去了趟滇西南，直奔大理、腾冲等地，过去这些地方只是从地理课上知道；买了两把少数民族的刀回来，这些东西飞机上可不好带呢，还是托乘火车的人带回来的。他说明年 5 月初，准备去黄山，秋天想去德国、西班牙。我说你倒是浪迹江湖、云游四方，活得真是潇洒。他说，干我们这行的，跑得动的时候多跑跑好，思路会活泼些，想象会丰富些。他说如果我明年去黄山，可以和他同行。我说要看机遇。他问什么机遇？我说，比如在那里附近开会趁个方便呀，等等。他说不必等这种机遇，设法自己去，也花费不了多少。我说这也是一种机遇啊！说着我们两人都笑了。

后来谈起了他作品的事。他说明年（即 1992 年）准备开个讨论会，包括《青天在上》《陈奂生上城》与《陈奂生出国记》等；他希望我参加，还说是不是由我来主持讨论会。我忙说，届时我会争取前去，但主持会议实在不敢当，还是请江苏作协方面的人来张罗、主持为好。下午、晚上，老高外出访问北京的老朋友去了，晚上回来已晚，我们让他早些休息，他也不勉强自己，倒头便睡。

第三天上午，老高写了几封信后，又和我闲聊。他说，他喜欢写荒诞的东西，还想写荒诞。我说你写了不少荒诞的东西，写得不露声色、自然、认真，像江南老乡常用的"说死话"（认真地将反话正说）一样，使荒诞更为荒诞。他一听说他写得像"说死话"，就嘿嘿笑了几声，说还真有点"说死话"的味道，旧时人们为死者烧纸人、纸马、纸船、纸屋，以为死者能够收到，荒诞得也是那么自然、认真的。接着谈到现今的写作时尚，新××十分流行，他说他照例是不做声的。可以探索，但有些现象也很明显，自然主义的东西太多，或尽写些卑下的东西，一些作家对人的本能的东西极感兴趣，有什么意思呢！有的女作家也写尽了床上戏，在表现自己的床上体验，有什么意思呢！过去不让写性本能，现在大写特写得像竞赛一般：你的性感很强，我的性体验不比你差！写东西总要有爱有恨吧，写得让人能哭能笑；如果他不懂得什么是美，什么是丑，他怎么写东西呢？他怎么知道，他该在哪里停下呢？他的责任心是什么呢？不必唱高调，但总得有责任心吧！你用什么东西给你的读者呢！他还说到，小说还是要有故事的，一个好故事很难找，一些写得零乱的东西，主要是作家无力理出一条好的线索，找到一个好故事。有的作家编故事的能力不错，但只能在平面上展开，人物尚缺乏个性。有的作家自己也写得不清楚，模模糊糊，莫名其妙，也只是一些感觉、直感，而显得思路不清，可还要故作高深。

高晓声的一席话，使我大感兴趣，他对文艺创作的看法，与我的一些关于文艺的想法，十分相近，因此谈得十分投机。我读过他的谈创作一类的文章，这些想法在文章中他一般是不说出来的。现在的一些青年作家，对这种创作的人文关怀是很隔膜的。老高创作时心中存有读者、关心读者，所以他的作品的读者群十分宽阔，不光知识分子，就是识文断字的普通老百姓，也很喜欢。

从北京回南京后不久，他来信谈了他今年作品的出版情况。他得我回信，知道我身体康复情况不错，11月又深情地写道："身体康复是一件大事，我在家里为你多饮一杯酒。但我仍劝你不急忙恢复工作，仍应以保养为主，留得青山在是很关键的，事情可以慢慢做。"

他自己则又如候鸟一般，要张罗去南方避寒了。

湖山之旅

1992年初夏，我去陇南讲学，顺便去了趟九寨沟；夏，又去威海、蓬莱、长岛休息，未得高晓声作品讨论会的通知，可能讨论会未能开成。

1993 年 9 月，他来信说，九寨沟不敢去，主要是地势高、气压低，身体难以适应，原想 7、8 月份去张家界，但正碰上发大水（水灾），恐不方便，所以"待在家里，又做不出事，干扰太多，也对现实不知从何说起。你说中国人在国外干坏事的人也多，致使有些外国不让中国人入境，我这才明白，现在干坏事的中国人都到外国去了，于是国内才一片光明"。我知道老高又在"说死话"了！谈及文坛出现"东征"之类的"轰动"，他说这是文坛"幸事"，也同争办奥运会目的一样。他有北京出的一本小说集，但错误百出，要读后改正了字再寄我，自称这是一本不会引起轰动的书；然后又约我南游。

1995 年 5 月，华东旅游报社与无锡太湖影视城旅游区管委会，联合举办了"太湖旅游区 1995 年华东笔会"，日期从 5 月 6 日至 28 日，我与在北京的林斤澜都被邀请，我们都是华东地区人。先是高晓声给我电话，动员我参加这次笔会，我因我们相约多次，均未成行，这次自然得应约前往。笔会是文化考察，覆盖六省二市，路线从无锡出发到南京、曲阜、梁山、歙县、龙虎山、武夷山、千岛湖、富春江、杭州而至上海。由于无锡是我老家，曲阜等地刚去过，所以我直接从屯溪插上。会师黄山市后，才知道除高晓声、林斤澜之外，还有舒婷、陈村、叶兆言、周峰、郑秉谦等人。高晓声对我说，幸亏我未去山东段，否则也要去体验汽车半夜抛锚路上，那种前不着村、后不着店的沮丧和劳累的感觉了。我看此时老高，已满是倦容。在黄山一带，主要是参观民居。由于这一带地处群山之中，交通阻塞，几百年里未经战乱，甚至奇迹般地避过了"文化大革命"的劫难，所以不少明清古居，深院老宅，保存至今，完好无损，极有观赏的文化价值。

下一站是江西的龙虎山，参观天师府，大雨如注，我看老高疲倦得很，我们在听讲解，他则卧倒在游客休息的长椅上了。我问他怎么样，他说经常如此，躺一会就好的。午饭时，他食欲还好。饭后组织大家上竹筏漂流，出得天师府，就是芦溪河，雨却没有停的意思，而且竟是一场中雨。芦溪河边是一条文化街，大家无心观赏文物仿制品，忙着用雨衣雨裤把自己裹扎起来，准备上筏。高晓声、林斤澜、《华东旅游报》的陆荣泉和我，坐在一条竹筏上，各自用雨伞挡着下个不停的雨，加上一个掌篙人，在芦溪河上晃晃荡荡地作雨中游了。这时老高精神抖擞，和饭前相比，判若两人。雨小了起来，我们在竹筏上漂流着，在斜风细雨中观看两岸如洗的青山和低低的云雾的变幻，真是佳境处处，目不暇接。河上的空气，新鲜而湿润，小雨打在脸上，清凉又惬意，谁都没有说话。我知道作家们在聆听这缥缈画屏中的雨中曲，感受着这奇妙的芦溪河上的奇特景象。

　　笔会到上海结束，老高和太湖影视城的韩志忠先生，又邀我到无锡去待两天。第二天上午各地作家纷纷离去，傍晚我同老高到达太湖影视城，就住在湖边的一个招待所。次日，韩先生驱车来接我们，去看看即将动工的水浒城。我暗自思忖，这里会像三国城一样，又会车水马龙般地热闹起来，这可真是大手笔的构思呢。沿湖的群山土墩，原是不毛之地，一经开发，即可成为休闲的文化景点。随后再驱车往南几里许，车停了下来，出现了湖滩水田，密密的蒿草、芦苇，沿湖迤逦好几里。我说这里白天湖光山色、晚上松间明月，可真是个好去处。老高说他想在这里买地造房呢！我说这真是个好主意，劳碌一生，可在这里找到块休息之地。可是也有不便之处，食有鱼了，可出无车啊，你还得备辆车，还得会开车，靠别人送吃的喝的，可不是长久之计呢！他嘿嘿笑了几声。这个上午，我很兴奋，看到那尚未被污染的山清水秀的景致，春风会长驻，秋水共长天，好像回到童年时代了。我回京后，过了一阵，电话里同高晓声谈起造房事，他说，这事颇费踌躇，不易解决。我说"高晓声造屋"可不会像"李顺大造屋"那样大费周折吧！他听罢哈哈一笑说，这是很难说的。我想好事多磨，这种事可不像写一篇小说那样容易。

　　1998年4月下旬，我在南京大学主持《文学评论丛刊》（与南京大学中文系合作）首发式，后在南京大学中文系与南京师范大学文学院各讲了两次课，南京师范大学老师听我说想看望高晓声，就在晚饭后派了辆车送我去。正好《钟山》徐兆淮先生也在，他原是北京中国社会科学院的"老文学所"，是老相识了，可陪我同去，原来他与老高是邻居。晚上下起了雨，来到长江路已是大雨滂沱，拐进弄堂，急速走进老高家门，身上都是雨水。老高已在等待，拿了条毛巾让我擦了擦，接着拿出茶叶，给我们泡了茶，说，这是新茶，味道香正。徐兆淮先生谈了一会就回去了。我问老高，你还是一个人？他说是啊。我说，年纪大了，一个人生活可不太容易啊！他表示暂时没有办法，还得过下去，反正饮食尽量简单些，对付着办。我说吃东西也不能太简啊！又讲到病，他说他总是感到憋气胸闷，想到老家常州去看一个老中医，那人有些办法，要长期服用中药，药费也贵些，但是有个报销问题。我说作协还不能解决？他说还未谈妥。随后他谈起南方一家出版社出了他的散文集，错字连篇，看都不想看。这次自己编了一本，北京的一家出版社愿意出他的散文集，让我把他的书稿带给他的同乡石湾，他会去处理的。我自然高兴完成他交给我的任务。他说他在使用计算机了，这东西真奇妙。我知道老年人使用计算机是要有一些意志力的。他问我如何？我说我 1993 年起就用上它了，现在已离不开它。由于楼下车子在等着，我不好让人久等，因此大约坐了个把钟头，就起身告辞了。他问我什么时候再来南方，同游太湖。我说机会还是有的，但什么时候现在可说不好呢。

1999 年 5 月，我又在南京开会，日程很紧，几次给高晓声打电话，都未打通，只好作罢。等到得知他去世的消息，心想去年 4 月原来是我与高晓声的最后一面，看来，我再难有机会与老朋友促膝长谈，相约于湖山了！

(原载《钟山》，1999 年第 6 期)

中　编

阅读世界经典，提升人文精神[①]

全球化的氛围正在形成之中。

各国经济的广泛联系与合作，科学技术日新月异的开发与利用，使世界进入了一个信息化时代，这自然使全球化成了当今最为激动人心的话题。文化方面也是如此，频繁的交流与传播，异国他乡的朝发夕至，使天各一方的人离得很近很近。

全球化几乎成了不可阻挡的潮流，但是世情万象并不因此而一片光昌流丽。政治、经济、文化等各个方面的交往与合作，固然不断在加紧进行，而这些方面的种种矛盾、冲突与危机，时时萌生，甚至人类自身的生存状态，也是险象环生。

科学的进步，使人片面地觉得技术无所不能，从而减弱了人对人文的要求；而近百年来

---

① 2008 年山东泰山出版社推出了我主编的《读意大利》《读法兰西》《读德意志》《读英格兰》《读美利坚》和《读俄罗斯》6 卷文化读本，这是为丛书撰写的总序。

的一些人文学者，在创新的旗号下，往往声称与传统文化决裂，而把过去的文化说得一无是处，不断在弱化、消解理性精神与文学艺术、知识的价值，从而使人的精神日益变得贫困，走向平庸，使人自身陷入惶恐与不安。人类普遍的精神危机，在相当程度上是与科学走向唯工具理性、理性衰落、欲望驱走了理想，并对传统文化持有虚无主义态度有关。传统文化既然被切断，人对自己的过去便罔无所知，人所以为人的长期的精神积累遭到无情地扫荡，极端功利的工具理性又未能丰富人的精神，那"最终空虚感"就随之而来，"在劫难逃感"也油然而生。于是一些人徘徊无依，零落彷徨；一些人颓唐下去，只好去信仰人自身的本能了。

人类无疑将会面临自身制造的诸多厄运，但是不会走向没落与衰亡。几千年来，世界各族人民创造了自己的辉煌的文化，就是证明。战争被扑灭了，瘟疫被制止了，奴役被战胜着，专制被不断推翻着，而人类文化灿烂的光照，却是永存、常新。

多元的人类文化是几千年来积累起来的精神成果。它确是属于过去，但这是属于未来的过去。它诚然是旧时的东西，但它生根于民族精神的深层，是通向新的时代的阶梯。流传下来的传统文化，是充满理性精神与人文精神的文化，在我们的生活中，它能够均衡重量，确定价值，保证我们精神的富有，在我们面向现实与未来的时候，能够为我们提供一块坚实的立足之地。

新的文化建设，总是具有反传统的意味，但这只能在原有的基础之上，进行扬弃，融合其有用成分，使之成为新文化的组成部分。漠视原有文化的底蕴而标举创新，十之八九不免虚幻。当我们面对人类伟大的文化创造，我们将会感到人的精神的温馨，确信它的不朽，从中获得巨人般的创造伟力；当我们一旦远离传统文化，这无疑是将自己逐出精神家园，踯躅于茫茫的虚无，其时人们的精神危机就会来临了。

正是本着这样的认识与目的，我们编选了这套丛书。

这套丛书，主要介绍外国的文化典籍，凸现出对世界文明卓有贡献的古代、现代主要国家，它们的文化渊源与精粹、发展与流变、革故与鼎新。编选的著作范围，包括政治、历史、文学、哲学、军事、宗教、科学、伦理等方面有代表性的论著，文体不限。驰骋在世界精美文化的原野上，诵读这些奇文，赏析这些华章，能够使人了解不同民族的绚丽多彩、各具特色的文化创造与智慧风貌，使人能够赏心悦目，提升精神。这些文化宝藏与我国的文化明珠一起，汇成了一个蕴涵深邃、光辉灿烂的多元的文化世界，它开拓我们的视野，锻铸我们的宏放精神，以促进我国新文化的建设，坚信在 21 世纪将再造新的辉煌。

他山之石，可以攻玉。做一个具有宽阔的文化胸怀和厚实的文化底蕴的现代人，就是我们现代人文精神的理想！

由于篇幅有限，有些国家的文化典籍与佳构，未能编入这套丛书，这是要请读者谅解的。

三言两语

——名家著作推荐

《庄子》

我读《庄子》的时候，总要默想一会儿，何以这位两千多年前的先人，竟能如此豁达，超然于人世之上。忽而如冯虚御风，羽化登仙，在汪洋恣肆、仪态万方的文字中，透过寓言形式，对人生问题作大写意的自由挥写；忽而与强权者驳辩，以为人的高尚精神要高出金钱、尊位万万。庄子的"逍遥游"是精神的自由，智慧的解放。既是诗性的哲学，又是哲理的诗。

《世说新语》（刘义庆）

《世说新语》记述了魏晋玄学盛行时期社会的人情风貌。由于人的个性相对自由发展，所以也相当讲究对人的品评。这部被后人称为志人小说的著作，主要记述人物的玄谈清议，通过一个细节、一个小小的场景，几笔富有特征的勾勒，就使人物栩栩如生，显示其超凡脱俗、任情率真的魏晋风度来。

《浮生六记》（沈复）

我阅读并收藏的是 64 开本的开明书店版本，虽称六记，实为四记。少时我不爱读"社会言情小说"，嫌其脂粉气太浓。但翻开此书，劈见引东坡诗"事如春梦了无痕"，就引起了我的兴趣。一种雅致、质朴、真情、忧郁的氛围在阅读中越来越浓，而被深深地吸引了。几十年过去了，这种美好的感受仍保留在我的记忆里。

《人间词话》（王国维）

早在中学时代，经国文老师推荐，我开始读这本词话和李后主的词。词作好懂，而《人间词话》却是似懂非懂，但开始接触到什么是境界、无我之境、有我之境、真景物、真感情、忧生、忧世、隔与不隔等。后来一放多年，及至年长，再读此书顿觉豁然开朗，竟是韵味无穷。《人间词话》是众多诗谱中内涵最丰富的一种，它融会了西方美学思想，是我国古代文论的终结，20 世纪我国新文论的开端。

《三国演义》（罗贯中）

《三国演义》几百年来一直有着广大的读者群，自然先以情节取胜，以跌宕有致的写法取胜，毛宗岗确也点到好多妙处。但有一个更大的妙处是这部小说常读常新。少年时阅读可能是看热闹，故事多变有趣；年轻时阅读可能对小说中种种人物性格的描写以及他们的为人之道感兴趣；年纪再大一些的人可能多注意人物命运描写以及各方实权人物斗智斗力、巧弄权谋方面。小说在运筹帷幄、星移斗转、奇峰对插、锦屏对峙的多种描写后面，显示了先人的无限智慧，以致今天的外国企业家要把它当做案头的必备之物，而将其智谋用到经营中了。

《古文观止》

这是不事专门研究古文而又想欣赏古文的最佳选择了。读《古文观止》，最喜爱的就是前、后《赤壁赋》与一些记叙游记，感悟到其中意趣，如前、后《赤壁赋》，飘逸、空灵、出世而又深远。"哀吾生之须臾，羡长江之无穷"与"盖将自其变者而观之，则天地曾不能以一瞬。自其不变者而观之，则物与我皆无尽也"的矛盾的人生领悟。不少类似的文章，抒情写景，如流水行云，朗朗上口。在工作之余或朗读，或背诵，不知不觉地就进入了文中意境，如冯虚御风、遗世独立，也还是一种最好的精神舒展与小憩呢！

《牡丹亭》（汤显祖）

《牡丹亭》是"临川四梦"之一，写杜丽娘与柳梦梅的爱情故事。这一浪漫主义的诗剧，可说是文学史上的奇葩。读者历来激赏主人公对爱情的强烈追求与坚贞。剧作清丽多致的语言、传神的心理抒写、浓淡有致的景物描绘，如今《牡丹亭》被配以昆曲唱腔，真是做到珠联璧合了。我感到昆曲的婉转、悠扬、雅致、抒情，就像是《牡丹亭》故事自身，而《牡丹亭》似乎唯有在昆曲的演唱中，最能得到艺术的升华。静下片刻，听一段昆曲《牡丹亭》，将是美文、美声、美色、美情融合一起的绝妙享受。

《忏悔录》（卢梭）

马克·吐温说："从来不撒一两次谎的人，我根本就没有见过。"卢梭的《忏悔录》是一本震惊人心的书，作者将自己赤裸裸地、毫无保留地展于公众之前。他不说谎，他将"我"的方方面面，包括我的不光彩的甚至卑劣下流的思想行为都写了下来，但这非但无损于作者的光辉，而且这个在个性自由、个性解放的旗号下的"我"，在反对封建道德、虚伪礼教中毫无掩饰的真实的"我"，为法国文学开创了新风。在不说谎这点上，《忏悔录》是使我们深感惭愧的一本书。

《穷人》（陀思妥耶夫斯基）

一个善良、年纪不轻的小公务员，与一位需要仰仗他人才能过活的穷家姑娘，演出了一出充满温情、可又绝对无望的爱情的故事。书信体增加了文字的多情善感、缠绵悱恻的色彩，读来更其加深了对无望的爱的痛惜。但是由穷人口中叙述的潦倒的穷邻，在破屋里因断炊而举家在冬夜啜泣的场景的侧面描绘，使我怦然心动，大约因为由于我老家有着同样的境遇而竟使我潸然泪下。在众多的小说中，《穷人》是唯一使我热泪双流的书。当时我还年轻，在作者的故乡，读的是原文，也曾许诺将来自己境遇改变了要做些什么，但我今天的境遇正使我慢慢走向穷人，看来也难以有所作为。

《罪与罚》（陀思妥耶夫斯基）

读《罪与罚》，会有一种压抑得内心想呼喊的心境。陀氏的作品在今天世界各国久传不衰，原因在于它展现了人欲横流的世上，人们受苦死亡、到处奔突的生活，传达了那种瞬息万变、惶惶不安的社会气氛，那种能够找到一个安身立命之地的普遍愿望。同时在艺术上，陀氏强化了主体意识，使幻梦般的变化，难以捉摸，和那要死要活的紧张转折都成了描写对象，从而在世界艺术中独树一帜。至于小说中的宗教意识，常为读者所忽视。

《审判》（卡夫卡）

读完《审判》，我深深觉得，在当今世界上，生活中的荒诞是如此广泛，非理性是如此阔步横行，人的悲剧是如此普遍，人的命运是如此相似，他们向何处去诉说？我们自身的经历告诉我们，也曾经走到这一地步。同时，我也震惊于现代主义艺术的技巧，怪诞而奇特，这是艺术自身的丰富。现代主义艺术是一种悲怆地讲着人的悲剧的艺术，是一种以非理性的艺术手段揭示非理性的专横的艺术。阅读或观看这种动人心魄的艺术作品，就像听着《悲怆》交响乐一样。自然，这里指优秀的现代主义作品而言。

《德意志意识形态》（马克思、恩格斯）

此书虽是马克思、恩格斯早期论辩性的著作，但书中关于人、关于人的思维特征、关于人与社会的关系以及艺术和社会的关系等论述，具有极强的说服力，其中有的观点，如"占统治地位的思想不过是占统治地位的物质关系在观念上的表现，不过是表现为思想的占统治地位的物质关系"，"不是从观念出发来解释实践，而是从物质实践出发来解释观念的东西"等，使我获得坚实的思想知识而受益匪浅。我看到有的人力图摆脱这些观点来描述自己的哲学思想、文艺思想，但常常不免虚幻。自然，对于具体的观念意识，是必须进行具体、细致地分析的，不能像对公式一对完事。

《人论》（恩斯特·卡西尔）

人之异于动物者几希？这往往是从伦理道德角度看问题；人以群分、互不相同，是从社会集团、阶级角度看问题。本书从符号学的角度看待人，人是符号，这一观点我自然很难同意，因为人是一个极为复杂的现象。但说人用符号来创造文化，却是一个富有创新意识的论点。人与动物之区别在于人能把信号改造成有意义的符号，他具有理想，向往可能性，去创造理想的世界，而有别于动物安于"现实"、永远不能超越"现实性"。人利用符号在"劳作"中创造语言、神话、宗教、艺术、科学、历史，使人成为"文化的主人"。本书加深了我们对人的丰富与多方面性的理解。

《资本主义文化矛盾》（丹尼尔·贝尔）

贝尔自称，他在经济领域是社会主义者，在政治上是自由主义者，在文化方面是保守主义者。由于他对美国社会经济、政治、文化深有了解，并且又是美国社会经济、政治、文化多次变动的见证人，所以他能比较客观地描绘这个发达的资本主义社会的发展过程，特别是对美国人的文化、精神状态的一次又一次的急剧变化以及它的发展趋向的描绘，材料丰赡，见解独到，分析深刻，极富启发性。

（原载《书摘》，1994 年第 4 期；
《学习》，1996 年第 2 期）

随笔三篇

闪光的并不都是金子
——读《勋章到手了》

　　勋章，是政府授予对国家、社会有贡献的人的一种荣誉证章。政绩卓著，造福于民，可得勋章；科技上有重大发明，学术上有创见，可得勋章；军功显赫，卫国利民，可被授予勋章。总之，勋章是一种荣誉，戴着勋章的人使人敬畏，备受尊敬。可是，如今勋章满街飞，这自然要使我们那位一无所长、颇有资财、认识国会议员、又很自负的萨克尔芒先生产生羡慕之情了。

　　萨克尔芒热爱勋章之心据说从小就有，如今没有勋章，甚望获得；但得不到它，又愤愤不平，怒责政府恶浊，竟然滥发，到处不公道，所以要发生革命；但一遇荣誉军长官敢于威严地站在人行道上妨碍交通，就直想向他们致敬，等等。这种嗜得勋章的心理描写，虽然着墨不多，但写得委实生动、传神。

不过小说中的妙趣横生之处，是写萨克尔芒如何获得勋章的那些段落。

第一个落笔处是，萨克尔芒为要获得勋章，就去求助虽挂有勋章、但不知如何获得勋章的国会议员罗塞兰，他估计自己出面，对方未必见情，于是就说服妻子前去"发动"。果然派出"俏皮"的妻子去"发动"，此招十分灵验。读者读到这里，恐怕会对"发动"的奇妙含义，发出微微一笑的。

第二个落笔处是，罗塞兰果然为他出谋划策，要他获得一些头衔，方可上报。不多时日，我们这位肚里墨水不多的主人公竟然撰写了小册子，提出直观形象教育的高论，并向议员、部长、总理那里分发。

但最后一部分的描写是最令人发噱的。被罗塞兰支使到外地去收集资料的萨克尔芒，一天突然夜半回到家里，发现房里乱成一团。进得房里，又见椅子上搭着件系有勋章的外套。他自认并非己物，那么此物何为？妻子惊慌失措，面无人色，故作神秘，又语无伦次，说得飘忽不定，但又绝对明确。这段绝妙的对话，真真假假，虚虚实实，读者读着不免要哑然失笑了。果然，萨克尔芒勋章到手了。其实他也明白，这一小出闹剧正是他一手导演的。

前面说到，勋章是一种荣誉，但现在分明是卑鄙的标志；勋章是建功的奖赏，也可以是调情的回报。"从玛德兰纳教堂到德鲁奥街"一路上看到的那些勋章，在它们之中不少的背后，也许都有着大同小异的故事吧。

俗话说，闪光的并不都是金子。勋章是如此，那么还有哪些东西是更为神圣的呢？我们在生活中不是看得很多的吗！

被虚荣锈蚀了的灵魂

——读《项链》

真的，在巴黎，女人的美貌、娇艳，就是她的出身门第。风韵楚楚的年轻妇女，在哪里都受欢迎；进入社交界，她会被男人团团围住、追逐紧盯，而她觉得这才是风光的生活。这就是我们在不少外国小说里读到的浪漫故事的开头。

然而，我们现在看到的女主人公玛蒂尔德，虽然年轻美貌，自认应当享受荣华富贵，向往受人追逐之乐，但命运使她只能委身于一位穷酸的小公务员。这样，她自然无法穿金戴银，锦衣玉食，而只能蒙尘于穷巷陋室了。所以她常常因此而愤愤不平。

短篇小说往往是建立在"可是""突然"这一类的转折点或连接点上的。说"可是"，"可是"就来到了玛蒂尔德之前，她被邀参加部长家的晚会，于是不惜重金购置礼服，向女友借了钻石项链，打扮起来，风流诱人，芳容惊艳，尝尝那被人追逐的乐趣。果然，她在晚会上风光独占，出尽风头，以致分不清赞美与献媚了。

紧接下去是"突然"：项链丢了。这对女主人公来说不啻是个晴天霹雳，就是对读者来说也是十分揪心的一笔。在这"突然"之后，女主人公就落入了悲惨境地。虚荣心是人类本性中的一种弱点，一夜风光，竟要女主人公付出如此沉重的代价，真使人觉得作家的笔未免严酷了些。及至读者看到主人公的人性未泯，以多年的诚实劳动来偿还债务，就转而同情于她，原谅了她的虚荣心。如果小说到此结束，也不失为短篇中的佳作。可是，作家又来了一个"突然"。十年之后，劳苦生活使女主人公风韵殆尽，面目全非，在向已认不出她的旧友诉说借还项链的曲折中，突然得知原来丢失的项链不过是假的，故事至此戛然而止，留下的自然是一大片空白了。

在这大片空白中，读者一定会感到一种震慑。为了虚假的风光一时丢失了贵重之物；又为实为虚假之物，含辛茹苦，丢失了青春年华，因这些真真假假而作出的牺牲，对女主人公来说，不是几近残酷了吗？而这，岂又不是莫泊桑的笔力所在呢？

好的小说每每会在阅读中不断读出新意来，让人去填补空白。人总想在生活中自我实现，或是向往一种浅薄的、无价值的闪光，或是一种高尚的东西。为此，他可以废寝忘食，劳作不息。在现实生活中，那种"突然"性的转折，比起小说中的"突然""可是"来，要丰富得不可比拟。一些人永远以为他们所追求的东西是一种真实，只要风光过一时，也不辨真假，安然自得，仍像玛蒂尔德偿债那样忠诚劳碌。但也有一些人"突然"发觉他们所追求的不过是一些虚幻，而会产生一种失落感，既有慨叹，也有惋惜，然而转眼间已早生华发。他们不由得与被嘲笑的玛蒂尔德的命运发生认同，深深同情她的诚实一面，同时也在隐隐作痛的心灵中嘲笑自己。但好在人追求了一遭，又会产生新的向往的。固然有人追逐醉生梦死或醉死梦生，但也有人追求务实与超越。玛蒂尔德式的现象还会不断重复。这样说来，《项链》这段故事，还真有着一种人生体验的意味。

感情的即兴之作与"突然"的艺术
——读《橄榄园》

相信纯洁、真情、正直、善良的人，阅读《橄榄园》这样的作品时，一定会感到精神的震动，一种道德的震动。这一故事似乎带点浪漫色彩，然而却会在读者的心灵上引起沉思、发出回响的。

浪漫色彩表现在故事中的主人公对爱情的专致上，对道德的近于严酷的追求上。

年轻的、富有的维尔布瓦男爵，疯狂地爱上了一位地位低微、漂亮但内心阴狠的年轻女演员，同居后准备抛弃家庭世代相传的荣誉而娶她为妻。但当得知这女人与把她介绍给他的朋友也是这种关系时，男爵受骗的心十分愤怒，几乎要置她与她腹中怀的孩子于死地；而当他得知她腹中怀的孩子并非他的，他就原谅了她。

不久他离家出走，去过隐居生活；随后皈依宗教，以对上帝的爱慕，代替了人间的情爱，做了教士、当了堂长，在海边的一片橄榄树林里，让树荫来遮掩他的巨大痛苦。他普度众生，同时也不忘世俗的快乐，出海钓鱼，一晃就是几十年。为纯情的出走，抛弃了财产，寻求安慰，不是很有一点浪漫的味道吗？这要在精神上付出多大的代价！写到这里，我想起不久前在报上读到的报道，我国海峡两岸有几位老人，由于几十年前的历史事变而散失，终身独守，如今白头相见，爱情如昨，初衷如旧，我们能不为这种人间真情所感佩吗！无疑，维尔布瓦男爵的故事，也是一种真情的表现，并且近于殉情了。所以莫泊桑把故事写到这里，也是颇能抓住读者的心，让读者跌入沉思的。

然而来了个"突然"，对维尔布瓦堂长来说，这是第二次欺骗与对平静了的感情的袭击。当一位不速之客闯入了这宁静的可以遮掩人世痛苦的橄榄林，当他得知这个语言丑陋的年轻人就是他的私生子，既像自己又像他母亲的孽种，这种受骗感使他从"二十五年的虔诚清梦和安静世界里惊醒了"。当他在盘问中了解到来人不仅前来敲诈自己，并在品德上极端邪恶、低下，是个什么伤天害理的事都干得出来的人，他明白，他面对的是一个恶徒。他们两人之间存在着不可逾越的恶毒的深渊，他深感命运将无可挽回，而原本在心里升起的宗教的救赎感也已熄灭无余，那种不可抗拒的暴怒再度复活。他明白，私生子的到来，对他来说，成了道德的惩罚。既要惩罚儿子，这个错误爱情的产物，失去父母爱抚、而后成了无赖浪子的社会废物，同时无疑也要惩罚自己。于是他以强力的手，用桌子撞倒了被灌醉、把手伸向桌上刀子的儿子，同时也在长长的黑暗中，在无言的痛苦的思索中，结束了自己的生命。橄榄田里一片安静，堂长常常求助于那曾经遮掩过耶稣基督巨大痛苦的橄榄树的阴影，然而现实的邪恶，他自己参与制造的邪恶，却来得那么快，使他猝不及防，在悔恨中失去了自持。

如今，这类伦理问题小说极为少见了，其实，这类故事在生活中随处可见，而且在一些国家日益泛滥。感性的平庸、浅薄、功利，也许是当代社会相当普遍的标志。有谁会在这类故事中，去寻求人类的正义、奋发的道义？只有不断膨胀的情欲、物欲建构着人，也改变着人。

在当今的电视屏幕上，不时可见艳妆浓抹的男女歌星，他们像身披鱼鳞，以为借着那灯光的闪烁，就足以构成自身的光华了。他们摆着身肢，故作深沉、深情的样子，声嘶力竭地在唱着爱的失落，一会儿挤眉弄眼、一会儿要死要活地发泄着自己的欲望，好像在诉说自己的忠诚，但这些"包装"实在浅薄。如果这类油粉族类真有这类故事发生，或者重演维尔布瓦先生故事的上半部，那也不过是感情的即兴之作，绝对不会出现维尔布瓦先生的下半部故事的。

因为在这个时代的某些族群之中，感情的平庸、低俗、浅薄，似乎已成一种时髦。碰上这种情况，你不妨关一下电视，来读一读莫泊桑的《橄榄园》。

（原刊《莫泊桑名作欣赏》，中国和平出版社，1995）

缘分如影

——我与果戈理

写下副标题，我自己感到有些吓人，两个毫无可比性的人，怎么就并列到一起了呢？

不过我在这里要说的是我和果戈理作品的缘分。

1999 年，安徽文艺出版社出版了周启超先生主编的 8 卷中译本《果戈理全集》，加上一卷魏列萨耶夫编的《生活中的果戈理》作为附录，共 9 卷。大约是我曾经在俄罗斯文学研究界待过一阵，几十年前又就果戈理写过一些有关的东西，所以周君邀我为《果戈理全集》写篇总序，我就欣然答应了。缘分往往是偶然而来的，但与果戈理的缘分，从我少年时代起，时断时续地一直伴随到我的老年。

我少年时喜欢读"闲书"。无锡城中心崇安寺东北角往东约 50 余米的拐弯地方，有家"集成书店"，前身叫"日升山房书店"，我初中时期经常去看书。书店老板有时在书店斜对面的无锡电灯厂门口左边摆个书摊，书摊用几块板搁在长凳上，拼凑起来有四五米长，摆出来的书主要是各类武侠小说、言情小说，上海广益书店刊印的书特多，也有封面上印有时髦女人像的《紫罗兰》、简朴一些的《春秋》一类文艺杂志。如果书店开门，书摊就收了起来。书店里的书比起书摊上的书，档次要高得多，种类也多。比如书店门口也摆有一个书摊，书摊的大部分伸到店外，摊上实用性的书籍较多。书摊旁边靠墙就排着七八个书架，相当高，个个顶着天花板，摆满了书，看高处的书，真是需要仰视才见。靠门口的几个书架上，摆的书大部分是现代文学作品，有北新书局、大众出版社、自强出版社出版的文艺书籍，特别是巴金主编的文化生活出版社的文学丛刊和开明书店出版的文学作品最多，都是当时名家的散文、诗集、速写随笔、小说等。最上面排列有《约翰·克利斯朵夫》四卷集、《春潮》《贵族之家》《凯旋门》等，还有一本《死魂臺》的书。有一次我大胆地登上靠在书架上的小梯子，观看置放高层的图书，才知道我把繁体字的"靈"，看成繁体字的"臺"了，原来这是鲁迅先生翻译的果戈理的《死魂灵》，这算是和果戈理打了第一个照面。由于我念错了字，所以印象特别深刻。

后来进了人大俄语系，大三、大四四个学期有苏联专家开的俄罗斯文学史课，一面读了些原文作品片段，一面趁假期借了不少俄国文学作品阅读，自然读了果戈理的《死魂灵》《钦差大臣》《密尔戈罗特》等中译本。但是真正进一步了解果戈理则是在后来留苏期间的事了，我进了莫斯科大学研究生院的俄罗斯语文学系，专业是19世纪俄国文学，除了要应付一些考试，还要做副博士论文。经过一个时期的思考和了解到俄国学者有关果戈理已有的研究成果，最后定下了学位论文题目，将果戈理有关城市描写和艺术家的命运的主题的中篇小说，与同时期一些作家同样是关于城市、艺术家的描写的中篇小说，进行比较研究。同样的对象和主题，类似的人物描写，为什么果戈理的作品后来成了文学经典，而其他作家的作品在艺术品位上却远远逊于果戈理的作品？由于思想明确，所以后来论文做得还算顺利，但是到剩下最后部分时，国内"大跃进"的浮夸风猛烈地刮到了莫斯科，那时国内把什么都当成资产阶级思想加以批判已成为一种流行的风尚。在一个时期里，《人民日报》发动了对学衔制的一场批判，提出学衔制是资产阶级法权思想，给以猛烈挞伐，结论是应予废除，等等；驻苏大使馆召集的一些会议也来吹风。不少留学生在"大跃进"的思想鼓舞下，真是意气风发，急着为祖国服务的愿望十分强烈。于是几位应在1958年完成论文答辩的从事俄苏文学研究的同系同学，没有答辩论文就急着回国服务于社会去了。我也大受影响，经过多次思考，只好停止论文写作，批准不答辩学位论文，多听些课，多些知识，好回国多开些课程。我把这个决定同我的导师布拉果依通讯院士和苏联同学讲了，他们极不赞成这种思想，说他们过去也有这种荒谬的做法，认为我这是半途而废，功亏一篑，太可惜了。果然，1958年年末，批判资产阶级法权思想的潮流已过，而我自然不好出尔反尔，再行申请论文答辩。比我低一级的同学，即应于1960年答辩论文的同学也已安下心来，继续做他们的学位论文，并且大多延长了时间，在俄苏文学、俄罗斯语言研究方面取得了副博士的学位。说来也是时代使然，在很长时间里我对于副博士学位没有一种特别的荣誉感，直到20世纪80年代，人事部把有无副博士学位作为提升业务级别和工资的一个条件时，一种功利思想才使我感到，不答辩学位论文是吃了亏了。有时我想起那时的研究课题，觉得即使现在看来仍是很有意思的，只是我没有时间再回过头来重新写作了。

回国后，我被分配到中国科学院（哲学社会科学学部于1977年另组为中国社会科学院）文学研究所工作，进入由戈宝权、叶水夫领导的苏联东欧文学组，研究俄罗斯文学，重点是果戈理。我想扩大研究俄罗斯作家的范围，但其他作家如陀思妥耶夫斯基、托尔斯泰、屠格涅夫都已有同事在研究了，只好作罢。不过进了文学所，一开始就是搞反右倾机会主义运动，这方面的过程我在其他文章里已写过。运动的真正收获，倒是促使我从俄国文学研究转向了文学理论。就在这时，戈宝权先生应人民文学出版社之约，要编辑一套外国作家评传丛书，每本六七万字。他邀我撰写果戈理，我自然答应下来，用了 3 个月的时间，写出了近 7 万字的《果戈理及其讽刺艺术》一稿。稍后我誊写交给戈宝权先生，他又转交给了人民文学出版社，这是 1962 年春天的事。其后运动连年，一直到 1978 年，才真正安定下来。

1979 年秋天，十四院校编写了一本新的《文学理论基础》，在昆明召开讨论会，我与不少同行被邀参加，这是我进入文学研究所以来第一次参加全国性的学术会议。会议期间，我遇到了上海文艺出版社的郝铭鉴先生，他谈起正在编辑一套文艺知识丛书，每本要求六七万字，已出版了朱光潜先生的《谈美书简》，问我有无文艺理论方面的现成书稿。我突然想起了已经送往人民文学出版社 18 年的《果戈理及其讽刺艺术》稿子，问他这方面的书稿要不要？他说丛书收入面广，这方面的书稿自然也要。于是回京后，我立刻给人民文学出版社的程代熙先生写了信，询问 18 年前的书稿下落，如果能够找到的话请尽快退还。

程先生很快回了信，于 1979 年年底将书稿寄回给我，并谈了一个故事。原来戈宝权先生将我的书稿交给出版社后，那时思想界、文艺界的形势一天比一天严峻起来，不断在批判资产阶级与修正主义。1963 年、1964 年传达了毛泽东同志对文化部、文艺界的两个批示，文艺界、出版界的著名人士，自知大难临头，惶惶不可终日，忙着检讨、批判"封资修、大洋古"，丛书的出版自然就搁下来了。后来"文化大革命"掀起了一场狂乱的红色风暴，1966 年秋，外地的红卫兵造反到了人民文学出版社，将存放在编辑部的书稿，作为伟大领袖毛主席批示里所指出的那些宣传"封资修、大洋古"的实际罪证，乱丢乱扔，我的书稿也被扔到走廊的垃圾堆里去了。幸好一位清洁工人在红卫兵走后，将扔在走廊里的我的书稿收拾起来，送回编辑部，这样我的书稿才算幸存下来。万分遗憾的是，只是我至今不知道这位清洁工人是谁？到哪里去向他道谢？我收到书稿后，看了一遍，在文字上稍稍作了一些修改。1980 年虽然已处在拨乱反正的气氛之中，不过那时还谈不上对自己的文艺思想进行认真的反思与自我批判，也来不及对果戈理的作品进行再思考，就他的思想进行再梳理，而很快地把18年前的书稿寄给了郝铭鉴先生，同年10月出版，算对果戈理了却了一个心愿。一部书稿放在出版社整整18年，历尽坎坷，说句笑话，要是18年前生个孩子，如今可是长大成人，换了人间呢！

20世纪50年代，文学研究所编辑外国文学、文学理论等三套丛书，其中一套为《外国文学名著丛书》，收有果戈理的《死魂灵》，译者为翻译名家满涛与许庆道先生。1983年初《丛书》负责人要我为《死魂灵》写篇《译本序》，我欣然从命，写了一篇一万余字的序文，介绍分析了小说的思想艺术特色，随同小说于同年由人民文学出版社出版。1995年，果戈理的《死魂灵》中译本又收入《世界文学名著文库》，仍由人民文学出版社出版，让我写了篇《前言》。每当我写作序文或前言时，我常常哑然失笑：谁知40多年前少年时代的我，因书店的书架高大而看不真切，误把《死魂灵》念做《死魂台》，而今我为几个版本的《死魂灵》写作序文或前言，岂不好笑！

我想这可能是一种宿命力量的安排吧？谁叫我念错了书名呢，要让我记着一辈子呢！当然，我倒更相信这是一种缘分，缘分就是一种不可求而得之偶然的机遇，把一连串的得之偶然的机遇串联起来，这就是一种幸运了！我和果戈理相遇一生，这真是一种幸运了，虽然我对这位伟大的俄国作家或者说"小俄罗斯"作家的思想，还需要进行深入地了解。

2000年秋

（原载《中华读书报》，2011年4月20日）

雾湿梦痕

　　细雨蒙蒙，湿雾一般，一天灰色。一片片树丛，像泼了淡淡的水墨，轮廓被墨水化开了似的，已不甚分明，散落在湿润的原野里。

　　我穿着件深灰色的雨衣，一手夹着个黑色的皮包，头戴一顶圆边礼帽，我似乎觉得，今天我的个儿高大多了。我穿行在乡间小道上，细雨随风飘到我的脸上，清凉而惬意。

　　我满心高兴，作为《东方日报》的记者，不知哪天与托尔斯泰伯爵约好，今天上午去采访他，他说，就在他的庄园前的田头聊聊吧。他的庄园在图拉城外，不久前我是去过他的庄园参观过的，知道怎么走，这次如约前往，感到步履轻捷。

　　我不记得是从哪里出发的，却一下就跑到原野里来了。我想托翁真是个奇人，我来到俄罗斯，已采访过不少政要、文人，一般都是在富丽堂皇、挂满吊灯的厅堂里接见的，或是在会议厅外的休息室里见面采访的。早就听说托翁讨厌新闻记者，说他们毫无道德品格，专事无中生有、搞些桃色绯闻的勾当，不为弱势人群办事，却围着资本家团团转。这次破例同意我去采访，采访地点却安排在田头，这自然使我感到荣幸和别有情趣。

秋风秋雨带来一阵阵的寒意。我吃力地向四处张望，不一会就看到前面不远地方，影影绰绰地显出一个人影。我赶忙向前走去，一看真是托翁。于是赶快上前问好，自报家门，说了些客套的话。

托翁的样子，我很是熟悉的。他戴了一顶哥萨克式的高皮帽，身穿一件灰褐色的俄罗斯农民常穿的宽腰长衬衫，腰间束着一条宽皮带，两手插在皮带里。他目光慈祥而富有睿智，两腮满是短须，颔下则是一部浓密的长胡子，看着我。但是使我感到惊异的是，托翁穿的一双长筒靴，竟是用白桦树皮与粗麻线穿扎而成的，我想，穿着这种"靴子"怎么能够走路呢？用力一蹬，不就散架了吗？就在他身后不远处的泥地上，斜横着一张木犁，稍远一些，还有一匹马站着。我一看这副样子，知道托翁今天是犁田来的。

趁着这个机会，我有些惶惑地问他：托尔斯泰伯爵，请原谅，我真的不明白，不久前，您怎么否定了您那些最辉煌的作品了呢？托翁一手轻轻地拍拍胡子，微微一笑地说：记者先生，您觉得现在的我和您过去读到的托尔斯泰是一个样子的吗？我说：那当然，现在的您和过去的您就是一个人啊！他说：记者先生，您错了。现在的托尔斯泰不是过去的托尔斯泰了。过去的我是个不断放纵又不断忏悔的人，我被欲望缠住，被它们吞噬，然后进行自我拷问，恢复真我，寻找生命的真，我的灵魂在挣扎着！现在我只剩下无尽的忏悔了；过去我挥霍农民的劳动果实，现在我自己耕田，自种庄稼，自食其力；过去我穿别人为我制作的长筒皮靴，擦得锃亮，您看，我现在已经学会用桦树皮缝成靴子，不用劳动别人了，多好啊！你大概想，它们经不起我一踩就散架了，不，这种靴子可牢着呢！过去我为剥削者写了不少消遣时光的无聊故事，你们还说它们好，好到了天上，可我的真正好的东西是现在为农民孩子写的启蒙读本啊，您读过它们吗？

我还真没有读过他写的启蒙课本，于是说，我要拜读，我要拜读。

正在这时，一个穿着破烂的少年，从庄园门口跑过来，对托尔斯泰伯爵说了几句话，我听不真切。托翁听后，挥了挥手，走近过来，对我轻轻地说：不几天后他要离开这里出走了。我一时惊讶得说不出话来，问他为什么？他说他已下定决心，无可挽回，他要彻底摆脱一切诱惑和欲望，进入自然，走向自然真我的生命。说完，他转身跟着孩子，很快地消失在淡灰色的蒙蒙的雨雾之中。

我预感到俄罗斯的土地上，将发生一件大事了！

湿雾弥漫，我已化到淡淡的雨雾中去了。

1995 年 5 月

（原载《文艺报》，2011 年 4 月 4 日）

体验"死亡"

　　诗人冯至有一次讲过，大意是说，人世间的各种坎坷都经历了一番，五味杂陈，唯死亡没有"体验"过，未曾写到诗里。

　　死亡怎么"体验"？如果人真的死了，那怎么去"体验"呢？

　　可见，要是真的有什么死亡的体验，那肯定在人还完全没有死去的时刻，那就是人的意识还没有完全离开肉体之时。古人说："心之官则思"，意识是脑子的功能，如果脑子死了，意识自然随之消失，死亡就降临了，就无所谓"体验"了。如果发生了"体验"，那就是说，这时脑子并未死去，只是极度衰弱，思维受阻，意识还有微弱的活动，这时它十分可能会离开肉体而又不曾离去，它留恋着肉体。这时意识和肉体的联系，有如游丝轻烟，稍有不利的外力加入，这联系就即刻中断，有如灵感一般，稍纵即逝，人的生命就会随风而去。因此，死亡的"体验"，正好发生在游丝般的意识还附丽于肉体，与肉体不可分割，双方有着关联，连接又极端脆弱的时候，处在生与死的临界点上的时候。

我就经历了这种"死亡"的体验。1989年秋冬，我动了一次大手术。早晨八点钟，医务人员"验明"正身，就把我推进了手术室。开始在我脚背上插针挂好点滴，这时我很清楚；接着注射麻药，开头还有知觉，一会儿突然什么也不清楚了。从手术室推出来已是午后1时，后来听说，我被推出手术室时仍是沉睡，妻子和我的几位博士生都轻轻地叫我，我似未听到什么。之后推到手术室外面休息室进入走廊时，主刀大夫来了。我只觉得有人拍了我几下脸，呼唤我的姓名，我本能地"嗯"了一声，就听医生说醒了、醒了。据说在这地方停了短暂的一会儿，就把我推进了监护病房，把我与看望我的家人、学生隔离了开来。在监护病房里，我在迷迷糊糊的状态中，继续打吊针。

傍晚时分，我仍然没有清醒过来，在昏睡中只觉得浑身大汗，湿透了内衣。这时我的意识极度衰弱，感到身子慢慢地升腾起来，然后又慢慢地躺在只能容得我身体大小的一只黑色的小船上。小船轻轻地、慢慢地飘荡在无垠的海洋上，可这海洋却是黑色的，四周也是一片墨色，我微弱地看到周围的情景。巨大的海浪有如小山坡一般，一高一低，缓慢地摇荡，毫无声息，真是万籁俱寂。小船一会儿慢慢地、慢慢地腾向浪尖，一会儿又轻轻地、轻轻地流向浪谷，我看着硕大无比的浪峰，毫无恐惧，不怕它们压将下来。我看到了星星，可是星星却是黑黑的，有的墨黑，有的淡些，一会儿东边的星星好像自己在爆炸，一会儿西边的星星好像被什么东西飞速击碎而四散开来，爆炸后溅开来的细细的碎块，也是黑的，飞落到无尽的黑暗中去了。在黑色的星星爆炸的时候，我安然地随着黑色的波浪，仍旧缓慢地上下浮荡。忽而下起雨来了，可是这雨，不知什么缘故，也是黑的，而且像箭一般，不断地从天空射向大海的方向，原本黑色的雨点是长长的，但是还在离大海很远的高空，就不见了。这时不知站在哪里的我突然想起，那小船上的我怎么回来呀！这景象过了很多时间！

经历了这一奇景，我在 1990 年的一首诗里写道："生命曾如游丝轻烟，／飘荡在黑星如爆，／黑雨如箭的旷空，／无依的孤魂昏瞽，／也曾倒卧在黑色的浪谷，／曲折地上下浮荡。"

那时我的生命特征十分微弱，真如风中的游丝与轻烟一般，一阵风就可能把它吹得渺无踪影。生命濒临生与死的境界，这时生与死其实只隔着一条不甚分明的界线，推过去是死，拉过来是生，生死两茫茫，两者互可通。由于生命离开死亡只隔着一层薄纸，所以才有死亡的"体验"。

在这种境界里，好像有两个我似的，一个我在小船上，随浪飘荡，特别是把小船送向浪峰的时候，静静地看着那旁边黑色的、缓慢浮动的浪峰，蓝得墨黑的天空与黑色的星星，和射向大海的黑色的箭雨，而不知其所至。此外还有一个我，却不知身处何地，站在哪个黑暗的角落里，奇怪地看着那个在飘荡的小船上的人：那人不就是我吗？接着迅速地掠过一丝淡淡的乡愁，想着他的归宿，可是霎时那个"我"隐没了，又发觉自己躺在小船上仰视天空，只见天空是深蓝深蓝的，深蓝得几近黑色。

当意识的能力得到外力的补养与巩固，生命的特征就获得了强化，"我"这时就真正地回到了自身，就失去了生死界限上的"体验"了。

死亡的"体验"，大概是意识将逝未逝、生命方生未死时的体验！

1995 年秋

（原载《文艺报》，2011 年 4 月 4 日）

新月会越爬越高吗

　　偶尔翻阅一本刊物，看到一篇文章谈女作家的小说，说她月亮如何写得好，我顿时产生了兴趣。一见月亮的圆缺的形状，我就要猜测农历的日期，于是怀着好奇心读了下去。

　　读了那位作者文中几小段关于新月的引文，我的心不觉一动。当我读完这几段文字后，我就感到要对这几段文字品味一下了。于是回过头来，把刚才读过的几小段文字又读了一遍后，我发现，小说作者把新月写错了，而文章作者对小说作者描写新月的赞扬，也完全落空了。

　　我把该文作者引用的几段文字转引于下面：

　　　　一弯银钩似的月亮，已经嵌在街上那棵梧桐树疏疏朗朗的枝叶间……

　　　　月亮儿爬得越高，看着越小，它洒下的光华就越多，石子街被浓浓的月色盛满了……

月亮升到中天了，变得更细更小，像用手指甲在天幕上轻轻划了一下，谁能相信那笼罩整个世界的溶溶光华是它洒下来的呢？

文章作者说："那一弯冉冉上升的新月是被她写活了……新月是再细不能细的了。大概还没有人这样形容过新月，这是她的创造。"

说一钩新月有如指甲在天幕上划了一下，确有新意，也可说是一种创造。但是文章作者却未能发现小说作者对新月的描写犯了常识性的错误，反而把分散在小说里几处不准确的描写，集中一起，加以张扬了。

这里分明说的是写新月，显然作家写作也并未采用荒诞、变形的手法。说新月"再细不能细的了"，那么可以说，这样的月亮大概只有农历初三的新月才会如此，或者就算是初四的月亮也可。但是当初三傍晚我们见到新月的时候，它总是挂在天空的西南边的，它很快就会隐没在西边蓝黑的太空，而决不会升起来的。因此说，"月亮儿爬得越高，看着越小"，这对于一钩"再细不能细"的新月来说，根本是不可能的；文章作者说的发出溶溶光华的"冉冉上升的新月"，就纯粹是一种想象了。至于说，"月亮升到中天了，变得更细更小"，也就更无从谈起。看来，小说作者想的是新月，而写的却是初十后的月亮。不少小说里常有"月到中天"的用语，但把这种写法套用到新月的描写上，就有违常识。

其次，写的既然是新月，那么恕啰唆，西南夜空的一钩新月，光华是很弱的，也不可能抛洒下"笼罩整个世界的溶溶光华"，使石子街盛满"浓浓的月色"。事实上，新月下的世界，是一片深远、迷茫的幽蓝。再次，大概只有农历十一、十二以后的月光，显得宽阔、明亮、流动，使用"月色溶溶"才到好处。所以，小说标题与小说中的月色描写，看来也是不相称的。我说得这样实在，真担心人们怪我吹毛求疵，缺乏审美的感觉了。

十分有趣，外国作家描写细节、月亮，也有类似的失误。

一次，托尔斯泰在谈话中说道："在一些优秀作家的作品里，常常会遇到一些不可原谅的疏忽。比如，乌斯宾司基，我在他的一部作品里读到：他同内兄和夫弟一起走；还有在柯罗连科的作品里，他说在复活节晨祷开枪之时，月光很亮，实际上复活节不可能遇上满月当空的望日的……"他说，如果这类错误是在进行心理描写时发生的，那就可怕了！

自然，这类失误并不是了不得的，做文章，写小说，免不了会出现疏漏。但小说作者说是作了"再观察观察"之后写的，而且对自己的发现颇为得意，那就值得我们读者深思了。

因为这类失误，往往可以使读者在阅读小说时积累起来的审美印象，瓦解于顷刻。

为了这点，我想小说的作者与赞扬小说的作者，大概是不会怪我多事的吧。

1985 年 10 月

（原载《文汇报》，2007 年 12 月 25 日）

"托遗响于悲风"

—— 瞎子阿炳的《二泉映月》

新中国成立前（20 世纪 40 年代后期），我曾两次看到阿炳卖艺过。一次是在城中公园的西南角大四角亭里。我刚进公园东南门，就见一群孩子在跑，嘴里连喊"瞎子阿炳，瞎子阿炳"。我好奇地跟了过去。来到四角亭，亭子三面相连的长条木凳上已坐满了人，只见瞎子阿炳插在中间，坐在长条木凳上调弦，接着用无锡话随和琴声唱了起来。胡琴拉的是《苏武牧羊》曲，但是唱词是他新编的，这是他在"唱新闻"了。由于这曲子我是熟悉的，他新编的歌词也通俗好记，因他反复唱了几次，所以开头几句我至今不忘。唱词是："金钱，实在太可恨。想我戴志成，谋财又害命……"原来不久前，无锡老北门外发生了一件惨案：一家老太拿了儿子寄来的信叫侄儿戴志成看看，侄儿见是汇款单，于是帮伯母把钱领出后，就设法把老太杀了，案件侦破后，侄儿被判死刑。瞎子阿炳就把这起事件编成了说唱的新闻，告诫世人。另一次是在崇安寺东北面王兴记小馄饨店上面的茶楼（是否叫"胜泉园"，已记不真切）上，也是一些小孩赶热闹把我引上去的。来到楼上，四处都是茶客，阿炳就站立中间，先是用胡琴拉小孩叫，女人骂人的声调，引得大家叫好。然后又打竹板，说起新闻来了，开头说的是："说新闻，话新闻，新闻说嘞啥场哏（地方），说的是南北四城门。"接着阿炳把发生在各处的新闻，归到东南西北城门，说了一遍，说完，茶客们就知道了无锡最近发生的事，丢钱给他，他则连连道谢，就被引下茶楼，然后又在附近一家旧衣拍卖商场门口，再次说起新闻来。我们孩子觉得好玩，就把这开头的四句记住了，到了学校里，也就学说起这四句来，闹着玩。瞎子阿炳走到哪里，总会吸引一些孩子跟随，仿佛是现在的追星族似的，引起一阵小小的轰动。

阿炳小时就当道士学艺，十分认真、刻苦。我听过老人讲，他练习二胡时，就是夏天也不间断，晚上蚊虫乱飞乱咬，阿炳就把双脚伸进灌了水的瓮头里，避开蚊虫的叮咬。长大后，他的二胡拉到了出神入化的地步，就是他自己将胡琴放在头上，他也能拉，还能模仿多种动物叫声、小孩哭声、妇女吵骂声等。不过，上了年纪的无锡人，谈起瞎子阿炳，心情总是很复杂的。一方面，相当鄙视阿炳的生活状态。阿炳21岁，死了父亲，他开始主持无锡崇安寺北边的雷尊殿道观，但是随即染上了旧社会的多种恶习，后来把道观里做斋事的法器都卖了，真是吃尽当光，生活无着；30多岁，身上毒性发作，无钱治疗，双眼都烂瞎了，成了瞎子阿炳，穿着邋遢，行迹猥琐。另一方面，对于阿炳的为人又觉得是很硬气的。阿炳穷极潦倒，平时他身背琵琶，手提胡琴，由他妻子拿根竹竿在前扶引，穿街走巷，卖艺演唱，说唱当时发生的新闻，自食其力，苦苦维持生计。而且阿炳大骂过汉奸，对于国民党官僚的利诱，不为所动，是很有骨气的。

世间有些事真是鬼使神差似的，1950年年初，就职于北京、南京的几位无锡籍的音乐家，竟然找到了濒死的阿炳，在他临死之前，把他的大部分的音乐创作，抢救了下来，录下了阿炳自己的演奏。这些乐曲成了阿炳的绝响，真的，要是没有这个偶然的机会，阿炳的传世佳作，也就湮没无闻了。

今天的阿炳，是进入了世界音乐大家之门的阿炳。在他的二胡、琵琶作品中，最使人感动的是他的《二泉映月》。有人说这二泉在惠泉山上，这是不准确的，主要是作者没有亲身去过惠泉山的缘故了。二泉说的是"茶圣"陆羽品天下泉水，惠泉山脚下泉水被他品为天下第二，于是惠泉山泉水遂有"天下第二泉"之称。我少时常去惠山"远足"，这"天下第二泉"是必去之地。从惠山山门进去，大约爬上二三十级石级，一口大井就在右边，井上盖有亭子，亭盖已很破旧，井北石墙上刻有"天下第二泉"五个大字。井上有一尺多高的青石井圈，井圈内部边沿有被井绳勒出的多条深痕，传说此井已使用了一千多年，看来，真要有千百年的工夫，才能在这青石井圈口勒出多条深深的凹痕啊！每次远足经过这里，我和同伴都要去抚摸这时间、历史的记录的。井的两边，各有茶馆，左边的较大，地势较高，右边的茶馆稍小一些，名"漪澜堂"，往下一二十级石级处为一长方形石池，面积较大，池西面正中离水面高有一尺光景处，置有石雕龙头，通向泉源，龙嘴终年吐水不断，现在可能已经面目全非了。两个茶馆使用的泉水，皆汲自二泉。月映二泉的说法，恐怕只有阴历初十至二十日之间，这月亮才有可能把光华洒入石池，真正的泉水井里是照不到的。而且《二泉映月》的伤感的内涵，与我们平常所理解的月色朦胧、宁静的二泉小景完全不同，这点音乐家贺绿汀先生已道明了。

20世纪80年代之前，阿炳的《二泉映月》极少在电台上播放过，大概是他的作品与喜气洋洋的社会环境不相和谐的缘故吧。80年代初，播放次数多了起来，我才知道了有这么一支极为感人的二胡曲子。1985年春，我在巴黎的书店里，见到了《二泉映月》的录音磁带，一看是我国某个乐团的演奏和出品的，就毫不犹豫地买了一盘，这是较早的"出口转内销"了。以后我多次听过这个曲子，有时听到电台播放它，就也会放下手头的事情，去聆听这支曲子的。

《二泉映月》是真正的伟大艺术创造，它通俗、平民化而又高雅。琴音是世俗的，阿炳拉着二胡，面对的是他自己和最普通的、最下层的平民百姓。那弦上流淌着的琴音，富有民间通俗的音素，马上就能被稍具二胡乐感的人所感悟。但琴音又是高雅的，它已经不具阿炳极为熟悉的民间小调的浓烈的地方性，没有了旋律较为简单的小唱，也没有在他卖艺时模仿各种动物的叫声、女人的吵架声。这是阿炳在西风簌簌、长街夕照、孤月冷夜、昏暗陋室中，流自心灵深处的"依心曲"，它无疑诉说着阿炳自身的遭际和痛苦、身世与不幸，不可逆转的个人命运的悲哀，吞咽着无尽忧伤的干涸之泪，体验着真正的人生况味。这就是一种超越了，正是这种超越，使得《二泉映月》高临于世俗之上，而显得超凡脱俗。

阿炳对传统音乐有着广泛的涉猎，所以他的《二泉映月》二胡曲子和《听松》《寒春风曲》，一听就是我们民族的，是中国的。稍稍早于阿炳的刘天华，是位二胡革新家、演奏家，他的《月夜》《病中吟》《空山鸟语》，注入了时代的新声，融入了西乐的音素，文化人的气息较为强烈，而独具个性创造，是当时的"新时调"。《二泉映月》则无疑是纯粹传统的，但对于中国的传统音乐来说却又是全新的，同样是一种"新时调"，这是一种真正融会古今的、个性化的"自来腔"，一种独创性的"新时调"。

我猜度阿炳十分熟悉京胡，但他的乐曲里，没有京胡演奏中大家都能哼上几句的程式化的音段。他做过道士，但他的《二泉映月》已脱离了他所熟稔的道家音乐的传统，虽然我未听到过这种音乐整套的专门演奏，但在乡间道士"做斋事"时是听到过一些的。在"做斋事"的仪式上，道场正面供有道家的神祇，五六个道士身穿绣花道袍，戴有方帽，为首的道长手执宝剑，舞弄各种姿势，口里念念有词，穿梭于放着各种供品的几张桌子之间。然后箫鼓齐鸣，道士们跟着道长往来穿梭，要有一个时辰之久，如此反复几次，乡下人叫"穿风"。有的道士手艺高超，随着念唱经文与箫鼓声起，会把手中的一个铜钹扔到空中，当铜钹落下来时，会用另一手里的铜钹把它接住，引得围观的乡民叫好。待晚饭天黑之后，道士们又敲打念唱，列队走向村口，沿路点燃小包松香，隔段安放，大概算是引路的燃灯，把众神送出村子。做斋事的音乐，我猜想大概是请神、宴神、娱神、送神的乐曲，最后祈求享受了盛宴的快乐众神，驱邪镇恶，善待亡灵。《二泉映月》里没有了道家音乐里的敬神的庄严、宴乐时的华丽的喜悦、欢庆的跳跃节奏，这里是一片生之慨叹、凄清与孤寂的诉述。

《二泉映月》一下就能震慑听众的心，在于它那迤逦的琴音，能使每位听者感受到如怨如悲，"如泣如诉，余音袅袅不绝如缕"，而被乐声很快导入"舞幽壑之潜蛟，泣孤舟之嫠妇"的境地！《二泉映月》所发出的悲凉、凄清的意蕴，不仅为阿炳的同乡和国人所懂得，而且也为外国人所感悟和理解，显示了一种震动心灵的审美价值，这既是作者自身凄苦的生存体验，又像是一次又一次地对于悲剧命运的叩问。这是它的更高层次上的超凡脱俗了，它显示了对于人的生存艰辛理解的深刻性，以致小泽征尔第一次听到《二泉映月》后，"流着眼泪告诉别人：'像这样的乐曲应该跪下来听'"，这就是动人心魄的伟大艺术的普遍价值所在！

在外国音乐里，表现人的生存困境的，有《命运交响曲》，有《悲怆交响曲》等，其中有些表现命运的叩问声、不断的抗争与最后归于静寂的段落，总会使人听得心潮起伏而愁绪满怀！20世纪80年代初，我偶尔听到过帕格尼尼的一支小提琴曲，至今不知道曲名，我只能照我当时的心境来附会这支曲子。这曲子奏出的是一种急促得有如无情追逐、不停顿地叩击人的心灵的乐声，它一下就使我沉浸于那生死存亡的"文化大革命"时代氛围中。邪恶紧紧追逐，无处可逃，慌乱逼得我透不过气来，无助的挣扎使我深感人的命运的悲哀，而噙着眼泪木然静坐良久。阿炳的琴声将这种生存的悲凉，以东方的形式表达出来，它曲折、舒缓、凄怆，而在结尾处又有短暂的激越。那多次回环往复的音段，近于诗歌的一唱三叹，令人回肠荡气，一次又一次地加深着我对于人的生存的苍凉处境的感叹，和对于人间的大悲大悯的领悟，使人陷入沉思和在感同身受之中，提升人的希望和精神。

每个音乐家各有独特的感悟之灵泉，他们在乐感突发的瞬间，能够捕捉到人间的一束一束的天籁之音，而将它们作为一个曲子的主调，给以丰富，演绎出来，并传播于人世，这真是一种幸运了。

托遗响于悲风！《二泉映月》正是一束高妙的天籁之音，它有如一枝奇葩，绽开于我们的精神家园，同我们一起面对生存之艰辛，慰藉着我们都曾有过的伤痛的心灵，而进入时间的永恒！

2005 年 10 月 1 日

2011 年 3 月中旬修改

善待自然，对话自然

一个伊拉克青年，蓬头垢面，泪流满面，在荒漠中的公路上奔逃，唱着刻在巴格达古墙上一支古老的歌，凄凉而悲怆，大意是：你是天使，又是魔鬼；你是强大，你又渺小；你是崇高，却无比卑鄙。如果真主以死亡为我安排，那也是命运的无奈！正当那苦难的歌声回荡不已，还未远去，一场悄无声息却又异常猖獗的"非典"瘟疫却向人群袭来，在我们周围蔓延！一天，我独坐斗室，突然，那远去的巴格达古墙上的歌，又在耳边鸣响起来，感到人类常常要面对灾祸的无奈。

如果说，前一场悲剧是霸权主义以寻找大规模杀伤性武器为名，实则通过最具大规模杀伤性的炸弹、精确的导弹，最终寻找到了弱国的"大规模"油田，创作了新篇天方夜谭而造成的，那么，我们的这场灾难则是我们自身的过错。突如其来，措手不及，说明了它的偶然性，但是发生在我们这样的国家、人群中间，也是有着它的必然性的。

我们常常谈起，20世纪科技飞速发展，物质财富丰富了，但是由此引起自然界的失衡与破坏，这些现象是大量存在的。社会、个人创造财富，自然要利用自然资源。一旦得手，人凭借不断发展起来的高科技之助，无限制地向自然索取，而不考虑后果，而不与之对话，不考虑可持续发展。人总是相信唯有科学理性才会带来胜利，因此，人在自然面前，总是颐指气使、独断专行，"人定胜天"的口号，喊得多么响亮！当然，科学研究、科学发明，是一种主体克服客体的方式，是主体在进行实验、剖析、阐述，发现对象的衍变及其规律。但是，将科学结论实施于自然和社会，就不应将自然和社会单纯地视为客体，而应把它视为一个对话的主体，这里需要注入人文理性，需要理解，需要对话，考虑自然的平衡与人的自身生存、发展的可持续性，所以不应将人文理性止于口头提倡。人为了自身的利益，残酷地破坏了自然。结果，自然生态失去均衡，一些地方确是锦绣一片，可整个大地却是满目疮痍，厄尔尼诺现象是，天象激变、年年洪水泛滥是。

与此同时，掠夺自然的后果是，愚昧的人残忍地破坏了自己赖以生存的家园。不要以为山明水秀的城市都是适合于人类居住的人间乐园，实际上在它的一些背后地方，我知道有不少人居住在终年臭气熏天的粪水河边，就是在春秋丽日都要关着大门，别说长夏酷暑了！这就是出生我的地方，生养我的地方，我的故园！我真要长喊一声：乡关何处？于是人终于不断地遭到自然的报复，他刚宣布一项工程的伟大胜利，显示了人的无穷伟力，却在不知不觉中从另一个方面遭到了自然的袭击！

对自然的无情破坏，不仅是土地资源，而且还有生物物种的不断遭遇灭绝问题。我不知道别的民族如何，我们民族似乎一见野生动物，就有袭击、抓捕、捕杀、占有、把玩、剥食的习性，我小时也是这么过来的，从未见到一种与它们平等的共处的对话关系。也许，在昆明滇池边，人与海鸥的和睦共处、相互娱乐，是一个少见的例外？在北京，常常可以见到架笼遛鸟的爷们儿，他们抓住最爱自由的各种稀有鸟类，投入他们制作精美的牢笼，为自己找乐。更有一些地方，剥食野生动物的花样繁多，无奇不有，以致人们对广州有这样的说法：天上飞的，只有飞机不吃，地上跑的，只有火车、汽车不吃，水里游的，只有轮船、军舰不吃，其他飞的、跑的、游的一概都吃。这种剥食野生动物的陋习根深蒂固到这种程度，甚至在瘟病蔓延的今天，仍有不少地方的餐馆还在照常兜售！真是愚昧到麻木的程度了！这次"非典"病毒的传染，造成瘟疫的蔓延，就是吃出来的结果！就是人向自然无度索取、无情破坏生态环境而遭到自然的一个报复！

人类进入文明时代，就开始逐渐主宰了自然界，但是他无法完全了解自然界，比如对自然界的无数微生物与不少动物身上的病毒，还知之甚少，对它们的杀伤力还不甚了解。14 世纪的欧洲流行过鼠疫——黑死病，据闻 3 年之内夺去了 6000 余万人的生命，瘟疫之后法国剩下的人口仅为原有的四分之一。此外，还有霍乱、梅毒、大规模的流感，以及近几十年流行开来的艾滋病等，即使在科学昌盛的今天，人们仍然无法根治它们。那么，对于自然，我们能够掉以轻心，能不善待自然、对话自然吗！人的本性在自然的袭击面前是十分脆弱的，是改变我们生活恶习的时候了！

同时，不少物种都在发生变异，一些物种在消亡与被灭绝，或是正在改变自己的形态，或是在一个时期内就有多种形态。据闻香港的"非典"病毒形态和原发地广东的不一样，北京的又不同于香港的。就是人类作为自然界的一个物种，也正在发生微妙的变化。有的外国科学团体，正在研究人类自己面临的退化危机，物质的丰富，发达的科技的负面影响，人类的物欲进一步地膨胀，使人类的精神变得愈来愈畸形，声色的追求也促进了人的生理形态的变化。那种非男非女、雌雄同体、男脸女声、中性另类，今天已成为某些人群自觉追求时髦与时尚的趋向，而这些时髦、时尚的趋向，又在不断改变他们或她们的心理与生理状态，但其形式却是以不自觉的方式表现出来的。其中特别是一些瘦骨伶仃的女性电视节目主持人，表现得最为刺眼。

对于这次"非典"瘟疫，医务人员的普遍的敬业、献身精神，使人动情，看到他们的无畏气概与不幸牺牲的画面时，就觉得在平凡中升腾着一种悲壮的人类正气，每每使我悄然动容，感动万分。

每当这种时刻，我总要想起法国作家加缪的小说《鼠疫》，这是一本寓言小说，也是一本预言小说。面对荒诞的鼠疫蔓延全城，医生里厄和大家团结一起，不向危难屈服，奋力抗争，脚踏实地，救护患者，服务于人们，最终战胜鼠疫，这是一个使人感到力量的故事。

如今瘟疫又在重演，虽然感染的势头正在减弱。但是在这危难的时刻，人们正齐心协力，奋起抗击，形成着一股凝聚力，这就是我们自己赖以生存、同心同德、在抗击瘟疫中被激发出来的活力——伟大民族的生命力与民族精神！这里不是时感孤独的里厄，而是有着亿万人民支持的钟南山医生和他的可敬的同行们筑成的新的长城！

2003 年 5 月 30 日

（原载《中国社会科学院研究生院院报》，2003 年第 5 期）

"应束意难收，不了情未断"

——读高燮初先生《不了情话录》有感

  无锡高燮初先生的《不了情话录》，前几年只是几十则，油印刊发。其后先生续写，一发而不可收，在《吴文化博览》上不断发表出来，我就是一个忠实的读者。记得那时读后，我就对高先生说：先生修山治文，创业维艰；录事记人，幽默辛酸；针砭时弊，笔锋犀利；冷嘲热讽，痛快淋漓。先生自称"高痴""狂士"，其实乃故乡一高士、奇人也！这次结集出版，我又重读了一遍，心潮如涌，不可不说些感想。

  如今去无锡游览的人，常常会听到一句介绍："南有三国城，北有吴文苑。"这"三国城"由中央电视台出资，无锡市提供地皮，在荒山湖滩间，为拍电视连续剧《三国演义》共同建成的三国城。电视剧完成，三国城留下。东西人士，因电视剧的渲染，慕名而往，春秋假日，游者如织，收入可观，中央地方，按成而分，皆大欢喜。有时碰上节日，连着几天，真是

"车如流水马如龙，花月正春风"，公车私车挤得个水泄不通；如今又建起了一座"水浒城"，遂使无锡的太湖边，多了一道赏心悦目、消闲小住兼具文化色彩的风景线。"三国城""水浒城"在休闲与文化相结合的时尚中，可谓华夏一胜，独领风骚！

可是，何谓"吴文苑"？这吴文苑就是吴文化公园，亦名"吴文化博览苑"，和附属吴文化博览苑的吴学研究所，这就是在无锡北乡曾是一片断崖残壁的西高山上，耸然而立的一座光耀辉煌的文化城。无疑，它是一道具有浓郁文化气氛的风景线，却更是一块文化建设的丰碑！

何谓辉煌的文化城？何谓文化的丰碑？原来这西高山是一座 1.5 公里长、30 多米高的荒山，巨石乱堆，杂草丛生，几十年来的破坏，使得山上的破庙残庵，荡然无存。1984 年三位退休的乡村教员，体认到国家人民长期受到列强欺凌，就在一个穷字上。物质上穷，文化上穷，但主要是文化的贫困。现今老百姓开始富裕起来，"富则思乐"，但还应"富而思文"。于是这几个无权、无势、无钱的老汉，不受金钱大潮的裹挟，一心只想发挥暮年的余晖，企图以乡情、国情来唤醒国魂，借七百亩荒山，建立一座展现我中华文化魅力的文化城。

15 年过去了，老汉们竟是"心想事成"，然而付出了多少艰辛！先是使西高山变成了一座休闲性的园林，建起了松石园，其中有松涛楼、渡月阁、清风轩、降福亭等；继而更上一个台阶，亮出了"吴文化公园"的招牌，建成了模拟的"古吴村"，一批具有浓郁吴地风格的明、清复原古建筑群，青砖粉墙，沿山而建，错落有致，连以曲折长廊，洋溢着浓郁的吴地风情特色，令如今看惯了一色高楼大厦的人们，身临其境，俗气顿消，双眼真为之一亮。

公园征集了一大批即将消失的吴地老百姓的生活器物、各种农田劳动耕具，建成了牵砻推磨、养蚕采桑、民间工艺、百业场景的各种民俗陈设馆，成为民俗文化的洋洋大观。还有一大批当今名人的书法、绘画、楹联、牌匾、碑刻，陈列各馆；馆内馆外，碑廊石刻，群塑石雕，不乏精品，点缀四处，它们绝不像不少地方以所谓民俗为招徕，实际上搞些俗不可耐的假文化展览。

令人不可思议的是，在这座极富民族特色的建筑群里，竟还挂起了"吴学研究所"的学府招牌，聘请了许多研究或关心吴文化的专家、学者为特约的研究人员，经过多年努力，竟成了我国唯一的一个民间学术基地。这个基地以吴文化为中心，突破了原有的吴文化的理论框架，推出了新的理论体系，并且多次召开了高层次学术讨论会，出版了多卷有较高质量的学术研讨会的论文集，组织了吴地专家撰写了多辑"吴文化知识丛书"；办起了吴地方志楼、万卷楼，成为吴文化文献的咨询基地，学者的创作休闲基地。这还不算，吴文化公园还要"更上一层楼"，一座构思精巧、规模宏大的"龙头阁"正在兴建之中。

它的构想是，吴地乃我国现代化的龙头地区。在中国现代化的大业中，吴地区会通中西，在地理上占尽优势。它面向海洋，凭借交通之利，而快速消融、吸收外来文化；又有长江、湖泊舟楫之便，伸向东南九省，善于融合我国各地域文化，贯通古今，造成一种开放、包容的最为丰富的地域文明。吴文化与水结缘，是一种水文化，它随物赋形，变动不居，又是一种勤于不断丰富自己的智慧的文化。太湖与其周围大小河浜港汊，使它得天独厚，造就了一大片锦绣繁华的"鱼米之乡"，成了当今中国伟大变革的龙头。龙头阁以西高山为地基，总高将达 99 米，建成之后，登高远望，东临沧海，西观龙山，南眺太湖，北览长江，将与西高山极富民族特色的建筑群，融为一体，集文化研究与赏心游乐于一身，可谓雅俗共赏，而将成为展现吴文化的一大景观，与岳阳、黄鹤诸楼，比肩而立于华夏，传之久远的文化胜境！

几位老人，在燮初先生带领之下，一无公款，二不集资，三不借款，何以竟能在 15 年间，营造成了一座名副其实的文化城、休闲园？这就是燮初先生所说的"不了情"便是。这"不了情"就是赤诚的爱国之心，就是奉献的爱乡之情。人们退休下来，安度晚年，自成归宿，可对燮初先生来说，这食土饮水之情，竟使他"应束意难收，不了情未断"，在众人休闲或奔钱求富之时，他却去搞人家忘却之事，办"吴文化博览苑"。先生一生坎坷，受尽屈辱，在寂寞中 10 年修史，10 年治文，今天大展风采，看来只好用"塞翁失马、焉知非福"的俗话来自我解嘲了。先生膺服古训与文化传统，以"天行健，君子以自强不息"自策，以"筚路蓝缕，以启山林"自许，上承我优秀民族文化精神的渊源，起点高远，意境高妙，并也竟成了参与建园工作的人们天天自励的文化箴言。请问在当今华夏，有哪一个文化园地，是这样来育人育德的？

这"不了情"就是"人生是予，不是取"，这不是什么现代的政治口号，向某某学习，而是历来圣贤烈士、凡夫俗子做人的最基本行为准则，先予后取，自古皆然。向某某学习，提出者自己道德低劣，哪会有应者？或者是今天应景纪念一下，明天人们也就忘怀了，可重要的是如何厘清我民族高尚德行的源流，从做人的起码准则做起，才是正经道理所在啊！

在现今的金钱社会，无钱而要办成件事，可说举步维艰。先生凭了"不了情结"，就能忍辱负重，出外托钵化缘，遭人讥评，听人漫骂，还得上门赔笑，甘自受辱。但先生的"不了情"，使其忘却荣辱得失，"顽如石，蠢如牛，赞我骂我，浑然不解……我以真性情，我以赤诚心，视而不见，听而不闻，无怨无悔，立愿结缘，这就是我的明心见性"。先生自治印章，曰"士狂、丐怪、吴愚、高痴"，这真是极好的自我写照。这"愚、痴"，实乃锲而不舍的追求，事业的成败，不在外物，实在寸心，诚哉斯言。耕石磨肩，跌打滚爬，鲜血淋漓，在所不惜，此实乃先生之精神所在，"不了情"之外化。这"狂、怪"乃现今社会价值真假颠倒使然，虚情势利的人情关系所致。无后台、无来头、无资本而想治山修文，岂非一介狂士口吐狂言而何？表述真情，直言相告，不随波逐流，拒绝同流合污，岂非怪物而何？可是这狂与怪，实乃先生的耿直秉性，高风亮节。昔日武训为穷人识字计，到处求乞而兴义学，而今蠡初先生四处化缘，建成文苑，宣扬文化，发扬乡情，张扬国情，以求唤醒国魂，其精神真是感天动地，其作为何等可敬可佩啊！

如今吴文化博览苑，已将成为无锡的文化胜境，而且被定为全国爱国主义教育基地之一，被邀参加国际民俗研讨会，其声誉已远播西欧、北美，甚至已引起联合国教科文组织的注意。我们看到，在民间，其实不乏有识之士乃至身怀雄才大略之人，他们既有出类拔萃的思想，又怀实干的谋略；他们坚忍不拔，说到做到，所谓"心想事成"，实靠学问、精明、坚韧、劳碌、磨苦而成。相反，靠父辈荫庇而身居高位的庸碌之辈，现今哪里没有？他们积弊成堆，除了到处剪彩，毫不心痛地剪断几尺宽的红绸布，还要把剪刀对群众扬几扬，表示能干、阔绰，他们干这事，办那事，还不是事事肥了自己！

燮初先生办园的构思可说十分独特，他有"十六字令"，即"以上促卜，以外促内，以虚促实，以实促虚"，可说深得当今公关底蕴，而且百发百中，让人感到绝顶聪明而又不无几分无奈与辛酸！吴园积累的资产也颇丰厚，燮初先生也是名声鹊起，他本可像有的人，竖起杏黄旗，盖起分金亭，给自己定份高薪，盖座书记楼，显示一下时下中国人的本性。可是他就是愚、痴、狂、怪，他是真正的文化人，"不以物喜，不以己悲"，把酒临风，宠辱皆忘，生活上只求粗茶淡饭，如此而已！这就是真正高尚的人。

当今无锡北乡的西高山，浮现了一座名闻遐迩的文化城，在那龙头阁落成之日，它将成为未来的无锡文化胜境，并使无锡在精神上获得提升！

那里灵光激射，云蒸霞蔚，他们是夕阳中的几位带头老人，与在园里工作的可敬可爱的人们，化成的彩虹与满天的锦云！

（原载《光明日报》，1999 年 4 月 12 日）

峄山记奇

　　5月（1994年）初去趟济南，朋友说可以去邹城市的峄山看看。邹城可是孟子的故乡！

　　我对泰山仰之久矣，但从未留意过峄山。孟老夫子说："孔子登东山而小鲁，登泰山而小天下。"原来这东山就是峄山。但是，北望有东岳泰山，泰山压顶谁敢当？难怪峄山要受人冷落。于是怀着好奇的心情，随朋友同去作峄山之游。

　　车离邹城东南行，约半小时就可见到峄山。一眼望去，峄山实在貌不惊人，光秃斑斑，绿树甚少。我想山上山下可能有些古庙之类遗迹，可供人游览、观光。车子离峄山越来越近，及至在山脚停下，我才发现峄山甚是奇特。峄山周围，竟是芳草萋萋，松柏苍苍，春花如云，槐香四溢。峄山顶峰的石崖上，竖立着一块丹丸般的巨石，斜向东北，远望似岌岌可危，原来这就叫丹丸峰。见者都无不惊奇于造化的伟力，其巧妙之处，无怪曾使北京来的一位姑娘发问，这巨石是不是人为有意这么斜置起来的？可谓一片天真！这块巨石，斜耸于峄山顶峰，睥睨四方，真是亿万斯年了呢！

峄山为无数怪石、奇石堆成。书载："怪石万叠，山无土壤，积石相连，络绎如丝，故名峄焉。"峄山之奇，奇在积石多为光滑卵石，高者如楼，小者如屋，故有峄山之石无根之说。山之怪，怪在山如危卵堆积，兀立平川，竟高达六百米，且连绵不断，周长有十余公里，而安如泰山。峄山怪石争奇，最高的五华峰，由五块巨石插天拥立而成，状如莲花。绝顶对面为"孔子座"，相传为孔子登峰观日出处。观海石耸立于五华峰前，上宽下窄，壁立如削，奇绝天成，探向东海。人人其境，气荡心胸。插花石又称状元石，腰部鼓突，有三百亩之广，苔藓常青，杂花丛生，黄绿相间，缤纷拥翠，蔚成奇观。此外如夫妻石、鹦鹉石、海豹石、擎天柱石，或作离别状，或作振翅欲飞状，或凌空挺立，或傲视苍穹，无不尽态如真，真是看不胜看，启人无限遐思。

这千万亿万怪石的堆垒，自然会间隔成无数的空隙，而构筑成无数奇奇怪怪的大小洞穴，又成峄山一奇。隐仙洞为几块圆石撑着一块巨石搭成，洞口可容十余人，进洞西北行，沿幽暗小径可行三里许，一片神秘。金仙庵原为一洞穴，一巨石斜立为盖，这里古树繁茂，"只有夕照一时美"。有的洞府大如庭院，可信步观赏；有的洞穴小如蛇穴，非得伏地爬行才能过关。这种爬法，使我徒吃一惊，手臂都给石锋划破了。洞穴或纵横相连，幽深莫测，或豁然开朗，别有洞天，形成无数胜景。不少洞穴，泉水如缕，从岩缝中渗将出来，汇成细小清流，味甘清冽。半山亭四柱楹联云："空空洞洞山，玲玲珑珑窍，蜿蜿蜒蜒路，晶晶铃铃泉。"可谓极尽奇美！

峄山不仅以石、以洞称奇，而且还折射着我中华文化的精神。早在春秋战国时，《诗经·鲁颂》中就有"保有凫绎"之句。《尚书·禹贡》则有"峄阳孤桐"之记。孤桐者，相传为伏羲氏第一位制作琴身采用之良才也。公元前六七百年前，峄山之阳建有邾国。秦始皇统一中国东巡，于公元前219年登临峄山的观海石望东海而勒石记功。其后如汉高祖、光武帝、曹操、唐太宗、宋太祖、元始祖、明太祖、清高宗等都登临峄山，或封禅，或寻仙求药。至于历代高人雅士，都无不以登峄山览胜游吟为快。其中有季札、庄子、孔子、子思、孟子、司马迁、蔡邕、李白、杜甫、欧阳修、苏轼、米芾、陆游、董其昌、郑板桥等。他们流下的碑碣石刻，佳句华章，不可胜数。峄山也是道、佛胜地，前者尊它为"妙光洞天"，后者奉它为"绎诗之庵"，历代香烟不绝。

峄山受到中华文化的洗礼，形成了如今的五大奇观：八大山门、十二福地、二十名石、二十四景、三十六洞天。一时间，哪里看得过来？

在夕照中告别峄山时，我情绪上真是不胜依依。

（原载《人民日报》（海外版），1995年2月13日）

所谓伊人，在水一方

——田横岛度假村纪游

7 月京城盛夏，热浪阵阵袭人。参加了美学、文学理论的两个国际会议之后，回到堆满书籍的工作室，难耐的高温真使我坐立不安，无心阅读与写作了。这时正好北京大学出版社与几位朋友，邀我 8 月初到山东海边的田横岛上去休息几天，避避京城炎暑。我一听说是海边，自然痛快地答应了下来。一到约定日期，便收拾了简单的行装，赶往山东去了。

田横岛是即墨市管辖的近海上的一个小岛，从渡口快艇摆渡过去，十来分钟便到，过去小木船摇来摇去，即使遇上些小风浪，也要一两小时。这个小岛，可是有些来历的。

公元 2200 多年前，齐王相田横在楚汉之争中伺机复兴齐国，刘邦为对付项羽，使郦食其游说言和，田横轻信郦言，撤去前防，被韩信乘虚而入，田横遂怒烹郦食其。后田横闻齐王死，便自立为王，出击汉将灌婴，反为灌婴所败。韩信平齐后，刘邦自立为皇帝。田横惧诛，不得已与五百众徒，渡海到一小岛，掘地耕种。公元前202年，刘邦称帝，见齐人贤者多归附田横，恐田横东山再起，便赦田横罪，派使臣前去劝归，田横但求为庶人，守海岛中。刘邦不允，再下诏，说："田横来，大者王，小者乃侯耳。不来，且举兵加诛焉！"田横势孤力单，自知难与刘邦抗衡，为保全五百众徒性命，不得已奉诏奔赴洛阳。行至河南偃师，田横深感亡国之痛，羞于向刘邦称臣，对随从说，刘邦召见，不过想见他面容，现距洛阳仅30里，你们可将其头及时送去，其形容不致变坏，说罢便自刎而死。两个随从把田横死讯通报刘邦后，返回原来驻地，挖坑自刎。刘邦厚葬田横及其门人，以为田横能得士，所以其门客皆贤。这样，他更不放心那海岛上的田横的五百众徒了，于是又派人召他们前来。那五百壮士来到中原，闻主人已死，悲痛万分，作《薤露歌》，以悼念田横。其歌曰："薤上露，何易晞，薤晞明朝更复落，人死一去何时归！"歌罢，遂行至田横葬身处，皆自杀于墓前，这歌后被称作"挽歌"。后人感于五百人之死于义，尊他们为义士，并把他们原来退居海上的小岛，命名为田横岛，而名传千古。一个小小田横岛，竟是牵出一部战国烽烟、慷慨死义的历史与故事，没有了这段故事，田横岛自然就失去了丰满的人文血肉。

田横岛面积2.6平方公里，海拔40多米。岛上乱石嶙峋，土地贫瘠，春夏杂草丛生，秋冬衰草连天，居民出海捕鱼，然后来到岸上小镇，换取一些生活用品。在潮涨潮落的宛若岁月的叹息声中，名留青史的田横岛，荒凉、贫困了2200余年。然而，今天的田横岛，却是时来运转，仅仅用了8年时间，就洗净了历史的烟尘，驱尽了2000余年来的荒凉；今天的田横岛，已是满山青松，绿树成荫，红瓦粉墙，别墅幢幢，变为布满现代设施的美丽的游乐地和度假村了。

这田横岛，既是富有人文资源，又是极具舟楫之便、环境优美的宝地。但是识别这块璞玉，并把它雕成一块美玉，却需要有现代企业文化眼光的卞和的。这现代卞和，就是济南的三联集团。三联集团的发展与国家的改革开放同步，它牢牢把握改革的方向，所以它提出的举措具有"领先半步"的前瞻性优势；而领先半步，就可进入"无竞争领域"，开拓了可持续发展的广阔空间。

1992年，这"领先半步"的思想，推动了这个集团又进入旅游的朝阳事业，独资开发田横岛。全岛植树种草，有计划地、分期地建立了康乐城、海水浴场；在最高处竖立起高大雄伟的田横塑像，下有齐王殿，殿旁有田横演兵场等人文景观；再往东北方向行，依山临海，错落有致地建起了度假建筑群。这田横岛后山，为松林覆盖，郁郁葱葱。不久，将会在林间幽静处，建筑各种小居，供独家度假小住。在那明丽的日子，你可观赏那松间明月，海上日出；而当风雨如晦的时候，则可以饱览天风海雨，似雪惊涛；或是尽可细思着那远离尘嚣的静谧，和那归入自然的悠闲。在海边游泳，踩着那柔软的片片金沙，踢着那涌来的阵阵碧浪，让人好像重返青春，唱着那青年时写的歌："你披着绿色的轻裳，临风飞翔在浪涛之上。"那逝去的青春的幻梦！看着那珊瑚之岸，细浪淘沙，海风长柳，白云深处，青山晚霞，幻想着到自然去，一个自然之家。未来不知会不会把四周小岛连接起来，建筑跨海大桥、高空索道、全天候码头，把田横岛旅游度假区，塑造成一个现代化的小型海滨旅游城。而如今田横岛已经是一颗海上明珠，假日游人如织；看来它的明天，也将会是美妙无比。

我原来对岛上的游乐设施，如射击、打靶、打飞碟、迷你高尔夫等游乐，未曾在意。后来与友人偶尔投入打飞碟，进入竞争，一次竟五发三中，连连给我打下了飞碟后，让我忘怀一切，兴趣大增。玩迷你高尔夫球，众人竞技，求胜心切，那阵阵惊叫，天真大笑，不知不觉地让人进入了一种忘我的自然状态！进入了，介入了，心态也就变得自然了，自由了，舒展了真情。而游艇上的垂钓海上游，直升机的环岛空中游，也使游客怀着一种难以抗拒的激奋与情趣！去过了一次，直想再去一次！

有时，我坐在窗前，看着不停涌动的海面，或是夜色中的海上孤灯，我想，存在不存在一种田横的精神呢？如果说过去的田横及其死义之士，以义感召于世人，那么今天的田横精神呢？这就是田横的后人，对田横岛老乡的千金一诺：在五年后，要使田横岛这个全镇最穷的村子，达到中等富裕水平。五年过后，田横岛已成为全镇最富裕的村子；不少老乡，盖起了相当漂亮的旅馆，走上经营之道，田横镇的经济被飞速地带动了起来。今天的田横精神，这是含义一新的义，这是使父老乡亲共同富裕的义，这是一种新的物质、新的文化精神的前瞻性的创造之义！这就是一种不断向前拓展的企业文化的现代精神！它有如大海的无尽涌动，也像是那海上航标灯的灯光！

在去田横岛的路上，有不少小旗临风招摇，上书"在水一方"，当时觉得这小旗很是别致，它飘逸着一股浓郁的文化气息。当我们告别田横岛、渐行渐远时，我就低吟《蒹葭》来了："蒹葭苍苍，白露为霜。所谓伊人，在水一方。溯洄从之，道阻且长，溯游从之，宛在水中央。"

是的，不需要在那白露为霜的深秋时分，不需要在那芦苇苍苍的时候，这水中央的田横岛，真是成了让人思念的伊人了！

（原载《人民日报》，2000 年 9 月 1 日）

高加索之旅

"全方贫工之联合"

列车离莫斯科南去。

辽阔的 7 月的俄罗斯原野，终于落在我们后面了。这里再也看不到茫茫的草原，一片片黑黝黝的翻耕地，一丛丛散落在田野里的白桦林，一簇簇坐落在林子后面的木房子。这里，忽儿沟壑纵横，忽儿翠山重叠，已经是北高加索的景象了。

奥尔忠尼启则市就在我们面前，它是俄罗斯西南部高加索的重镇，是去格鲁吉亚首都第比利斯的唯一捷径——军用公路的起点。

旅游者心向往之的，莫过于那里的名胜古迹、风土人情了。但是在这里首先要记述的，却是在奥城发现的我的同胞——中国人的荒远的踪迹。它引起我的激动，我的沉思，它记下了我的痛惜，我的怅惘。

在奥城参观一个博物馆时，我在馆内三楼的橱窗里，看到苏联国内战争时期的不少照片。突然有几张真人大小的肖像引起了我的好奇，这些人像好像是中国人。一看旁边的说明，真使我又惊又喜："包季祥（音译）——革命战士。"另一张大照片下写着"李成通"（音译）。从他们的服装打扮看，还都是红军的指挥官！

为了弄个究竟，我向馆里的工作人员询问这些中国人的来历。承他们好意，建议我去奥城有名的基洛夫—奥尔忠尼启则博物馆，据说那里这方面的材料更丰富。这样，我利用临走前半天的时间，参观了这座博物馆，粗粗了解到了不少中国工人为保卫十月革命胜利成果，参加红军、血洒异乡的片断故事。

包季祥，1887年出生，1917年在俄国参加了布尔什维克，并更换姓名为柯斯塔·康斯坦丁·格沃尔格维奇。1918年，俄罗斯遍地烽烟，红军与白军之间的战争愈益激烈，许多城镇一时成为双方的争夺点。奥尔忠尼启则市当时叫符拉季高加索（意为俄罗斯控制高加索的城市），地势险要，自然成为双方争夺的焦点。包季祥就是最早起来保卫符拉季高加索这块红色政权的中国战士之一。

红军中的中国战士是从哪里来的？

原来第一次世界大战期间，中国作为协约国成员国，在对德宣战后，曾向欧洲战场派遣十万民工。军阀政府把这批民工赶到俄国后，不久战争就结束了，于是就把这群男儿扔在异国，听之任之。民工们流落他乡，靠干苦工维持生计。

十月革命的炮火，惊醒了中国民工们沉睡的灵魂。这群历尽了人间辛酸的中国苦力，善善恶恶，爱爱仇仇，屈辱的命运，迫使他们选择了奋起的道路，纷纷参加了红军队伍，组成了国际部队、志愿部队，与红军一起并肩作战。橱窗里陈列着当时的几种报纸，它们报道了中国工人的情况：

中国工人是些什么人呢？

他们是被遗弃的中国贫工……

他们比知识分子还更为可靠……

1918 年在俄国不少地方成立了中国工人协会，会员达到五万余人。协会在各地的报纸上发表了号召书：

中国工人应当明白：

中国革命的命运与俄国革命的命运休戚与共。

只有与俄国工人阶级紧密团结，

被压迫的中国的胜利才有可能！

特别令人惊异的是，在报纸旁边还陈列着当时使用的一些纸币，上面印有六种文字，除俄文等文字外，还有一行中文字，细看乃"全方贫工之联合"。对照旁边的俄文，即现在的"全世界无产者，联合起来"的译文，这恐怕是《共产党宣言》的结束语的最早的中文译文了。这句口号当时竟译成中文印到了纸币上，这不说明中国工人正是保卫十月革命胜利成果的直接参加者吗！

在资料室里，我向工作人员借到了好几本十月革命回忆录打印稿的合订本，它们都出自国内战争参与者之手。

1918 年，当邓尼金向红色政权发动攻势后，流落在符拉季高加索的中国人，很快地组织起来，参加了该城的保卫战。其中一篇回忆录这样写道："1918 年，中国工人组成了一个小小的营，在库尔斯克镇进行战斗，苏维埃政权首先是靠它支撑的。"这个营开始有三百来人，经常举行谈话会，后来人数激增，就改编为"中国志愿兵符拉季高加索第一支队"，队长就是包季祥。

不少回忆录都热情地称赞中国志愿兵的"铁的纪律性""革命的自

觉""英雄主义和大无畏的献身精神"。红军与白军的战斗是激烈而残酷的，到1918年年末，符城只有马洛康区和库尔斯克区未被白军占领，中国志愿兵的殊死抵抗，起了决定性的作用。库尔斯克镇上设有政府机关，好几座楼房的底层已为白军占领，第二层楼上却是中国志愿兵。这时中国人忽然在各个大楼里的地板上凿洞，把写着谁也不认得的字条从洞口塞下去，当白军集合起来"研究"时，楼上就用机枪在洞口扫射；同时从四处找来破布，蘸着火油，点着了火塞往楼下。白军受到突如其来的扫射与火攻，吃惊不小。中国志愿兵趁着楼下混乱的时刻，冲了下去，击杀大批敌人。他们怀着破釜沉舟的决心，使用奇特而又十分危险的方式发动进攻，迫使白军退出了库尔斯克镇。

中国志愿兵在北高加索一带进行过多次战斗，所向披靡，保卫了许多战略要点。1919年，中国支队中的一部分人随红军一起北上，解了阿斯特拉罕之围，奥尔忠尼启则对这次胜利行军评价极高。回忆录的作者——老战士们说：中国支队一直协同红军南征北战，在战斗中锻炼出了许多英雄，如李成通、刘秀、刘凡来（都是音译）等。他们从小受欺被压，所以在战斗中一往无前；他们只有作战到底，才有生路，而绝无背叛现象。

国内战争结束后，1925年包季祥曾被派到基思拉伏特斯克城担任红军领导工作。一次，他躺在楼上养伤，有个中国士兵去访他，岗卫不让进去，吵了起来。包闻声而出，一见是老战友，就把他亲切地迎了进去……

闭馆的时候到了，我多少怀有一点遗憾的情绪走出了基洛夫—奥尔忠尼启则博物馆，心想如果早知道这里有那么多丰富的材料、遥远而又神奇的不为人知的故事，我就直接到这里来了，因为今后，也许再无机会来翻阅这些材料了。

拐过几条街，我在一条小巷的林荫道走着，突然有一位花白胡子、微驼腰背的老人，停立在我的面前。我立刻停步下来，定睛一看，这不是一位华裔老人吗？看他粗俗的穿着打扮，应是属于这里的下层居民。我猜想，他就是我刚刚看过的材料中所说的哪位中国民工吧。

我赶快上前问好，只见他目光中流露出凝滞的神色，双唇翕动着。我问他怎么称呼，哪里人，在这里待了多久了。老人只是看着我，说不出话来。后来喃喃地说了几句，我听得不甚分明，只从他断断续续的话语里，听出"济南府"三字，估计是山东人了。

我知道，一个人使用的语言，要是中断了十年、八年，再说话时舌头就不灵了，何况他真是中国民工的话，那已有三十多年没有说汉语的机会了，更何况现在的汉语和世纪初的汉话已有了不少变化了呢？我试着用俄语同他交谈，他也用俄语说了几句。可是由于他的发音含混，我还是听不真切。但是我的时间有限，无法在这里久留，同他又谈了一会儿，还是互不了解，十分着急，交换了一些手势与眼色，也是无法沟通，于是只好同他握手告别。

当我走了一段路，回过头望去，只见老人仍呆呆地站着，若有所失地看着我，我的心不禁一震。他突然遇到故乡来人，惊喜之情可想而知，但是惊喜还未转为一诉衷肠的欢乐，却又为失望所替代，见面就成了分别。我理解他的颓丧情绪，停了下来，看了他一会儿，后来向他招了一下手，作为最后的告别礼。

走着，走着，一阵怅惘向我袭来。我在异国山地——高加索的北麓偶尔行踪，和一位流落在外的华裔老人萍水相逢，竟未能分受他多年的思乡之情，他到底是谁呢？

一个念头突然在我脑子里闪现：他是不是包季祥接待过的那位战士？他也许是在库尔斯克镇楼上用机枪扫射的中国志愿兵？

没有回答，没有回答！只听得街头的小楼窗口有人抚琴，传出了南国忧郁情调的曲子。唉，也许我永远听不到回答，听不到回答了吧！

死城—太阳谷

车子出奥尔忠尼启则市南行，很快进入山区。入峡谷后，只见两边全是峭壁，涧中急流，哗哗有声，车子爬上山崖，涧水一忽儿左边淙淙作响，一忽儿又转入右边暗道，失去踪影。有时见到满是裂纹的大块崖石，低低地倒悬在路面上空，那险恶的情势，好像只要有人用手轻轻一碰，就会掉下来砸个粉碎。

车子继续爬山，向高加索第一道山隘驶去。一过电站，只见眼前群峰兀立，层层叠叠，烟云缭绕。这里阳光满崖，那里阴霾欲雨，东面葱翠如洗，西面暗如黄昏。路似乎断了，车也停了下来，靠在山阴处，虽是7月天气，却是寒气逼人，大家一下车就往阳光下跑。稍作休息，向导领我们翻过一道山梁，只见山下一片草地，附近山崖上，残留着不少碉堡，据说这是14世纪当地山民为防御蒙古人入侵而筑的。每逢蒙古铁骑来临，碉堡上的守卫者一面举火竞相警告，一面凭险抵御来侵敌人。但不管他们如何据高临险，顽强抵抗，最后还是遭到蒙古铁骑的扫荡。

死城在草地的西面，其实所谓死城，就是破残不堪的伊斯兰式的"碉堡"群。这种碉堡四四方方，上窄下宽，原来它们是伊斯兰教徒的坟墓。远远望去，块块垒垒，方圆一二里，真像一座小城似的。据说当地伊斯兰教徒死后，同伴就把死者停放在通风的石堡中，年久月长，不少尸体都变成了木乃伊，这自然和这里的特殊气候有关。当我们去参观时，早有好事的人，从石堡里捞出死者风干的手臂和手臂的骨骼，搁在洞口，向参观者做招手状，要是人少时，真有些阴森怕人的。死城已有四百多年的历史了。

死城之东，是有名的太阳谷。据随行的人说，太阳谷水草丰美，但终年不雨，听者都似信非信。

刚说不下雨，我们头上霎时风推云涌，灰雾迷漫，紧接着阴云围着我们翻滚，就下起阵雨来了。一会儿雨雾竟把四周峡谷和草地连成一片，昏暗异常。而唯独前面的太阳谷，在四周暗黄色的雨雾中，依旧是一片阳光，青草分外鲜绿，溪水闪闪发亮……

蓝色、蓝色的卡兹别克之夜

车子在山崖的公路上行进。一入格鲁吉亚境，山势愈加陡峭险峻。挺拔的高加索群峰，好像是经过爆炸之后留下的断垣残壁一般，处处怪石嶙峋，寸草不生。我想起曾给人类盗过天火的普罗米修斯，不知是不是被缚在这里，不知在哪个峰崖之上受苦，我们世人是永远应该感谢他的！

长年不雨的太阳谷，已远远地落在后面，这里已是达里雅谷。谷间有水，水流奇急，不少小型水电站沿涧而筑。道路更加艰险，经常可以碰到倒挂着的山崖巨石。其中有处悬崖，大片地吊在路上，看上去，汽车的马达声就会把它震塌下来，游人经过这里，真有些提心吊胆。这可真是名副其实的悬崖了，它就被取名为"老天爷，快带我过去"，心惊之下，还不无幽默之感！再往前去，就是卡兹别克。入晚，我们就在一片四周环山的草地上住宿下来。

卡兹别克原是一位著名的19世纪格鲁吉亚作家的名字。他出身名门，但深受当时民主思想影响，因此在父亲死后，就解放了自己的农奴，放弃了封建地主的地位，拿起牧羊鞭子，和山民住到一起。六七年间，他生活清贫，但熟悉了山民的生活和他们的风尚习俗，后来移居到第比利斯后，写了不少剧本、小说。他的那些描写山民为争取自由而斗争的作品，曾为当局没收和焚毁。但是人民爱戴他，他在孤独、贫困中去世后，人民就把他牧羊的一座高山，命名为卡兹别克峰。

卡兹别克峰峰顶终年积雪，白云缭绕，一天之内，露面的时间极少，显得神秘而高远。峰下是冰川。即使盛夏季节，坡上冰封如故，很难攀登。我们试着爬了一段，回头一望，只见下面山坡就像无数玻璃板块镶接起来一般，银光闪闪，极难下行，只好作罢。

卡兹别克的夜是美丽的，太阳一落山，一种奇异的、神秘的情调就逐渐弥漫开来。悬崖边挂着半个月亮，明净如洗，使夜显得分外静谧而深远。夜的主调是蓝色，天空蓝远而晶莹，山峰近者深蓝，远者幽深墨黑。这时我突然想起俄罗斯诗人莱蒙托夫的诗作《逃亡者》来了，这是根据山民的传说写成的，其中录有一支古老的民歌：

> 月儿光光，
> 清净明亮，
> 青年战士，
> 走上战场。
> 勇敢的武士背上了枪，
> 年轻的女郎对他讲：
> ……
> 你要忠于你的荣光，
> 要对预言者诚心信仰。
> 谁要是走上血的战场，
> 对敌人不动一刀一枪，
> 出卖自己的伙伴，
> 那他定要可耻地死亡，
> 野兽不啃他的骨头，
> 雨水也不洗他的创伤！（大体上采用余振先生的译文）

好一颗柔情而刚毅的山地姑娘之心！我想诗人写的就是这带山民的传说吧！我很想请离接待站不远的几位山民讲讲古老的东方故事，听听他们弹唱山地民歌，领略一番诗人描写的神韵，不想这些山民一见到我，却尽向我打听有关北京的消息来了。他们说，北京才是真正的东方呢！

人声小下去了，在静静的夜色中，面对着蓝得出奇的高加索群山，我陶醉了，我遐想起来，仿佛看到了古代的壮士，为保卫自己的家园，在急促的马蹄声中和粗犷的号角声中，奔向战场。那个贪生怕死的逃亡者，却受到老母亲和情人的诅咒，落了个不名誉的死亡！

突然，从不远处的以石块为墙、石片当瓦盖成的山民的住屋里，飘来一阵阵悠扬的六弦琴声，把我从梦幻中惊醒过来。随着琴声，夜色似乎颤动起来了，四周似乎游荡着蓝色之流，通向幽远和深邃。面对这游移着的蓝黑的广袤，我心中有一股不可遏止的思古之幽情在起伏着。

这清净的蓝色的夜，这蓝色、蓝色的卡兹别克山谷之夜！

姆采里①

你读过莱蒙托夫的长诗《姆采里》吗？你为童僧那种向往自由而进行的抗争所激动吗？你为他那种无畏的勇敢所感奋吗？

姆采里，现在就在我们面前。它坐落在高高的悬崖上，向下望去，就是库拉河和阿拉格维河的交会处：

> 在许多年以前，
> 在那阿拉格维河和库拉河
> 就像姊妹俩拥抱一起
> 汇合和喧嚷的地方，
> 有一座寺院……

这就是姆采里。游人对姆采里寺院的兴趣，主要还是被诗人的优美

———————————

① 格鲁吉亚语，意为童僧。

的长诗所唤起的。

姆采里寺院原来叫"特茹凡里"，六七世纪时建于库拉河岸的山崖上。自莱蒙托夫的长诗《姆采里》出名后，当地居民索性就把寺院改称为"姆采里"了。

莱蒙托夫为什么要写《姆采里》呢？原来他在普希金被人阴谋杀死后，写了一首极为愤怒的诗，名为《诗人之死》。这首诗严厉地抨击了沙皇政府的阴谋，因此惊动了沙皇当局，把他流放到南方边地。1837年，莱蒙托夫来到姆兹赫达，在特茹凡里寺院遇到一位老僧。闲谈中，诗人了解了他的身世：老僧原是南方的山民，年幼时在帝俄"镇南将军"叶尔莫洛夫发动的一次征伐战中被俘，后被关进寺院。他三番五次设法逃走，均未成功。一次，由于逃跑，生了一场重病，几乎丧生。老僧的身世自述，使流放中的莱蒙托夫深为感动。诗人感到，这个真人故事的基调，与他以前写的《阿尔沙大公》等长诗是十分相近的，于是他改写了原来的一首诗稿，把诗中的地点——西班牙和立陶宛，移到了格鲁吉亚，主人公就成了童僧。这样，就写成了《姆采里》。

诗中的姆采里是一个渴望自由、不畏斗争的形象。在一次战役中，他被俄国军队俘虏，被将军关入寺院。但在山野已过惯了自由自在的日子，寺院生活使他窒息，他一心想冲出牢笼：

> 我活了没有多久，而且过的
> 是俘虏的生活，假如我能够，
> 我宁愿用两个这样的生命换取一个，
> 但只是充满激情的生命！

姆采里向往自由生活，渴望像那高临于群峰之上的苍鹰那样，自由地飞翔。他说人来到世上不是为了监狱，而是为了自由。当闪电雷鸣，人们纷纷躲入屋里的时候，姆采里却迎向风暴电光：

我逃跑了，啊，我多么快活，

像亲兄弟一样同风暴拥抱，

我两眼紧盯着乌云，

伸手去捕捉闪电……

一次，姆采里逃出寺院，在山林里乱窜，想重返家乡。路上碰到豹子，经过一番搏斗，他虽然战胜了凶兽，但自己也已精疲力竭，负伤过多，昏死过去。当他醒来时，发现自己又被带入了寺院。姆采里在不息地寻找自由，最后在孤寂中死去，这是一个斗士之死！从莱蒙托夫当时的处境来说，和姆采里的一生际遇十分相像。无疑，在姆采里光彩照人的形象里，注入了诗人自己喷薄的激情，寄托了诗人的情愫。

参观寺院后，出得院子，登崖观赏，但见库拉河与阿拉格维河汇到一处，缓缓流经脚下。太阳即将下山，隔河的西山树丛间深蓝色与深紫色的雾霭，团团弥漫，徐徐升腾，一派苍烟落照景色！

太阳一下山，暮色立时加深。一会儿，四周的空间好像被蓝色充溢了。天是蓝的，天幕上已蹦出几颗星星；地是蓝的，色泽愈来愈深。那是远山，那是山地树丛，忽然都蒙上了蓝黑色，相互浸润、渗透，消融了各自的轮廓。一种说不出味儿的野草芳香，散落在清新的空气中，忽浓忽淡，不时袭来，沁人心脾。

月亮上来了，山下田野一片淡雾蒙蒙，天色反而比前一会儿明亮了一些。远处狭小的河面上，不时眨着点点渔火。田野像浮腾起来似的，轻盈而缓慢地转动着。这时，那远山，那远树，已转成墨黑一片。凝视着这变幻莫测的天穹，幽邃而寂寥，透着几分山地的远荒与苍凉！

四周凉意袭人，而且很快凉得有如深秋初冬一般，没有御寒衣物，是无法再在室外崖顶观赏那异国山地的夜色的。回到姆采里的厢房，也是夜凉难耐。于是只得老老实实地钻进这里特备的睡袋里去躺着，而且据这里的人说，睡到次日太阳高照才能起身，那时山地的寒气，才会被夏天的太阳驱尽。

　　钻入睡袋睡觉，只觉得周身被捆绑住了一般，手脚无法舒展，也翻不了身。同伴安于这种状态，不久就鼾声大作。而我平时睡觉时自由惯了，醒时不断要伸手抬脚，所以一进睡袋，就无法忍受，总想侧身或是翻身。于是设法探出身来，活动活动手脚。但身子一退出睡袋，就觉寒气逼人，又只得钻进袋子里去。钻进去一会儿，又觉得动弹不得，烦躁不安，再想探出身来。这种两难处境，使我如此这般，竟一夜未曾合眼，却发觉月光早已移过好几个窗框了。很有高加索山地情调的一夜，竟让我为自己的生存状态而折腾，弄得身子疲惫不堪。

　　后来我常常想到，我们的生存状态有时不就是这样的进退不得的两难景况吗！

姆兹赫达

　　翻过高加索山脊的时候，我们在十字隘口停了下来。这里是欧亚天然交界处，山脊之北是欧洲，南为亚洲。

　　库达乌里深渊是下岭的第一站，海拔两千米左右，深渊是被四面乱山环绕着的一小块平地，那里杂树丛生，无路可通。普希金去南方时，曾在这里逗留过，写了著名的《高加索》一诗：

> 高加索在我的脚下，我独自
> 高高地站在悬崖边的雪地上，
> 从远处峰顶那边飞起苍鹰，
> 有时一动也不动地飞得和我一样平。
> 在这时，我看见了激流的源泉，
> 和那惊心动魄的雪崩的起动。

站在深渊边崖上，举目四望，只觉得这里一片诗情，满山画意，真使人胸臆流荡，赏心悦目。现时虽非冬天，但在凝神遐想中，那远处悬崖上的块块山石，都变成了巨大的雪块，雪崩起动了，起动了，隆隆巨声，震得山鸣谷应，连绵不断……

车子飞快地开到了平原之上，两边山坡立时现出了南国景象。阵雨刚下不久，山林葱翠欲滴。两山夹谷之间，是著名的黑白阿拉格维河。一条河水窜出山谷，颜色墨黑，有如黑龙翻滚，一条河水从另一山谷奔腾而来，颜色泛白，就像白练游卷。两河汇合处，水声咆哮，相互激荡，浪花飞溅，分明仍可见到一边黑、一边白的奇景。

不久，我们就抵达姆兹赫达。姆兹赫达是格鲁吉亚最古老的文化区，是格鲁吉亚民族的发祥地。19 世纪末，这里发现了公元前 2000 年至公元前 1000 年的青铜文化，那时的格鲁吉亚人就能制造工具和武器了。

姆兹赫达在古代是东格鲁吉亚伊比里亚王国的首都，公元前 65 年，罗马将军庞贝征服了亚美尼亚后，又挺进伊比里亚，占领了姆兹赫达，城市几乎被夷为平地。后来，姆城又成了格鲁吉亚的宗教中心，居民先是信奉多神教，公元 377 年，姆城接受了基督教，建筑了教堂。

其后，姆城不断遭到波斯人、阿拉伯人、蒙古人、土耳其人的侵扰，居民日益减少。19 世纪初，当格鲁吉亚被俄国合并时，姆兹赫达已是一个荒凉的村庄了。

有意思的是在姆兹赫达的河谷里，我们旅游团组织了一次"国际音乐会"，旅游者各自用本国的语言唱本国的歌。我们几个中国人拣起了鹅卵石，击将起来。奔马的急促的碎步声由远而近，穿林而过，《游击队之歌》的歌声也由弱而强，轻捷而高亢，而后由近而远，最后悄然隐去。

我想在姆兹赫达的山林里，鸣响着《游击队之歌》的旋律，是空前的也很可能是绝后的，机遇可能有相同之处，但永远不会重复！

第比利斯—先贤祠

从姆兹赫达驱车东南行，约半小时就可到达第比利斯。1958年，格鲁吉亚人庆祝第比利斯建城1500年，而50年代初，莫斯科才庆祝建城800周年。

格鲁吉亚首都原来在姆兹赫达，后来由于波斯人入侵才被迫迁于第比利斯。但迁都第比利斯时，在民间却留下了优美的传说。说的是很久以前，格鲁吉亚王外出打猎，放鹰抓兔，鹰冲天而飞，接着扑向兔子，却一个跟头跌了下来，结果在一温泉里找到了他的猎鹰，于是国王决定迁都于此。原来在格鲁吉亚文里，第比利斯就是"温泉"的意思。

第比利斯之西，山冈连绵，公园依山而建。上山去，可以步行，也可以乘电缆车直达公园最高处，山冈半腰处有名人墓地，即先贤祠。先贤祠有俄国作家《聪明误》的作者格里鲍耶陀夫和他妻子的墓地，有格鲁吉亚著名作家伊·恰夫恰凡泽和民间歌手苏里柯之墓……从墓地向下瞭望，坡上怪石如林，古树青森；山下是第比利斯全景，高楼重叠，烟囱林立；再远去，就是高加索群山。极目远眺，高加索山地正隐现于烟雨之中，轮廓已不甚分明了。

19世纪初，格里鲍耶陀夫在俄国和波斯边境的冲突谈判中，曾代表俄国，同波斯签订了有利于俄国的条约，沙皇赠与他大笔钱财，并委派他当驻波斯大使。他路过第比利斯时，与被誉为当地最美的姑娘尼·恰夫恰凡泽结了婚，两人曾同登山腰处，欣赏这里的景色。格里鲍耶陀夫当时说，他希望将来死后就葬在这里。后来他去波斯任职，妻子留了下来。不久，俄波关系再度变化，德黑兰居民袭击俄驻波斯使馆，格里鲍耶陀夫持枪抵抗，跳楼受伤而死，后葬于这里的先贤祠。

苏里柯是当时人们最为熟悉的民间歌唱诗人。他带着琴，到处浪游，编歌、弹唱给庄稼人听。田间农民一见他，就纷纷围拢过来，要他唱歌，他从不推辞，边弹边唱即兴之作。由于他与人民心心相印，所以他的歌曲深为群众所欢迎，一听就能记住，于是相互传唱，四处流传。在一首以诗人名字为题的《苏里柯》里，诗人唱道：

> 为了寻找爱人的坟墓，
> 我走遍了海角天涯，
> 但我只有伤心地哭泣，
> 我的亲爱的，你在哪儿？

在想象中，他的爱人就是蔷薇，就是夜莺，歌声忧郁而又向往光明。这首歌现在已成为著名的世界民歌了。

苏里柯到了晚年，仍是浪迹四方，到处吟唱。有时还有这样的趣事，农民们把他编的歌唱给他听，他觉得悦耳动听，就打听这歌的作者是谁？大家乐得哈哈大笑，一揭秘密，连苏里柯也笑得老泪纵横。

高加索群山远去了，远去了，但它奇异的景色，古老的传说，俄国诗人的踪迹，中国工人血染山麓的故事，却融合到一起了，交织成了一支高加索的交响曲，在我耳际悲壮地鸣响着、轻轻地回旋着！

（原载《散文世界》，1989 年 7 月号）

寻梦列宁格勒

1988 年 3 月 25 日，我从基辅到达列宁格勒作短期学术访问。几十年前，我曾去过列宁格勒。十月革命前，列宁格勒叫圣彼得堡，它的建筑、主要街道、广场的布局和这些地方安置得对称的塑像、雕饰，别具一格，极富艺术品位，看得出来它带有西方国家的某些色调，按照精心的设计而建筑起来的。城市的中心街道、建筑部分，就像一件大型艺术品，没有暴发户式的、兀立突起的、破坏城市整体结构和谐与雅致的建筑，在相当程度上列宁格勒保留了圣彼得堡的原有风貌。

一天下午没有安排，我与杜书瀛君就去了涅瓦河畔。涅瓦河很宽阔，河畔到处是积雪，完全是北国景色，建筑错落有致。我们商定不作参观，只作走马观花。于是先在冬宫外面，在元老院广场巡礼一圈，广场上游人不多。然后沿涅瓦河步行到青铜骑士广场，观看了这座雕塑。

后面两天，正好是星期六与星期天。承主人的美意，陪我们观光列城的名胜古迹。我知道，列城可去的地方很多，两天是走不过来的，因此连走马观花也算不上，只能是浮光掠影地开车一掠而过了。我们先在宫廷大桥边停了下来，这里望尽涅瓦河两岸。桥堍处有一河神塑像，完全是意大利风格。再过去是有名的阿弗洛尔巡洋舰，不过这艘巡洋舰只是过去有名了，十月革命一声炮声，正是在这里打响的呢，可主人对它不提一字，我们坐在车里只能看上一眼，一晃而过，只是我在自言自语，提醒杜君，这个停在涅瓦河里的历史文物，在中国还是很有名的呢！继而在彼得罗巴夫斯克要塞附近转了一圈，然后过了大桥，又在元老院广场转了一圈，向著名的海军军部大楼驶去，在伊萨基耶夫广场停了下来。这里有座大教堂，它是帝俄时代法国人设计的，以巴洛克风格为主，结构复杂，极为壮美，与俄罗斯的教堂风格迥异。令我惊奇的是，这里的游人极多，而且很多是外国人。后来车子把我们拉到列城东北的皮斯卡列夫纪念墓地，这里是另外一幅景象。

第二次世界大战期间，列宁格勒遭到德国法西斯军队的围困达几年之久，饥饿、死亡时时向列宁格勒人袭来，有个小姑娘用钢笔在卡片上记录，哪天热尼亚死了，哪天叔叔死了，然后一家都死了。这里的墓地，埋葬着47万人，两边立满纪念碑。这天有不少年轻男女，手捧鲜花，将它们安放在无数基碑面前。他们静静地默哀、致礼。墓地一端是祖国母亲的大型雕塑，母亲塑像庄严、肃穆、无畏，她的围巾、衣襟如墙，迤逦几十公尺，有如屏障，有如大地母亲一般，令人肃然起敬。在卫国战争中，几千万人为她而献出生命，凭吊的游人用鲜花围在她的周围，十分壮观。

第二天我们去普希金城，郊外一片白雪，驱车一个小时就到。这里旧时为皇村，一座蓝白色的三层建筑最为引人注意，这是沙皇的行宫，它建于18世纪，楼内休息室很多，有绿色的休息室，有蓝色的会客室，有中国风格的休息室，室内饰金木雕、镜子、烛台很多，日本的瓷瓶不少，嵌花地板保护得很好，是一幢法国式的建筑。19世纪初楼后又建了三层楼房，在此建立了皇村中学，普希金在这里学习过。第二次世界大战后皇村毁于战争，20世纪80年代才完全按照原来的法国风格进行了修复。

下午去了艾尔米塔什博物馆，这是苏联最大的艺术博物馆之一，佳藏无数，几天也看不过来。而我们时间有限，正好这时博物馆举办从美国借来的法国20世纪画家的画展，我们觉得这是不易遇到的机会，于是走进了这个画展。有大画家莫奈、马洛、毕加索、凡·高、高更的不少作品。这里观众极多，很是拥挤，多为青年男女。我们在他们中间缓慢地移动着，无法停身。我们不像是在看画，挤在人堆里也看不清楚，而倒是想如何急着挤出展览会了。

其实，除了这个画展和列城东北的皮斯卡列夫纪念墓地，上面说到的各个名胜地，我几十年前都去过，那时看得从容，哪里想到这次竟是坐车观花一般呢！这简直有些寻梦的味道了。

要说寻梦，这次来到列宁格勒，还真有小梦要寻。很想去看看果戈理和陀思妥耶夫斯基的故居。他们两人都有纪念馆，文物不少，过去也都参观过。于是在参观画展之后，我们开始自由活动。先去附近的涅瓦大街，它在果戈理的笔下，可是变幻莫测，演绎着各类人物的生活情状，特别是其中艺术家的命运。不过我们这次走在涅瓦大街上，大约是由于白天的缘故吧，景色十分平淡。可能真像果戈理说的，是否要等夜幕降临以后，那时大街才会活跃在灯红酒绿、寻欢作乐的欢声笑语之中呢？不得而知。于是我们向果戈理大街17号找去。我对果戈理大街的方位已不熟悉，于是逢人就问。其实，果戈理自1828年12月去圣彼得堡后，随着收入的增多而不断改变住所。先是住在穷巷陋室，生活清苦，周围住的都是小商小贩，他与城市下层居民为伍，环境脏乱，书信中屡有怨言。随后搬到河岸街的一家药房老板的家里。随着收入与名声的增加，又换到沃兹涅辛大街的军官路三楼上，稍后又搬到了"小海洋街"，这里是高级住宅区了，离冬宫、涅瓦大街很近。不知现在的果戈理大街是不是就是这里，我一时无法考证了。据介绍说，果戈理在 1833 年到 1836 年间的作品，如《小品文集》《密尔戈罗特》《钦差大臣》等都是在这里写成的。但是寻到那里，并未找到三层楼房，向附近的居民打听，也都说不清楚。

由于我们在这里的时间极短，不容许我们在这里徘徊、考证，于是只好向卡兹纳切依大街而去。1864 年至 1867 年间，陀思妥耶夫斯基曾于这里的 7 号楼里，写作了《罪与罚》。跑到那里，向路人探问，都说不知道。后来有家院子的门正好开着，我们闯了进去，见到两位中年妇女，问及陀思妥耶夫斯基故居，她们指着说附近有个阳台的楼房就是，说现在里面有人住着。于是我们退了出来，走到了街道拐角处那座带有阳台的、相当旧的、浅黄色的楼房前，就停了下来。看着这座楼房和它的几个窗口，不知大门在哪里，真有些不得其门而入的感觉。我想，这是否多少有些像我们的情况，一些名人故居早已分配给老百姓居住了，游人询问某某名人故居，住在里面的人反而说不清楚这里曾经住过谁，也未可知呢！

暮色渐浓，行人稀少，于是只好站在街边看了几眼，带着些许寻梦后朦朦胧胧的惆怅，回到了旅店。

1990 年 5 月

"重又相信人类命运幸福的起点"

——卢浮宫之恋

　　来到巴黎，我已第三次去卢浮宫了。

　　走出地铁，在卢浮宫外的塞纳河畔漫步，突然一个不快的印象向我袭来。我第一次去卢浮宫时，就在这美丽的而安静的河畔，遭到过一个流浪茨冈青年的突然袭击。他两手张开报纸，假装看报，直冲我来。我未反应过来，躲闪不及，只觉得在报纸下面，一只手已插进了我的大衣胸袋。我两手本能地往上一抬，把他的手震了出来，幸好口袋里只有一张旅店的名片。那茨冈人凭手感就可知道我身上无油水可捞，所以就放过了我一马。

　　过去，我只在外国小说、歌剧里见过茨冈人，他们流浪、偷窃、豪放、真情，令人同情。而今我一个东方的穷小子，倒成了他们的抢劫对象了。那小说、歌剧又可丰富一番了，真让我哭笑不得。况且，现今是什么时代了。而我的一位同伴，虽然人高马大，却比我机灵得多，一见我陷入凶境，立刻小跑起来，躲到远处，看着我与茨冈人演出的一出狼狈的街头活报剧。

休息日参观卢浮宫是免费的，所以人比往日要多。一进陈列室，只见各种艺术品琳琅满目，目不暇接。我那狭窄的心，顿时变得宽阔起来，那几丝不快的情绪，也早已烟消云散。

青年时期我接触的西方艺术是俄国的油画，卢浮宫的画册，其中有人物、风景和雕塑，风景、人物比较好欣赏，对裸体人像、雕塑就不大习惯了。及至读了一些希腊神话，对西方的裸体雕塑和画像才有所领悟。可这维纳斯呢？那弥罗岛的维纳斯，还有达·芬奇的画呢？虽然已看过两次，但谁知道以后还无机会再来巴黎呢！于是我一改前两次参观的路线，就直奔陈列维纳斯塑像的展馆。如今维纳斯的塑像就矗立在我的面前。

维纳斯令人称羡的首先是她全身散发青春气息的体态美，矫健、丰满、匀称，线条流畅、自然。对于一般人来说，大致是这么一个印象。这样匀称发育的女性体态，即使在今天也是很少见的。进入人类童年的希腊人，就具有了这种优美的体态，这不能不使人啧啧称奇。当然，这也许是艺术家对人体美的一种理想的追求，也未可知。不过，无论真实地再现还是被灌注了艺术家的理想，如今被定格在雪白的大理石之上的维纳斯，无疑是被作为希腊人女性人体审美的标本而创造了出来；而发现了这座塑像的法国人，把她当做宝贝陈列出来，便使广大的欧洲人成了这种形体美的激赏者。当然，现在不少别出心裁的外国女性，以枯瘦为形体美，那也是潮流使然，无伤大雅。

形体美的欣赏大致是一种生理体验。男女相悦，即使给他们规定了无数戒律，人们也无法阻止他（她）们在各自的体态上的相互挑剔、选择和对肉体的灵性的欣悦。这是一种天生的最普遍的审美选择。可是由于这种审美选择是最本能的，在其他动物间同样存在着，它是最广泛的、最基本的可又最不具社会性，所以在审美等级上较之其他的审美选择要低一些。

但是当我在观赏维纳斯的塑像时，分明觉得除了形体优美所产生的审美愉悦之外，还有一种更为重要的东西，这就是她的脸部表情所显示的特征，这是人们在阅读观赏中最能转化为创造性的成分，正是它们导致更高级的审美愉悦的产生。维纳斯的脸部表情宁静、典雅、凝重、富有智性、充满青春的活力。我想，这些特征大概就是早期希腊人心目中的女性的理想美了。维纳斯满身流溢着丰富的感性，同时面部表情又富于理性的光辉，两者的完美结合，使其升华为一种高雅的美。由于它们带有相当的普遍性，于是便成了白人各个发展阶段的女性美的特征。

我一面观赏着，一面不免沉思遐想起来。我想，当屠格涅夫说"弥罗岛的维纳斯大概比罗马法或者1789年的原则更不容怀疑"时，他的反功利主义的艺术思想无疑把维纳斯与1789年对立得近于极端了。不是吗，正是1789年的革命，才使得发现于1820年的弥罗岛的维纳斯的女性美的特征，得到无数白人的更为广泛的承认与发扬；并使她走向了我们古老的东方，促使东方变得年轻起来。最后使得不少东方人，包括我在内，为她这种女性美的魅力所陶醉。想到这里，我不禁对凝视着远方的维纳斯微微笑了起来。

俄国作家乌斯宾斯基有篇短篇小说《她使我们挺起腰来》，说的是一位潦倒于穷乡僻壤的教师，一次突然回忆起了弥罗岛的维纳斯塑像，顿时使他精神大振，感到人是美的，有力量的，能够获得幸福的。但是为了这种美和幸福，就必须进行斗争。于是他挺起腰来，重又投入了斗争的生活。小说生动地描绘了俄国民粹派为民造福的那种信念，虽不免抽象，却是很有意思的。当然，小说是一种虚构。更有意思的是，我在翻阅俄国著名画家克拉姆斯科依的《论艺术》一书时，发现画家说他在观赏过弥罗岛的维纳斯塑像后所出现的生活体验，几乎与上面小说里的人物的体验如出一辙，这不禁使我一阵心热。他写信给列宾说："这座塑像留给我的印象是如此深刻、宁静，它是如此平静地照亮了我生命中令人疲惫不堪、郁郁寡欢的章页。每当她的形象在我面前升起时，我就怀着一颗年轻的心，重又相信人类命运幸福的起点。"

　　我走到陈列室的一角，离得塑像远一些，一面看着她，一面想着克拉姆斯科依的话。我为什么那样留恋她，临走前还要去看她一下，不就因为我向往那纯真、典雅的美吗！不就因为我生命中有着无数令人疲惫不堪、郁郁寡欢的章页，寻找着那真情的美的光辉，去照亮它们吗，让它抚慰我那人生旅途中的伤痛吗？

　　想到这里，我的双眼不禁湿润起来了！

（原载《中国教育报》，1996 年 4 月 7 日）

向往不朽

　　转过几条街道，塞纳河就横陈在我们眼前。初春的巴黎虽是阳光普照，但一股股清冷的空气不断逼人。

　　沿着塞纳河向西望去，那高高的巴黎铁塔就耸立在蓝空，不，它那轮廓清晰的构架，简直就像刻铸在蓝色的天幕上一般。这时高空有几条毛茸茸的白色带子，相互交织，飞速向前延伸，原来是两架喷气飞机为蓝天增添色彩，有如作大写意的挥洒，随后那交织一起的白色带子逐渐融化，成了片片浮云。河边两岸的楼房，缓缓的流水，斑驳而绚丽，衬托着不远的铁塔，这不就是一条绝妙的巴黎风景线吗？我想起一百多年前的一场争论，据说作家莫泊桑竭力反对建筑铁塔，认为这会破坏巴黎的旧有风貌。不过高入云天的钢铁佳构拔地而起，如今在巴黎小住的万国游客总不免要去观光一番的。铁塔是巴黎风景线中的主导，是观赏巴黎最佳的视点，它有如一首凝聚无声的交响曲中的高亢的基调。

我们向铁塔走去，悠闲自在地浏览两岸风光。目标愈来愈近，但总觉得像是走不到似的，等走到铁塔下，竟足足花了一个小时。来到铁塔下面细看，铁塔真是个庞然大物，四个硕大无比的座墩，占地甚广，四个半圆形的钢铁巨拱，支撑着三百米高的塔身，这时塔顶须仰视才见。周围散落着小树林，疏密相间的树杈，光秃秃的，在阳光下好像罩上了一层薄薄的紫雾，近旁的草地却还残留着一些绿意。

买票进塔，拾级而上，然后乘上电梯，缓缓升腾。电梯里虽很拥挤，但人们十分安静，好像要到一个庄严的去处似的。放眼窗外，眼前慢慢掠过巴黎的街道和高楼大厦。当我目光平展，就感到我在缓慢地升向高空，一片皆蓝，唯有远处被风吹散的白云，好像一动不动地停在蓝空。

升到铁塔的最高层，走出电梯，是一座圆形平台，周围装有挡风玻璃，游人都挤在平台里层。走到外层，宛如立刻置身天空，寒风冷冽，使人不敢久留。这时虽有冯虚御风之感，但无羽化登仙之乐，真是高处不胜寒啊！极目探视苍穹，那渺无涯际的蓝色旷空，真是深不可测，倒有点在作行而上之观了。可是向下瞭望，巴黎各区胜景，历历在目，塞纳河成了一条曲折的白色带子，闪耀发光，西北方向树林丛丛，弥漫着一片片紫蓝色的雾气。

突然，我想，初到巴黎的人，见到铁塔，都会赞赏它的壮美，在惊叹之余，还要亲临它的最高处而以此为快，这是一种什么样的体验呢？大概是为了满足好奇心吧，登塔可以远眺，看尽巴黎。而我觉得，也许更有一层意思，这就是人对创造的不朽的向往吧！铁塔的巨大身影，本身就是个纪念碑，成了巴黎的血肉，它的顶尖，直指无穷的蓝空，是那么高远，犹如上天之路，但它比起哥特式教堂的顶尖——走向天堂之路的象征，不知要高出多少倍。人想离地而去，但如果从大地之上攀登云天，那么他借科学和艺术之助，已伸向极致，铁塔是不朽的创造。当游人升临云天，达到天际的顶点，其乐何如？他一定会产生一种崇敬的心情，意会到创造的欢乐，欣悦于不朽可以创造，也许会体验到他可与不朽同在，在观赏中又延伸着创造的生命。是的，人向往不朽，创造了不朽的铁塔，铁塔又创造了人的不朽。它本身真像一个大写的人字，一个矗立在大地之上的巨人！

　　走进塔顶平台的里层，见不少游人来回走动着。我环顾四周，只见油漆斑驳的钢窗窗框、围栏上，留有许多伤痕。凑近一看，原来是游人刀刻指划在上面留下的无数名字，如科柯、米歇尔、安娜、乔治、西蒙奈等。我不禁一笑，原来剽窃荣誉的人中外都有。在我国的名胜古迹上，往往有"某某到此一游"的涂鸦，而在国外竟刀刻名字于铁塔之上。他们无疑渴望不朽，与古迹同辉，但不是去参与创造，而是以寄生的、附着的浅薄，去攫取不朽，面对伟大的创造，这不是对自己的一种嘲弄吗！

　　回到地面，我再次仰望铁塔，它凌空而不蹈虚。直指蓝天的铁塔向往不朽，而人创造了不朽！人还会不断地创造下去，使世界常新，同时也创造着自己的永生！

（原载《光明日报》，1994 年 8 月 5 日）

洋上明月共夕照

　　离开成田机场，已是下午 5 点半钟。当飞机滑跑凌空时，舷窗外斜阳明亮如昼，光线烁人。

　　飞机腾云驾雾已好一会儿，机舱里的光线似乎暗淡了许多。乘客都很安静，不少人闭目养神，想在安静中消除一下在机场等待的焦虑与疲劳。飞机飞行了一个多小时，下面早已是太平洋了！向下望去，只见一片深蓝，越往前飞，颜色却越来越显得淡亮，在浅蓝中泛着白色。右边机翼顶端下面，不知什么时候亮起了一盏白色的圆灯，开头不甚在意，由于机身轻微晃动，那盏白色的圆灯随着机翼时高时低，我突然想起，那盏白色的圆灯，不就是月亮吗？今天不正好是农历十五吗？

　　嘿，在飞机上观月，多有意思啊！于是我的精神为之一振，我想把少见的夜景告诉旁座的乘客，他们一个是台湾人，一个是天津人，大概是对新婚夫妇，正忙着亲热。我不好打搅他们，欲言又止，只好自个儿欣赏这夜景了。

"海上生明月，天涯共此时。"我在这里见到的可是洋上的明月，这明月可就挂在机翼下面，有时好一会儿一动不动。看看机翼上下，也分不清哪是洋，哪是天，哪儿是它们的边缘，洋天早就融为一色了。而人就进入了这无垠的世界，不，这无垠的空间！在地球上观月，如果临山近水，有"山高月小"的说法；还有月到中天，月亮也就小了起来。可现在，月亮就在机翼顶端挂着，又圆又大，离人很近很近。

看着看着，突然袭来一阵惊奇，更加使我兴奋起来。这月亮挂在机翼顶端，可我的座位离机翼不远，而且高度正好在机翼之上，那我在空中岂不比月亮高了？在地上，什么时候我不是仰望明月？而今我临风高飞，竟身临于明月之上了！我这时真可上九天揽月了，多有意思啊！我望着比我低的月亮心里涌起了多少神秘似乎带些庄严的感觉啊！只是人与月亮总是处在同一距离内，可望而不可即。

飞机稍稍侧了一下，月亮也轻轻晃动了一下。突然，从左边的舷窗口，斜射进来多道光束，金黄金黄的，照到我头上的白色行旅柜上。我立时站了起来，眯着眼睛，对着光束，向左边的舷窗口望去，不由得轻轻地叫了起来。哦，那不是正要落下地平线的太阳吗？那不是夕照吗？太阳的光束已失去热力，只剩下了金黄的璀璨！由于距离左边的舷窗太远，西边远天的景色不甚分明，唯见霞光满天，而右边，却是一片明月。

这低低的明月，这远远的夕照，真是交相辉映了呢！可是，看看明月，那边全无夕照的影子；看看夕照，似乎明月离它很远很远。倒是忙坏了我在高空的双眼，左看右看，把它们连在一起了，真是洋上明月共夕照，难得见到的无比壮丽的景色啊！此时在地上，哪里还会看到夕照呢！

人升入高空，改变了时空的距离，扩展了空间，同时也改变了时间，延伸了夕照的一片光辉。想着想着，我真要说一声世界真小，而我旁座的那对情侣，对这如此迷人的夜色全不理会，我只好说，他们可能把爱情注入了另一种时空，享受着他们的人生之旅。

飞机东去，夕照的色彩很快淡去，最后竟消逝于瞬间。这时月亮似乎更明亮了。当飞机作高纬度的飞行拐弯，飞向阿拉斯加的方向时，景色顿时大变，月亮很快脱离机翼的顶端，迅速向西方移去，最后转到机身侧面去了，把人们留在一片白茫茫的太空，留在那一片空阔的寂寥与孤独之中！

过不多久，在睡眼蒙眬的一瞥中，东方已是万道金光。我已感到倦意，索性闭上眼睛，沉浸在已经远去的一片白色与那瞬间的辉煌之中，那瑰丽的日月同辉之中！

（原载《光明日报》，1995 年 8 月 29 日）

唯有那山间明月

7月中旬的一个早晨，我们出发去加利福尼亚州东部的太浩湖游览。

驱车到奥克兰机场附近的汽车出租公司，公司的职员说我们预订的车子未归，一时又无剩余车辆，由于耽误了我们的行期，所以同意我们去别的公司租车，如有差价，他们愿意补赔。于是我们只好去机场的租车处，租得一辆可容六人的大汽车上路。

10时左右，车离奥克兰。奥城离旧金山不远，城市依山依水而筑，规模相当大。据说山上住户多为富人。居住山上，一是较安全；二是景观好。从车子里向上望去，山坡一片黄色。原来加州春天雨水较多，山坡满是青草，一片绿色，入夏以后，雨水稀少，青草立刻焦黄，到处如此。只有坡底沟壑里，一丛丛的松树、柏树、橡树、桉树，倒是郁郁苍苍，树影婆娑。加州人说，他们喜欢黄色，黄金的颜色就是黄色，代表富有。这是自豪还是自嘲，我有些不忍心去细加区分了。随后车进入伯克利，绕过海湾进入丘陵地，向加州首府萨克拉门托方向驶去。只见公路两旁全是枯干黄草，倒是双向来往的高速公路中间，种满了红、白、绿相间的夹竹桃，当做优美的隔离带，迤逦几十公里。一些草场的草已割完捆扎停当，散放在田野里。突然，眼前闪过一片青青的玉米地，玉米长得密密麻麻，一派生气，但一忽儿又是遍地衰草的高原景色。

车至萨克拉门托，下得车来，只觉得热气灼人，赶忙进入路口的一家"麦当劳"快餐店吃中饭，吃完就走。约10分钟，女儿发现小皮包不见，这一惊不小，赶快回车到快餐店，一经询问，老板微笑拎出小皮包，大家为之一喜，女店员趁机开了个玩笑，没有了小包，就不好住店啰，大家哈哈大笑。出得门来，拿着失而复得的皮包，大家感慨不已，都说天下好人多。

车过宝石泉城，就进入了山区，两旁高山满坡松树，有的山坡松树遭到火灾，一片焦土焦木，寸草不生，然后又是漫山遍野的松林，真是绝壑连绵，古木长林，流翠飞绿，心胸如得到了滋润。

进入太浩湖南区，已是下午4时。这太浩湖南区有个小镇，主街两旁都是各种小店，其中小旅店最多，都是供作短期度假的旅客住的。还有一种小旅店，是仿北美印第安人的小屋或帐篷式的旅店。一般几十个床位的旅店就由一个人在管理。我们住进临湖的一家小店，是由几幢两层小楼围成的院子兼有停车场的旅店，由于是木房，上面一层的房间极为闷热，但是简单的设备倒很整洁，冲洗也很方便。安顿下来后，就驱车去湖滨，太浩湖周围几十公里，四面环山，只见湖分三色，近段泛黄，稍远为浅绿，再远为深蓝，三色之间，宛若有人划过一般，界线笔直而分明。沙滩地上，有人在打排球，有人在湖水浴后，趴在沙滩上晒太阳，不少人坐在大段圆木削去一小侧的长条树凳上休息闲眺，这种木凳就地取材，因陋就简，倒也别有情趣。我们赤脚试了一下湖水，只觉得清冽异常，不敢游泳，原来这湖水，是由四周山岭上的积雪、冰川融化而汇流起来的。不一会儿，我见一百米开外处，有十来个游客在伸入湖中木结构的码头上狂奔，随后听得一阵阵救护车的惊叫，原来湖里有人游泳因体力不支而下沉了，同伴因不见了人而奋力呼救，众人正在抢救中。

车沿太浩湖东岸北行，不一会儿到一小镇，十字路口有两条粗粗的白线，南为加州，北为内华达州，在十字路口北，有两座豪华的高楼，四周停满了小车，原来这是内华达州的赌场。内华达州资源稀少，沙漠遍地，联邦政府特许它开设赌业、妓院，以广招徕，结果竟在内州南部建成了世界闻名的大赌城——拉斯维加斯，成为美国时尚文化的一个组成部分。车陆续向北行，至岩洞崖、幽谷峪一带，山岩陡峻，走势险恶，下为深渊，谷腰、谷底杂树丛生，层层暗绿，下车观看，只觉自己已身临崖顶，谷底深不可测，山风又大，不敢久停。来到开阔处，向西望去，只见太浩湖已变为一小片低洼地，湖上一片烟波，湛蓝无比，而湖对面的群山，已隐入一片深蓝的暮霭中，树丛轮廓难辨，已与远边天空融为一色。我们在松林中的一块草地上坐了下来，打开储存箱，吃了晚饭，算是野餐了一顿，甚是开心。

仰卧草地，只见东山顶上升起了一轮明月，空气也渐渐凉爽起来。闭目遐想，劳碌一生，从未闲息，经历了几多风风雨雨。如今来到异国他乡，在太浩湖边，却可以享受一番松间的清风明月，岂不是别有情趣。如今我虽然自觉仍要奋力精进，壮心犹存，但已进入暮年。孩子说我们这辈人做得够多了，活得够累，剩下的时日，何不轻松、休闲一番呢！想想也有道理，过去曾经为之狂热一阵的所谓"日月同辉，万寿无疆"，都不过是过眼烟云，欺人之谈而已。而唯有那山间明月，松林清风，湖上烟波，树丛晚照，永恒而无尽，"耳得之而为声，目遇之而成色，取之无禁，用之不竭"，我与万物同在，其快何如！明月虽有阴晴圆缺之状，松风虽有冷冽煦和之别，但不管在中国或美国，实际上中外的月亮光华同辉，并无月亮是外国的圆之感，松风清香，都能使人依恋，给人快慰。而炊烟似的暮霭，也未使我有炊烟是故乡的美之叹。因为我虽有故乡，但实际上那春山秋水、水清米香的无锡北郊的故园，已经踪迹难寻了，如今它只漂浮于我儿时的回忆之中，真有不知何处是归程之叹！

待我们回到小镇，已是灯火处处。小镇几条街道的成排成排的树枝上挂满了小灯，宛若点点星火，街头夜景十分别致，幽静宜人。

那绿色而悠长的宁静

　　驱车沿太浩湖西北方向行，离别小镇，很快就进入林区，小路两旁都是松林，一路过去，立见幽深。主干粗大的松树有四五抱，有的已枯死，横卧一旁，但小松树又长得老高了，我惊喜于完全进入了原始森林。前几年去九寨沟，原来讲好要去原始森林，一睹原始风貌，谁知到了那里，全由司机做主，一笔勾销了我进入原始森林的心愿，使我怅然而归。现在我终于一偿心愿，已置身原始森林里了。在这里，如无车道，如无透过树隙射过来的一束束细线似的阳光，真会分不清天南地北，是晴是阴，而要迷途于深山老林了，原来原始森林竟是一片深绿的幽暗。

　　车子拐上一条小路，两旁的松树密密麻麻，而且全都长得枝干高大，笔直笔直的。地上积了一层层落叶，松软潮湿，一阵阵带有松叶味的霉味直逼过来。光线越来越暗，原是阳光灿烂的早上,现在竟是一片拨不开的暗绿的暮色,真是有些"暗无天日"之感。车子只好慢慢地移动着,一小群、一小群松鼠,在地上乱扒,翻寻食物,有的竟尾随车子有好一会儿。我们走出绿色的幽暗区,不久就看到了落叶湖。

这落叶湖四周都是高山、松林,想必它原是一条宽阔的深涧了。它长约 3 公里,宽约 200 米,是雨水、雪水汇成的湖,湖水碧蓝、碧蓝的。落叶湖边有一些零散着的小木屋,大都沿水而筑。它们结构别致,真像外国儿童故事图片中的那种木屋风格,体积小巧而形状夸张。我们在湖边找到了一个可以停车的地方,就把车停在那里,准备观赏一下这里的湖光山色。就在这个时候,从木房里走出一位衣着体面的老妇人,走近我们一本正经地说:这是私人住宅区,旁人不得进入!这无疑是逐客令。我们连声表示抱歉,赶忙上车走人,即使是在原始森林里,也体会到私人财产神圣不可侵犯的真谛。车子开到小湖南端的公共停车场,才算有了个落脚之处。湖面上,一些年轻人在水里嬉戏,有的游人划着小船,在挂满青藤的悬崖边缓缓游动,有的在湖边枝叶繁茂、随风摇曳的老橡树影下穿梭来往。几个红色衣衫的游人,侧着船沿戏弄着水,远远望去,映衬着碧蓝的天、碧蓝的水和那浅绿的、深绿的、暗绿的层林,煞是好看,真可谓万绿丛中几点红了。而且好在这是一幅不断变幻的景致,是一种在碧蓝、深绿的静态中显示无限生命情趣的流动的美,是绿色红色交织、相互点缀的人化自然的美。

我躺在湖边的草地上,望着那悠悠的白云,瞬间感到自己的生命被绿化、被纯化了,感到自己已融入这自然,回到了我纯真的童年,回到了我那生命的源头,成为这景色中的一笔了!我欣悦于灵魂的高远与无忧无虑!

我多么希望在这松林里,在这湖边,享受着那人生的宁静、绿色而悠远的宁静!我多么希望重返青春,过一个忙碌但却是真实的人生!想到这里,刚才那位老妇人的形象就出现在我的脑海里,我真有些忌妒她,可是同时，我的心灵的幻想却瞬时跌到了地上，有些隐隐作痛。她也许忙碌了一生，现在可以在林间湖边，享受这天地间的宁静，甚至可以在这茫茫的松林里，抱明月而长终。如果她懂得这种人生的况味，那么，她何妨让一个异国的游子，在他初次驻足的湖边，在那短暂的瞬间，奉之以清茶，共同叙诉，分享那无私的绿色而悠长的宁静呢！

唉，私有啊，防范啊，焦虑啊，孤独啊，隔膜啊，不可沟通啊，这就是人的"存在"吗？在最不需要它们的松林里和色彩斑斓的湖边，又为它们筑起围墙，插上篱笆，使它们变得神圣不可侵犯，这能让我说得清楚吗？需要去寻求一种哲学吗！

（原载《中国教育报》，1994 年 10 月 16 日）

纽约二景

　　1994 年 6 月，我去普林斯顿大学参加一个研讨会，只有几天时间在美国东海岸逗留，会后，周建渝君建议我去纽约看看，我自然同意了。既然来到东海岸，纽约是应该去观光一番的。

　　电视广播说，6 月 26 日，国际同性恋男女几十万人将汇集纽约，举行游行，纪念"石墙"暴动 25 周年。原来在 1969 年，警方曾对格林威治村同性恋者常去的"石墙酒吧"，发起突然袭击，引发了同性恋者与警方的三天暴力对抗。

　　25 年过去了，据说同性恋团体与当局关系已有所改善，但纽约市政府上周明确表态，不允许同性恋者从"石墙酒吧"聚集出发游行，并与上城游行的同性恋团体在中央公园会合。25 日在格林威治村举行同性恋的庆祝会上，男扮女装的同性恋者，在纽约市警察面前搔首弄姿，而腰挂警棍、别着绳索的警察，则双手叉在胸前，表情漠然（见当时报纸报道与照片）。

6月26日，同性恋者在纽约举行大游行，势必会使市区交通堵塞。我们商量后，决定从普林斯顿驱车至新布朗斯维克，然后转乘郊区公共汽车至纽约市中心，觉得步行观光为佳。

普城郊区景色十分妩媚，高速公路两旁是一片接一片的芳草地，小树林、小树丛连绵不断。有时还能看到华人开设的餐馆，散落在公路的两边，淹没在绿色的田野里。郊区公共汽车设备豪华，座位宽敞舒适，开足冷气，十分凉爽。到终点站，实际上也就到了纽约市中心区了。在出口处，我们找了一家中餐小吃店吃了些点心——上海春卷。吃毕，几个人争着掏钱付账。餐店老板一看这副情势，知道我们是初来乍到的乡巴佬，连忙从柜台里面探出身来，凑近我们小声地说：你们不要把身边的钱都亮出来，不然，有人会盯上你们的，赶快一人付了再说。我们得此忠告，只好由周君付账；环顾四周，果然在人堆里有几只搜索的眼光直射我们。我暗暗说了声好厉害，店家的及时忠告，可谓是一片乡情了。

纽约对我来说，真是闻之久矣。这次竟能亲临其境，想必是很有意思的事，可惜时间太少，走马观花可能要变成跑马观花了。

纽约一景自然是它的市容建筑的掠影了。一走上大街，满眼是色调鲜艳的高楼大厦，由于两旁高楼壁立，街道就显得狭窄不堪，人置身其间，产生了一种被压迫的感觉。但当进入大街旁的花园，这种压抑感就舒缓许多，只见满眼是花、是树，一片喜气洋洋，同穿着五颜六色的游人一起信步街头，心情舒展。我突然想起，上海一些热闹地段的街区，倒是有些像纽约的样子。但是纽约街道上的行人显然也不少，可比起上海来，就显得冷落多了。上海街道上的行人摩肩接踵，真是人挤人，只有热闹的感觉，却无赏心悦目的情趣。在纽约，那些形态各异的建筑，那些高耸入云、蒙着深蓝色雾气的大厦，不断会引起你的遐想。

在纽约穿街过巷，得时时小心前后左右有无汽车驶来。有时你正东张西望，一辆汽车刹那间已停在你的面前，使你不免一惊。不过美国街上汽车体谅行人，一般街上人比车少，在无红绿灯的十字路口，总要让步行的行人先行，然后才开走。不像国内的小汽车，它们从不减速，会毫不犹豫地往你身上撞来，否则就会觉得享受不到暴发户式的权力与愉快，有了皇冠就白有了，不抖威风就白不抖了。如果你躲得慢些，还会受到车主的一顿脏骂。不过，据说美国汽车礼貌让人，一面固然是对驾驶人的严格要求，尊重行人；另一面也是利害关系使然，驾驶车辆使行人受伤致残，如果严重一些，这些赔偿金可能会使当事人在经济上一生都翻不过身来。所以这里虽无"宁停三分，不抢一秒"的宣传标语，但事故的严酷的付出，不知要比宣传有效得多少倍。

闲逛纽约，最使人高兴的事，莫过于登临帝国大厦与世界贸易中心顶端，鸟瞰全市景色了。我们从百老汇大街转到帝国大厦，只见不少街口已布满警察，不少警车停在两旁的小巷里待命，时不时地有警车发出凄厉的叫声，疾驶而过。据说同性恋者游行队伍要冲破警戒线，通向未被允许的城区。我们很想看看这同性恋者到底是一群什么样的人，以前都只是看到些书面描写而已。

看来还有时间，我们就先进了帝国大厦。帝国大厦高 102 层，到了第 80 层，出得电梯，再要上去，方知是要买票的，于是只得折回一层，几十层高的距离，几分钟就到。买了票，返回第 80 层，才被引入登达顶层的通道。一到顶层，但见游人成堆。透过铁丝网，纽约四周景色尽收眼底，不少人在拍照、录像，很是热闹。

从大厦顶层向下面望去，但见高楼林立。"山外青山楼外楼"，可这里是绝对看不到青山的，四面尽是楼外楼的景致，再有，唯有悠悠的白云，缓缓而过。这些楼外楼，其实也是很高的，但与帝国大厦、世界贸易中心相比，真是小巫见大巫了。它们排列整齐，密密麻麻地挤在一起，有的形同垒起的火柴盒子，有的顶上筑有淡蓝色的尖顶，错落有致，比肩而立。

100 多年来，纽约在几小块土地上，建起了那么多拔地而起的高楼大厦，真是令人惊叹不已！不管你向下鸟瞰或极目远眺，看到的都是科技文明与商业文明之花，是一百多年来的和平成果，是高科技的极致。如果摄影，取景窗外，背景尽是高楼、蓝天和白云。

后来当我登上有 400 米高的世界贸易中心的最高层，也仍有这种感觉。一面我惊喜于人类壮观的物质创造的伟绩丰功，同时又感到自然的空间被挤压得使人透不过气来。倒是由于世贸中心地处曼哈顿的南端，面临上纽约湾，一些地方又无铁丝网遮拦，所以向西南一带眺望，就显得开阔许多，精神也为之一爽。

海湾里自由岛上的自由女神像，风姿飒爽地矗立于小岛之上，远远望去，自然难见其真面容，但她的身影与小岛的长度相比，显得十分高大，真是件鸿制巨构。看米，我对她也只有遥望的缘分了。几架小型飞机、直升机，时不时地在她身旁掠过，或作环状飞行，大概是空中游览，倒给远处的眺望者，平添几分乐趣。这可算是纽约一景了。

中午时分，在帝国大厦顶层向下望去，只见右侧大街上彩旗如画，人流如潮，原来是同性恋者的游行队伍过来了，于是我们急忙乘了电梯，回到地面看个热闹。

出得大厦，大街两旁站满了观众。队伍里一对对男人、一对对女人并排走着，有的男人和男人挽着手走着，有的女人和女人挽着手走着。有的三三两两，有的成群结队。有的手里举着标语："艾滋病，你的地位在哪里？"意思是艾滋病不受政府重视，要求政府增加拨款，帮助他们治疗艾滋病。说到艾滋病，成因复杂，这种绝症多半蔓延在性放纵、性滥交的人群中，也有人把同性恋者看做感染艾滋病的通道之一。在美国，贞操观念曾被人们看得一钱不值。特别是 20 世纪七八十年代，尤其如此，青少年如果承认自己是处男或处女，那是要被同伴嘲弄的，而大众文化又肆意传播这种思潮，使得在青少年中性滥交十分普遍，艾滋病在这类人群中传播最快。但是生命诚可贵，到了 90 年代，由于害怕死亡，使得这类风气有所收敛。一些人向青少年宣传要保持童贞，我去纽约时，看到巴尔的摩公路旁，竖有几十米长的蓝底白字宣传牌，上写："告诉你的孩子，童贞，它不是一个肮脏的字眼！"由于教会、政府的宣传与支持，这一时期青年在婚前保持童贞的运动开始扩大开来，报载已有好多万青年男女已签约立誓。

但是同性恋者要复杂得多，他们已不是一些初入人世的人。从游行队伍来看，他们形形色色，外表与常人无异，长得挺结实的，其中以年轻的男性居多，而且不乏腰圆膀粗的人，有青少年，也有头发花白的人。队伍中还有部分亚裔，像日本人，又像华人。随后是长幅彩旗，这彩旗长约30多米，是6条紫、蓝、绿、黄、橙、红的长幅合起来的，由几十个人在四周拉着，有的在彩旗下面托着。彩旗的宽度，覆盖了整条大街，人们可以想象它的大小了。至于这六种颜色代表什么，是多元互存，是代表不同人群，不得而知了。

彩旗后面又是游行队伍，但已不同于前。队伍有些零散，但似乎带有表现性质的色彩。有的举着小彩旗，有的举着木棍，木棍顶端吊有一个牵线的瘦瘦的木偶怪人，棍子下部稍一晃动，木偶怪人马上就会前仰后倒地蹦跳舞动起来，路旁一些孩子一路跟着围观。随后一个年轻女子，赤裸着上身，挂着两个乳房，从脸到腰部和背部，涂满了青蓝色，默默地走着。有的长得粗悍的男人，扎着两条大辫子，穿着背带花短裙走着。突然，一个脸上、身上涂着几笔彩色、披着彩色布条、实际上全身赤裸的男子，靠近围观的群众，蹦蹦跳跳，向他们不断挤眉弄眼，同时做着手势，从他头部到他的翘起的生殖器方向，划出一道弧线，而且不断地重复这一动作。我吃惊于这种场面，心想他的手势与表情，大约从思想到性关系，都应是自由的吧，接着他就跳到前面去了。这时后面传来了一阵哨子声，哨子声一停，游行队伍就发出三四声尖厉的叫喊，如此重复了好一会儿。我不明白他们喊些什么，心里感到有些神秘和恐怖，觉得不知会发生什么，但见周围人群安然看着，我也渐渐定下心来。这时，游行队伍随着尖厉的哨子声和叫喊声，队形显得凌乱起来。一个青年男子，一丝不挂，在慢慢走着的男女人堆里，来往穿梭小跑，就像一个尚未懂得羞耻感的顽皮小孩一样，显得兴高采烈。这时队伍里赤身裸体的人愈来愈多，有的蹦蹦跳跳，有的若无其事地漫步走着。有的男人上身赤露，下身只围条女人的彩裙，腰系红色腰带，手上扎有红色护腕，耳朵吊着大耳垂。一批光头光膀子的青年，身披东方和尚的黄色袈裟，胸前都挂有串串佛珠，双手合十。不少不穿衬裤只围着超短裙的男青年，身背大背包，大约是从外地赶来的，或是从欧洲等地远道而来的。来到帝国大厦前，突然一阵哨响和一阵敲打乐声，这些形形色色、穿红披绿、赤身裸体的男男女女，都转向帝国大厦，刷的一声，跪了下来，作磕头状；那些和尚青年，则作全身伏地跪拜状，有的喊着口号，有的嘴里念念有词。还有一些全身赤裸的人，干脆仰天躺在路上，先做前滚翻，再做后滚翻，于是屁股、生殖器尽露于众。一时观众大哗，不少人向这边涌来。我则被这种场面惊呆了，心想这会不会是一种原始宗教仪式，要发生血祭场面呢？一阵惊惶让我赶忙退缩到人群后面，以防不测。及至弄清楚他们的意向，我又挤倒人群前面，觉得这种场面难得看见，赶紧照了几张照片。原来这些同性恋者在帝国大厦前下跪，是向美国国旗下跪，他们的叫喊，则是要求取得他们的合法存在的地位和增加治疗艾滋病拨款的表达。这样的仪式大约持续了 20 分钟左右，路人从各处赶来观看热闹，竟把这一路段挤得水泄不通。这时原来有些看热闹的人，其中有老年人、青年人，他们男男、女女，一会儿成双成对，竟是加入了这游行队伍，原来他们也是同性恋者。后来游行队伍缓缓移动，向百老汇方向而去。

　　来到纽约，在短短的一天时间里，给了我这么好的机会，看到了两种景致，两种文化。在大街上、世贸大厦顶上，我看到美国发达的物质文化，它显得如此辉煌，人通过科技尽情地表现了他的创造才能。纽约还有美丽的公园、无数的艺术博物馆和大学，可惜我竟无机会一顾而不无遗憾。我看着四周高楼，它们排列着一个个的窗口，我想那里可能就是无数的家庭，即使你长年足不出户，也可以看到、买到、吃到喜爱的东西，享受丰富的物质人生，真是自由啊。但是我又觉得，从这些窗口，不也透露了一种难以名状的隐忧吗？那就是人际关系处于封闭结构的隐忧。空间被物体占有，物体伸入了高空，它是如此拥挤，如此局促。人与人之间即使互有往来，也是通过各种符号、面具进行，多么乏味啊！它使人深感孤独，趋向冷漠，相互防范，变得陌生，陷入忧郁，以致由悲观而绝望，世纪的病症啊！

至于同性恋，据说这种人有先天的因素。在同性恋者中间，有政界要人，也有艺术家，不乏有文化教养的人。周君告诉我，他的朋友一次外出旅行，在旅馆里就见到黑人青年与白人青年同居一室，黑人青年煮咖啡、端咖啡，服侍白人青年，一如家庭主妇。大概由于制度、法律的关系，过去同性恋者是不被承认的，这群人完全被社会边缘化了；并且从一般行为、道德、名誉方面进行评价而被排斥。同性恋是一种非主流形态的人际关系，它的行为是生理的、心理的又是社会的现象，这是一种客观的存在，如何合理对待它，确实是个复杂的问题，世界各地似乎至今还未有妥善办法。我在纽约看到的同性恋者游行，意在争取自己的权利与承认，要求政府增加拨款，帮助他们治疗艾滋病，也属合理要求。但也说明他们的性倒错的生活方式，是他们容易传染上艾滋病的原因。他们在游行时的泛性、裸体的、乖戾的身体表现，常人看来极为放肆，形同民间的狂欢节一般，平常如何，不得而知。这些行为可以被主流社会所包容，但可能不易得到普遍的认可。美国的那种低俗、恶俗的大众文化，也不断为生活中的泛性化而推波助澜。有的好莱坞的电影男演员，堂堂七尺之躯，改变性别，竟是镶金戴银，卖弄色相，行为怪诞，身穿贵妇的华丽晚礼服而惊艳四座，参与所谓人妖选美，真个是让人人妖不分了！

一面是高度的物质文明，另一面却是严重的精神危机。尽情享受，性暴力，性放纵，对官能刺激的崇拜，定期的换妻游戏，性病和吸毒的泛滥，使得家庭关系脆弱破碎，不断生产和增长着非婚子女的数量。到1994年，美国非婚子女人数已达600万之巨，他们会得到孩子发育期的正常教育吗？谁来负起教育他们的责任呢？

西方的不少哲人、作家，早已见到这种文明的危机，有揭示而缺乏阐明，更是缺乏解脱之术。看来，在很长时间里，那些具有忧患意识的后来者，注定还要被这个阴影纠缠着的。

后记：本文前半部分发表于《大地》1995年第1期。

2001年9月12日晚，我正在观看凤凰新闻台，突然报告纽约世贸大厦遭到恐怖袭击。画面上，大型飞机直击我曾登临过的世贸大厦，烟雾弥漫，双塔顷刻被腰斩，慢慢倒塌而化为废墟。我当时立刻惊呼起来，大声说着：不得了，出大事了！"9·11"事件使人类文明的果实遭受极大的破坏，无数无辜者遭到了毁灭之灾，应该谴责恐怖主义行为。同时我想，这也是极端自私、到处侵略、奉行炮舰政策、任意杀伐、残酷掠夺他国、欺凌弱小者的美国霸权主义所得到的不对等的报复吧！时至今天，美国统治者还未从它自己制造的灾难中觉悟过来，继续在他国家门口耀武扬威，令人感叹！

2010年5月记

在声光灯影的背后

连天衰草与沙漠小景

拉斯维加斯是美国的赌城，也是闻名于世界的游乐城。对于到美国的游人来说，拉斯维加斯是哪个不知，谁人不晓？

从加州中部佛蒙特去拉斯维加斯有七百公里之遥。7月一天，我们一早出发，经列伏莫市转上加州 5 号公路，已是上午 10 点多了。5 号公路横贯加州中部南北高原丘陵地。由于加州夏天少雨缺水，公路两旁的牧草地已是一片枯黄。从车里望向窗外，只见碧云天，黄叶地，衰草连天。只有少数地段，筑有小渠，设有喷灌，所以一些棉花地、玉米地，还有开心果园，片片青绿，成了广漠、衰草地里的绿洲。有时掠过牧场，那成千上万头的牛，成群结队，被圈在几公里之内的牛栏里，熙熙攘攘，远远看去，有如蜂群在蠕动、爬行一般。公路两旁，荒无人烟，处女地极多。在这旷野里行车，真有点前不着村、后不着店的感觉。

来到哈莫夫市，车向东南行，就开进了沙漠地区。这时顿觉空气燥热许多，景色完全变了。这里除小城郊外还有几片绿树丛，再往前看，绿色就无影无踪了，只有围沙、固沙的草团与零零落落的仙人掌树，铺压着公路两旁的沙漠地。由于缺水，那些草团多呈银灰色、枯黄色和黑色。沙漠里车辆极少，由于炎热，一些车子开得极快，就像被人追逐、落荒而逃的兔子似的，几个拐跳就不见了踪影。

车过爱德华发射场、巴斯托，整整三个小时的路程都是沙漠荒原，一种色调。四周起伏的山冈、小丘，经历了千万年的风吹日晒，都已被磨平了棱角，变得光圆平滑。过了巴克尔城，仙人掌多了起来。有的长得精壮，像小树一般，但树身光光，粗粗的主干上，只有五六枝丫杈，疏落的枝端，长着些针叶，像些毛茸茸的小球。有的枝干弯弯曲曲，斜倚着身躯，孤零零地有如插在沙漠里的破残的绿色木桩。它们好像承受着生命的重压，抗争着周遭无形的、不测的凶险，那倔强的劲着实使人感佩。我不禁下车，与它们合了一个影。

傍晚，公路北边的群山之间，浓云密布。几处乌云，有如泼墨一般，流淌下来，与几个山峰融在一起，渐渐化为一色，雨意甚浓。也许，那儿已在下雨了。沙漠里下雨，甚是少见，莫不是我们带来的好运吧，那下雨的地方，可真是福地了。说话之间，四周空气陡感湿润起来。不一会儿，车到"干涸之湖"。从山坡上望下去，远处的一长溜黄沙地，分明就是过去的湖底，而四周从山脚到山腰，与山丘的上半段相比，显得特别黝黑，那分明是千万年间受到湖水浸润的湖身了。湖不算小，方圆几十里，车子横穿过去，要在上面走十多分钟，湖底滴水无存，唯见一片黄沙。常说"沧海桑田"，可这里竟是沧海沙漠！

穿过"干涸之湖"，就是内华达州，那边的霓虹灯早已在暮色中闪耀，驶近一看，原来是欢迎游客光临的字样。再往前去，只见一个十多丈高的柱子，矗立在沙地上，原来是一只巨型温度计，报告这里的气温已达摄氏 40 度。随处可见公路两旁木牌林立，它们都是拉斯维加斯旅店的广告牌，纷纷互报各种住房价钱。再往前去，是一个游艺场，有尖顶的彩色房子，有空中缆车，有游泳池，四周绿草如茵。这是三四个小时以来在沙漠中看到的唯一的绿洲——人造绿洲。房子周围停满了小车，可见游人不少。拉斯维加斯已不远了。

声光灯影不夜天

进入拉斯维加斯，已是傍晚 6 时许。来到市区，马上见到风格各异的各种建筑，有金字塔式，有城堡式……路上人来人往，有欧洲人、南美人、亚洲人，想必都是游客。进了旅店，安顿下来，吃罢晚饭，全无倦意，就出门观光去了。

拉斯维加斯是 18 世纪西班牙探险家来到这里后命名的，原是"牧草地"的意思。到了 20 世纪，美国人把它发展成了一个可以昼夜赌博游乐的地方。现在本地居民有 85 万人，而每年接待世界各地涌来的游客达 2300 万人之多，就是说，平均每天要接待六七万名客人。

走上大街，突然发现拉斯维加斯与我们两小时前到达时所见到的景象已完全不同。白天平平常常的街道、建筑，这时好像都睡醒过来了，活动起来了，有了生气，有了个性。放眼看去，街上的任何高楼大厦、矮小房舍，都饰有霓虹灯；任何店铺，任何招牌，都被霓虹灯赋予了轮廓。圆形的、椭圆形的、三角形的、四方形的、弧线的、菱形的、抛物形的，在红色、紫色、蓝色、黄色、绿色、粉红色的光影中，勾勒了城堡、宫殿、尖顶圆房、屏风式的屋子、圆柱大厦，它们各自标榜，相互争妍。

另成特色的是，各式灯光不断闪动，造成一种不断变幻的景色。"阿拉丁"旅店门前的大檐盖，饰有几百盏闪闪的金光四射的灯，仿佛人们住进去了，都能成为《天方夜谭》中的阿拉丁。"米高梅"旅店前，卧着一只几十公尺高的巨狮，夜间两眼射出绿光，威严逼人，仿佛守着一屋财富，人走进旅店，好像自己就能富可敌国。"赫拉斯"旅店则把靠地面的几层宽长的楼面，装饰成一只转动巨轮的船身，再配以划水的大小轮翼与烟囱，随着灯光的闪动，使整个旅店变成了一只漂洋过海的豪华巨轮了。"里奥"旅店成了一只色彩缤纷的大花篮。"金色的金块"旅店在条条金黄色的灯光闪耀中，成了一座富丽堂皇的宫殿，让你一进门就觉得自己穿金戴银了。

不少大旅店里，利用电子、激光等高科技技术，营造了神奇多变、令人赏心悦目的游乐场所。像上面谈及的金字塔式的旅店，最使人感到新奇的，是它那沿塔底而流动的"尼罗河"了。"尼罗河"水流滚滚，乘上由铁轨导动的船，经过声光处理，那微缩了的埃及尼罗河两岸风光，可说尽收眼底。这里有山洞、飞瀑、悬崖、壁画、毒雾，那有惊无险的行程，使你有如经历了古埃及文化的一次小小的洗礼。而如果你走到斜对面的"米高梅"旅店，一进大门，就可看到前面上空突然展现出那蓝色无垠的苍穹，稀疏的星星在闪耀，一片片轻纱般的薄雾在游动。突然女妖来了，想摘去星星，而不知是何方神灵骤然飘来，把女妖击败，使之变为一天破碎的云片而流散得无影无踪。在地上，则是美洲垦荒者在劳动，垦荒者实际上是些机器人，他们神态逼真，辛勤地穿梭于茅屋、树丛间。进入这样恬静、清凉的童话世界与老式时代，小坐片刻，真是一种绝妙的休息。

但是游人最感兴趣的、也是游人最多的地方，是在"海市蜃楼"旅店前观看火山爆发和在"金银岛"旅店前观赏夜间的演出。"海市蜃楼"前面左侧是人造的宏伟假山瀑布，它有如一个瀑布公园，到处是飞流直泻，水沫四溅，旅店右侧则是巨型喷泉，水柱有十多米高。夜间定时从喷泉泉口处表演火山爆发。火焰在涌泻的泉流中喷突而出，有好几丈高，这时火星四溅，落到水面上，仍是火光融融，燃烧不息，同时伴有尖厉的哨声，真有点恐怖的感觉，又觉得很壮观。入夜，"金银岛"旅店前挤得人山人海。进入人群，真是动弹不得了。是什么东西如此吸引人呢？原来旅店前每到夜间有两场夺宝演出。这家旅店临街两侧建有宽阔的水池，停泊巨型多桅帆船，旅店门面被装饰成城堡、码头、楼台、岩石、山崖，山崖上种满了棕榈树。演出时，帆船启动，寻宝人与海盗先是对骂，继而开枪开炮。一时枪炮声大作，硝烟弥漫，桅折船倾，双方受伤水手，纷纷从高处跌入水中。最后探宝人获胜，观众看得兴高采烈，掌声四起，阵阵叫好。

在声光灯影的背后

在国外，一般旅店都礼貌待客，给人方便，因为店家希望你再次光顾，不断光顾。在拉斯维加斯，店家想出那么多的招数吸引游客，目的正是通过街头的娱乐，提供你休息的场所，让你不知不觉地接近他们设置的主题：进入他们的赌场，穿梭于他们开设的各种购物商店，光顾他们操办的娱乐设施……总之，一切为了招徕生意，开辟财源。

在这里，小的旅店有几百个床位，大的旅店则多达两千甚至五千多个房间和套间。其实所谓旅店，就是赌场，二位一体。下面几层为赌场，上面几十层为客房；或三位一体，既是赌场，又是旅店和购物中心。旅店进口处是办理住店手续的地方，面积甚小。一出登记处，就是装饰着各种灯光的赌场了。这类旅店、赌场在市区就有 60 多家，而且供应吃喝，有好些家还有中餐馆。这使我明白，为什么要把拉斯维加斯称作赌城了。

赌场里排满了老虎机，也叫吃角子机，还有轮盘赌、压赌台、压赌室、电子打牌机等。在底层赌博的人，照我观察，大都是一般游客，并非富有的人。他们来到这里，住上一两天，看看热闹，花个几十、几百美元赌它一下，输了，无碍生计，赢了，一家皆大欢喜。那些宣传品上印有的老太太、外国来客，有时碰上了头彩，赢个几万、十万美元也是真的。但是，这种幸运儿实在是万里挑一，少数中的少数。如果赌场真的让每位来客赢上几千、几万美元地离开拉斯维加斯，那赌场里那么多的职员早该喝西北风去了。

像我们这种人，来到这里，原本就没有什么发财的念头，心里也无寻宝、得宝之类的情结，不过是正好有次机会，来这里看看风情、瞧瞧西洋景而已。同来的朋友买了10美元的25分的角子，一个一个塞进老虎机嘴里，大都是有进无出。一个多小时，竟把10元角子都扔光了，就像把石子扔进静静的深渊，连水花都不见一个，自然不免怅然。我到这地步，也未能免俗，逢场作戏，买了5美元的25分的角子，手气居然不错，塞进的角子大都连本带利地吐了出来，一小时内居然积了半小桶角子。临了，朋友催我回店，我这时竟有些恋恋不舍了，又拿起一角子塞了进去，说再来一下，老虎机居然又哗哗地吐出了一堆角子，引得大家哈哈大笑，叫我赶快见好就收。可是赢了再想赢，我又塞进了一个角子，那根针最后缓缓而动，停在2000美元的边缘，可是个大数字呢，可就是不动了，赌场的机器算得真准，大家又是一阵哈哈大笑。最后一算账，竟净赢了50来美元，足够付我两天的房钱，非假日的房费只收一半。

真正的赌场在楼上高层，去那里是要通过"安全通道"的，要交出刀子、手枪，免得输了气急败坏动刀动枪的。这里是一掷千金的赌，是一赌可能成为暴发户的赌，也是一夜之间可能是倾家荡产的赌。

如果说，赌博是拉斯维加斯的主要经济收入来源，那么，色情服务则是它的第二大收入来源了。在拉斯维加斯，晚间在街头观赏夜景，常有一些不三不四的青年男子，往男旅客手里塞小册子。我不知就里，接过来一看，原来是应召女郎的芳名录，里面印有彩色裸体照片。照片下有她们的芳名、电话，说那些女郎如何干净，绝对清洁卫生，尽可放心云云，如此这般。我翻过后就随手塞进了路边的垃圾桶。一进拉斯维加斯，就可在书报亭免费领到市区、旅店的地图，其中也有妓院介绍。卖淫与赌博是一对孪生子，在笑贫不笑娼的社会里，在普遍性放纵、性滥交的社会里，这些现象还会长期存在下去。

　　拉斯维加斯是美国人在沙漠里建起来的一颗人工明珠，它够气派和豪华。但是我知道，在那闪烁、变幻无定的灯光背后，在那高贵香水的气味中，人们也会闻到肉欲恶性散发出的气味。拉斯维加斯是一个可以去观光、玩乐，但要小心举步的地方！

　　　　　　　（原载《华东旅游报》，1995 年 6 月 18 日、24 日，7 月 1 日）

下 编

兴趣、激情与向往：阅读的旅行

——我的中学时代

从《儿童世界》到武侠小说

朋友，你青春年少的时候，想过将来要做什么工作吗？你对它向往吗？你心里潜藏着哪怕是朦朦胧胧的创造的激情吗？

1945 年夏，我小学毕业，考入了无锡县中学，从初中二年级开始，我慢慢发觉，我的生活似乎有个目标，而且到后来越来越强，这就是我想写作，将来当个作家的愿望。这个念头，我那时可不敢表露出来，自然更不会让同学知道，给他们取笑一番，但却深深隐藏在我的心里，像一颗种子那样慢慢萌发。

我幼时念过乡村私塾。在初二前，包括小学五、六年级在内，我在课外大约读了两年半的旧小说、武侠小说。但是课外阅读却是从借阅《小朋友》《儿童世界》开始的。在小学五年级时，班上有位吴姓同学，家里很是富有，穿戴高级，功课不错，老师、班主任很喜欢他。老师课堂上提问，同学举手想回答的很多，但她经常让吴姓同学回答。这位同学往往能够扩大回答的范围，惹得老师眉开眼笑，经常表扬他，她对我们说，你们能够像他这样回答问题吗？我们听了，感到自愧不如，在知识上与他好像差了一截，只好服他。比如，在课下他还能大讲当时的足球明星铁脚李惠堂如何如何，说李惠堂的临门一脚，竟把守门员的肋骨一下踢断三根，我们听了，连连咋舌，不知他从哪里弄到那么多的新闻，我至今还记得他讲的这个逸闻（后来得知，李惠堂还真有其人，是位足球名将）。他也觉得自己有一种知识渊博的优越感，很是自得，于是我们就喜称他为"骄傲大王"。他听了倒也是笑眯眯的，毫不在乎，于是我们就这么称呼他了。

"骄傲大王"家里有不少《小朋友》《儿童世界》这类杂志，经常带一些到学校来，借给同学们看。我看到这些花花绿绿的小书、诱人的故事，觉得比课本有趣得多，就不断地向他借书看。有时他带来的杂志被别的同学抢走了，他看我爱看得急，就约我到他家里去借。我如约前往：七尺场3号。这是一家深宅大院，平常进门都走旁门。一进旁门，是一条五六丈深的走廊，幽暗异常。走完走廊，往左一拐，豁然开朗，廊前是大片天井，廊后则是一幢幢房间与厅堂。我同学的家靠近进门的位置。进得他的房间，只见家具陈设十分华丽高贵，书桌旁边的架子上，堆有不少书籍。我的同学挑了几本《儿童世界》给我。我知道，在这样高级的地方，不宜久留，赶忙道谢，告辞回家了。大约过了15年左右，我来到文学研究所工作，得知这个地方就是钱锺书先生的老家，虽然锺书先生早就离开了这里。后来与锺书先生偶尔谈及此事，说我童年时造访过他的老家。但先生老家人多，可能是他叔叔钱孙卿先生出租了房子给吴姓的，钱孙卿先生是无锡著名士绅，锺书先生对房子出租一无所知，只和我相视而笑。

在五年级下半学期时，不知哪位同学带来了一本《薛仁贵征东》，等我知道，已有好几个同学看过了，而且后面要看的还排着队，看过的都说好看。轮到了我，我一看就入了迷，觉得这要比《儿童世界》有趣多了，《儿童世界》是小孩看的，一看旧小说好像自己已成了大孩子呢！随后什么《薛丁山征西》《薛刚反唐》《隋唐演义》等小说，私相传阅，班上居然掀起了一股阅读旧小说的旋风。

接着又不知是谁带来了《七侠五义》《小五义》《续小五义》等武侠小说，这下可好，除了几个女同学，班上的绝大多数男同学几乎都在传看这类小说。有的同学上课时也看，一面不做声，装作在听课，一面以前面同学的身躯为隐蔽，把小说藏在抽斗里，拉开一道缝，入迷地看着。可老师并不是好被欺骗的，平常哪些同学上课爱做小动作、不时交头接耳、讲些悄悄话，他都心里有数，现在这些捣蛋分子居然安分守己，岂不反常，几番侦察，真相大白了。于是老师开始采取远程警告的办法，一面讲课，一面把手里的粉笔头子，向不听讲课、偷看小说的同学扔去。那位同学，正看得如痴如醉，以为射来的小小的"远程导弹"，不过是旁边同学的杰作，讪笑一下，继续看下去。

老师见他如此昏蒙，全无悟性，只好来"远程轰炸"了，只见他的手一扬，一件暗器就飞出去了，黑板刷子一下飞到了那同学的桌子上，"啪"的一声爆炸开来，把心灵已进入幻想世界的同学，吓得魂飞魄散，不知所措，还以为书里哪位大侠，错把金镖打到自己身上来了！附近的同学也大吃一惊，等明白过来，就引起了一小阵哄笑。老师则装得像什么也没有发生一样，不紧不慢地照样讲他的课。

有的老师要厉害得多，一旦发现偷看小说的同学，就不动声色地一面讲着课，一面慢慢地走到那个同学身边，突然拎着他的衣领，像拎着一只缩着脑袋的兔子一样，轻喝一声"站起来"，把那同学从观看打斗的有趣场面，一下拽到了课堂上，当堂示众。只见那位同学惊得面如土色，垂头丧气地站着，可头脑还未完全清醒过来呢，心想，这书中的大侠怎么不飞身把他带走呢，却要让他在课堂上大出洋相呢！过了十分钟光景，老师慢慢走到那位同学身边，用手在同学肩上轻轻拍拍，示意坐下，一场小小风波才告平息。

课后，那位被罚站的同学埋怨他周围的伙伴，说见老师过来，怎么不预先给他拉警预报呢！同学们说，老师蹑手蹑脚过来，已经来到身边，谁还敢轻举妄动呀！于是引起了一阵无忧无虑的愉快的哄笑，又像是冒险、脱险后的快乐的集体的回忆。

进了中学后，我的阅读武侠小说的兴趣不减，还有些变本加厉。过去是向同学借着看，现在则设法去买着看了。无锡县图书馆北边马路对面的电灯厂门口左边，有个书摊，卖的大都是武侠小说，还有言情小说如《红楼梦》《青楼梦》《金粉世界》《啼笑姻缘》等。我的这个年龄，大约因出身农村，开化较晚，土气未尽，对这类小说没有兴趣，那种散发着脂粉气的东西，我不爱闻；你爱我爱、婆婆妈妈的东西，我不爱看。这书摊上还有什么《写信不求人》《珠算一日通》一类的书籍。我经常光顾这个书摊，看来也是那时无锡城里唯一的书摊，这里什么样的武侠小说没有呀！我在两年多的时间里陆续买了几十部，真成了小说迷了，放学回到家里，总要看到天黑才罢。母亲老是说我，黑头里还要看书，这还不把眼睛看瞎了！

可是这买书钱从哪里来呢？主要是靠童年、少年时积累的"私房钱"，也即积了多年的"压岁钱"。那年月，每年年初给父母、祖母、亲戚中的长辈下跪磕头拜年，站起来后都能得到一个红包。平常我是舍不得花这些钱的，从不乱买吃喝，却是东藏西藏，除了用来买过几次"天皇皇""地皇皇"（都是空竹）外。但是为了购买这类小说，我却动用了我的储存，并且把这些书当做宝贝的精神食粮，小心翼翼地收藏起来。等我个人的钱用完了，我就打我弟弟的主意了。

我弟弟比我小四岁，那时他还不懂得这些书的"好处"，于是我就向他宣传这些书里的故事多么诱人、有趣，有的人本领如何如何，他被我说得心里痒痒的，就要我陪他去买书。去到书摊，我选了几册适合他要求的小册子，然后选了我喜欢的，自然是武侠小说了。但是弟弟不是特别爱看武侠小说，却爱看科普小册子，他爱捡个螺丝钉，几段保险丝，买块磁石、几个螺丝帽，小铁锤，敲敲打打，想装个矿石收音机什么的，这是他的兴趣所在。平时我们和平相处的时候，他只是忍着，相安无事。可是，世间没有不吵架的兄弟，兄弟阋墙，一般说来，总是因吃的东西、玩的东西分配不均、互不相让而发生龃龉。弟弟和我一吵起来，积累着的不满就爆发了出来，最要命的是要我把花了他的买书钱悉数要回去，就是不要我为他挑拣的书。我哪里有钱，软泡硬磨，还他书也不要，就是讨好地加他几本书也不理睬，他就是耍牛脾气，只是要钱，结果吵得更凶。母亲弄明了真相，当然要责备我胆敢玩弄蒙混拐骗的把戏，狠狠地数落我一顿，给弟弟出了气。为了息事宁人，她暗暗地"借"给我几个钱，让我归还弟弟，我弟弟的书当然就被我归并过来了。

武侠小说主要以故事吸引人，如英雄义士、除暴安良、杀富济贫（当然是为富不仁者）、舍生取义等，一般写得悬念迭起，动人心弦；还有那种对中国武功击技的天生的崇拜，长老侠客，众多门派，各怀绝技，一个比一个厉害，而且总是顺人心意，邪不压正，大快人心。在现实社会里，民不聊生、贪赃枉法、无情无义、哭告无门，可在那个成人的童话世界里，倒可碰到正义与血性，怜悯与同情。大约正是这些特点，使那些识文断字的普通百姓，能在武侠的幻想世界里感到满足与补偿，获得粗浅的审美情趣了。说来可笑，我曾渴望大侠的突然现身，出来干预我遇到的许多不平之事。但是还好，我对武侠小说没有入迷到这种程度，有的人看了这类小说后，竟然弃家出走，辗转深山老林、蛮荒边远，拜师习武去了，其结果是可想而知的。他们大都是千辛万苦，最后落得身无分文，流落异乡，狼狈不堪。我少年时候，报纸上可常有这样的报道呢！异人侠客，飘荡江湖，遁迹山林，来去无影，毕竟难求，于是在我心里，一种对这类小说的不满足的感觉，油然而生。

转向现代新文学与读书癖

初中二年级下学期的时候，我的审美情趣发生了一个激变，一下子从武侠小说的阅读，转到现代文学上去了，而且几乎以后不再阅读武侠小说，这主要是我班上的国文老师启发了我。现在报刊争说金庸的武侠小说如何如何上乘，多有创新；说有的青年人如何入魔，读了多少遍的金庸；说哪里有中国人聚居的地方，哪里就有金庸的武侠小说，等等，这都是事实。金庸小说做到雅俗共赏，这确是很不容易的，但我至今还未有阅读新武侠小说的愿望。我熟知这类小说的模式，它们加入了武林大会、抢夺秘籍、一统武林、身败名裂等作料，可是人文科学方面要读的东西又实在太多太多。自然，这类电视片我还是爱看一会儿的，当做成人童话，工作一天疲倦了消闲一番。看着那些异人侠客，在空中腾飞厮杀，有时觉得好玩。但一想到他们不过是些背系绳索的牵线木偶做派，古装演出的港台人士的复仇、情爱故事，顿时觉得索然无味，关了电视。

那时的国文课本，有文言文、白话文，整体上白话文较少。我对文言文有兴趣，可能是幼时在私塾里背过几篇古文，像老师那样叹（唱）过文章，但那时完全不懂得我念得像唱歌一样的古文是什么意思，现在一经老师点拨，理解了不少，感到了古文的妙处了，所以学得认真。老师除了唐诗、古文，还特推崇李煜的词、沈复的《浮生六记》，附带还有王国维的《人间词话》。我课闲找来阅读，觉得别有一番情趣，这些词与小说，在情调上我十分喜爱。但老师是个新派人物，不仅熟悉我国古代文史，而且对五四新文学十分了解，经常结合课文，讲些新旧文学斗争的历史知识，时而还点缀一些文人掌故，这使我极感兴趣，下意识地站到了要求文学革新的一边。他讲到新文学是"为人生"的文学，是血和泪的文学，是为劳苦大众呐喊的文学，鲁迅的一部小说，就叫《呐喊》，还讲了阿Q其人。我听后怦然心动，深感惭愧，原来我在书摊见过《阿

Q正传》，可我把他念成《阿 Q 正传》了，给阿 Q 剃了辫子，还成什么阿 Q 啊！他还说文学中有游戏人生的文学，让人醉生梦死的文学，他认为它们没有多大意义。他不满足课本上的几篇白话选文，还自己选了一些，请校工刻写油印，然后分发给我们。

我记得，这些"讲义"中有鲁迅的《故乡》《秋夜》《风筝》《为了忘却的记念》；有沈从文的《常德的船》《沅陵的人》；有朱自清为马君玠的诗歌集《北望集》写的《序》；有夏丏尊的《白马湖之冬》；有徐志摩的《我所知道的康桥》；有法布尔的《昆虫记》的选段等。先生的讲课，使我大开眼界，它给我打开了一个文学的新世界。我突然感到，这好像是我心灵的一种期待，已经很久很久了。这好像是一股沁人心脾的清泉，流经了我那干涸、皲裂的心田。我感到我在武侠小说里漫游得太久了，老是迷恋那些可望而不可即的异人与身怀绝技的好汉，我怎么就不知道还有一个活生生的文学世界呢，那里面有现实人的麻木与苦难，屈辱与抗争，辛酸与眼泪，还有着我那即将逝去的童年寂寞的欢乐与孤独的忧郁。他们与她们的故事，似乎就发生在我的身边，他们的面庞，我在乡下、在城里的大街小巷，似曾相识，有的人似乎就在我的隔壁人家。我突然感到一种朦胧的责任，要站在他们一边，我感到我在精神上成长了许多。同时我也开始感到语言的美的创造。

在这个时候，父亲知道我爱读"闲书"。那时的时尚是，把课外阅读的书籍都叫做"闲书"，父亲教我要看"好书"。一个阴雨天，他休息在家，午后突然高兴起来，说要陪我去买些书看看。平常他忙于生意，从未陪我到书店去过，这次说要给我买书，自然使我受宠若惊，于是两人打着伞，就出门了。电灯厂门口专卖武侠小说、言情小说的书摊老板，在离电灯厂五十步去崇安寺的斜对面路口拐弯处，开了一家书店，名叫"集成书店"。我们去到那里，恰好那天关着门，这使我十分扫兴。我好不容易有同父亲出来买书的一次机会，眼看要错过了，岂不令人沮丧！我突然想起，这书店老板住在观前街的孙思泉香店的斜对面，平常从那里经过，看到屋里书架上堆满了书，我建议父亲何不去那里看看。

父亲见别无去处，只好和我去观前街试试了。来到那里一看，门开着，老板正闲着没事，坐在门口的长凳上，原来这是书店老板的居所兼书库，这里也卖书。父亲同老板招呼了一声，就和我进了屋子。我一看这里什么书都有，高兴极了，到处翻看。这次买书，自然主动权在父亲手里，我选的几本现代小说作品他都不中意，最后他给我选了四卷本的《三国志演义》，是广益书局出版的，有金圣叹的如何读《三国》的前言。回到家里，父亲就坐在藤椅里，读起金圣叹的文章来了。父亲上过私塾，读起古文像唱的一样，读了一会儿对我说，这篇文章写得好，以后看书先要看看有没有序文、前言，先读它们，可以帮助了解，这是一种读书的好方法。后来我真的这样做了，果有收获。

我开始猎食新文学了。我到"集成书店"，老师讲的那些作家的散文集、小说集，真是应有尽有。我不胜惊喜，从书架上抽出来翻看，真是爱不释手。这自然引起了我的阅读与买书的欲望。一次我去集成书店后就翻看起来，看来看去，不知买哪本好，最后，我买了马君玠的《北望集》，这是老师刚刚讲过的诗集。我在《北望集》的版权页上标了日期：1947 年 4 月 6 日，书价：4000 元（金圆券，原价是2.6元，而且以后买书，我大都在书的版权页上写上日期、实际书价等）。随后，我又去买了鲁迅的《呐喊》与《彷徨》，读了一些，后来知道，那《呐喊》与《彷徨》的封面还是鲁迅亲自设计的。9 月至 11 月间，又购了王世颖、徐蔚南的《龙山梦痕》，67 页的小册子要 6750 元。有艾芜的《丰饶的原野》，16000 元，这书开头的一句话，我当时觉得很美，可让我记了一辈子："大门外的原野，笼着薄雾，平平的，摊在天底下……"我童年在乡下生活时，每年初冬、春天，就看到这种景致。有丰子恺的《缘缘堂随笔》与《缘缘堂再笔》，文字质朴，行文像先生的生活一样淡泊，身边琐事，娓娓道来，涉笔成趣。冰心的《寄小读者》与《往事》，前者使我感到母爱的温馨，它永远让我怀恋着家务劳作中的母亲，慈祥与爱；后者我一直记着《到青龙桥去》的那一篇，这是去登长城的沿途叙写。后来到了北京，我就问过青龙桥的去处。还有施济美的《凤仪园》，如今翻开这书，在扉页上我居然写着："只有《大地之春》是描写农民的，是一篇好的点缀。"可见我那时课外阅读的情趣了。

1948年上半年，我去书店次数较少，主要是应付初三毕业考试，因此把课余时间都用来复习功课，只去书店买了本《达夫散文集》（近300页的书价钱是64000元）与《鲁彦散文集》。找到一本《浮生六记》与《人间词话》。结果毕业考试还算可以，成绩超过学校规定的"直升线"，直升高中，可以不用为升入高中复习奔忙。这样，我把整个暑假的时间用来阅读新文学作品和练习写作。家里没有几本书，就设法去县图书馆办了张借书证，几乎是一两天就去换本书阅读。图书管理员看我借得勤，以为我是不懂装懂，常常用不大信任的眼光打量我，这我看得出来。无锡县图书馆藏书极多，坐落在县城中心，那时可是县城的最高建筑物，最高层是钟楼，四面有大钟，定时报时，声传四方，俗称"大自鸣钟"。图书馆里还有外国文学作品及其他读物。借了个把月的新文学作品，我就好奇地想看看外国文学作品，不知道它们是写什么的。可是那时对外国文学一无所知，所以打开目录柜，书名都很怪，有《春潮》《凯旋门》等，不知选哪本是好，最后选了俄国库普林的《决斗》，书不算厚，毛边，是用洋纸印的。回去阅读，几次翻看，那倒真是不大好懂，读后不知个所以。这次图书管理员是对的，只好去还了。

在这个暑期，我还在县图书馆借了一册商务印书馆"万有文库"中的《李璟李煜词》，由于买不到，又实在喜爱，于是花了三四天的时间，在大热天的汗流浃背中，硬是把它全部手抄了下来，每天晚上在阳台上乘凉，就念、背李后主的词，一个暑期下来，竟背了不少。

没有领到的第一次稿费

从1947年年初到1948年暑期，我自己学习写作，写了五个练习本，文稿是用蘸水钢笔写的，字迹工整清楚，行文极少涂改。主要是些记叙文、小小说、随笔、短篇与童话。这些少年时期的文稿本子，除第四本丢失外，其他四本居然都保存到现在，已有六十二三个春秋了。在文稿前面，我那时自编目录，第一本写有《年》《路》《我的姊姊》《新书》《小春天气》与《惠芬》等；第二本写有《一个夏夜》《满君的死》《雀》《夏夜的流萤》《新秋的庭院》《悔》《邻》《石榴树》《暮秋杂写》《霜晨》《冬之庭院》《病》《学费》《搬家》《蒸糕》与《故乡》等；第三本写了《苦读书者》《啄木鸟》《苦闷》《猫》等。第五本写有《学费的故事》《可怜的人》与一篇评论艾芜的《我的青年时代》的读后记。其中有的小说稿如《学费的故事》，写得相当长了，有十来页，已是短篇小说的篇幅。我突然想起，何不试试向报纸投稿？于是写了一篇《口试》，是学校招生期间的见闻，并署上了我的第一个笔名"杰人"。稿子投给了无锡的《人报》，《人报》馆在无锡城中新生路北头，报馆门口有报栏，那时我家在东城小娄巷，步行去《人报》馆，十分钟就到，我几乎天天去看报纸，看看有无消息。大约一星期左右，报纸副刊上居然发表了我的这篇小文章，这真使我大喜过望。我买了张《人报》，回家给母亲看，母亲连连地"哎哎"十分好奇，说你的作文怎么印到报纸上去了呢，啥人给你印出来的呢？你怎么不叫"剑平"（我的旧名）了呢？怎么换了别人的名字，叫"杰人"了呢？我说，这叫投稿，我寄去的作文叫稿子，报馆的人看我的稿子写得还可以，就给登出来了，这"杰人"是我的笔名，是写文章用的假名，也可以用真名。到这节骨眼上，我还不失时机地对母亲说，以后要让我多买点书看看噢！母亲连连答应，但又说，不要买得太多了。她认字不多，拿了报纸，看着我的文章署名仍是好奇地说，噢，这就是"杰人"两字？我连连称是。她又说你怎么不用真名字呢，人家不承认是你写的怎么办？我说不会的。过了几天，我给《人报》又寄去一篇不到千把字的杂文《人情》（以前误记为《学费》），仍用了"杰人"做笔名，过了几天又刊出来了。这下我觉得自己写东西有些底气了，心想，写作很是有趣的，寄出的是钢笔字，不久就变成报上的文章了，那油墨可是一股清香呢！

过了几星期，我收到报社寄来一信，信里是张领取稿费的通知单，是蓝色的刻写油印品。稿费是折成两斗米实物的钱，要我亲自去取，过期不候云云。当时物价一天一个样，真可以说是直线上涨，物价飞涨实际就是"国币"天天贬值、暴跌，人们交易为了避免损失，就以大米的价格为标准，再折成其他实物的价格，所以稿费也被折成大米的价格来计算了，几天不去拿，大米价格一变，稿费数就又要变了。我拿了这张通知单好不为难，我从未和这类机构有过联系，不知怎么和他们说话呢，我拿了通知单去，他们会不会像我母亲说的，不相信那两篇文章是我写的呢？一天上午，我来到报馆门口，看到进进出出的人，衬衫背带皮鞋，穿戴整齐，里面的印报机不时传出格铃铃的声音，几经犹豫，我想进门去了。谁知刚到门口，看门的门房突然对我大喝一声："小赤佬，我看你在门口转来转去好一会儿了，不转好念头，你想干什么，快给我滚蛋！"我给他一吼，真有些心虚，往外就跑。跑过几家门面，又不甘心，心想，我是来领稿费的，总没有错吧，于是又折了回去。躲躲闪闪地走到报馆门口，那门房见我又来了，恶声恶气地又吼了起来，我赶忙对他扬了扬手中的稿费单，意思是说我是来领稿费的。他全不理会，以为我赖着不想走，就在门房里顺手抄起一根木棍，向我扬了扬，嘴里骂骂咧咧："小瘪三，你还不走开，看我不打断你的脚骨垄，快滚！"我赶快逃离报社门口，看看自己穿戴，一身家常的短裤汗衫，一双旧布鞋，这有什么不行呀！我还十五岁呢，个儿自然不算高大，可怎么被这老家伙当成"小赤佬""小瘪三"了呢！一阵失望向我袭来，心想这稿费可能是拿不到了呢，这看门的真是个凶神恶煞，我怎么就不能来领稿费呢！我可没有西装背带可以打扮的呀！

垂头丧气地回到家里，和母亲一说，母亲也没有见过什么大世面的，虽然很是不平，但也一筹莫展，安慰我说算了，还有得饭吃。等我继续去读书干别的什么后，这件事居然被我忘得干干净净。几个星期后突然想起了此事，晚上拿出单子让父亲一看，父亲看后说，这单子已经过期无效了，你怎么不早给我看，接着连说算了算了。母亲则说，我早就料到，这单子原是骗骗人的，她似乎总不相信写东西能换得稿费这种事。后来父亲要了我的文章看看，看后连说："是报屁股文章。"报屁股文章，似未有嘉许之意。也许，他发觉我和他的生活路子已经有别，他曾和母亲几次说要让我去学生意，而我是坚决不干商人的行当的，我的志向全不在此，自许十分"清高"的呢！

1948年下半年，我升入高一后，大约一年之内，在得到母亲的经济帮助下，我在集成书店几乎把我见到的20多册"开明文学新刊：散文"集子，一本、两本地都买了下来，此外还有沈从文的8册小说与散文，冰心的几个小说集，《茅盾短篇小说集》《鲁彦短篇小说集》等，然后又收集了文化生活出版社出版的巴金主编的"文学丛刊"十多册短篇小说集与散文集。我如饥似渴地阅读它们，读一篇，就做上一个记号，有的小说，我读了四五遍。我偏爱乡土派的作品，凡是描写农村生活的，我都很爱看，其中特别喜爱的有鲁迅、许钦文、沈从文、王鲁彦描写农村、剖析自我的小说，它们有的深沉、厚重，富于自我拷问的精神，使人感到存在着一种必须进行突破、却难以冲破的压抑，促人沉思；有的明丽、清远，故事好像是天然自成的，带着一种逝去的乡愁；也爱看郁达夫的《感伤的旅行》和其他散文。开明出版的散文集中，我最爱阅读叶绍钧的《未厌居习作》、丰子恺的《缘缘堂随笔、再笔》，由文及画，我还爱看他的漫画，他在开明书店出的八册漫画我至今还不时翻看着。还有夏丏尊的《平屋杂文》，茅盾的《速写与随笔》，朱自清的《背影》，沈从文的《湘西》《湘行散记》，冰心的《往事》《关于女人》，鲁彦《鲁彦散文集》，芦焚的《看人集》《江湖集》等。这些散文，记述作者身边的人与事，描绘自己的所见所闻，或因时而作，或感悟而发，感时兴怀，点点滴滴，无不抒发着作者的真情、垒积着作者的实感，在情真意切的挥洒中，凸显出作者的真我以及美的感知，使我感到亲切。它们有的清淡如水，在絮语中散发着浓郁的生活情意；有的写景如画，在信笔叙写中生化出无限生意。有的情浓如醪，留下的却是几许凄清；有的是灵魂的剖析，在默默的自述中，分明让人听到那心的呼号。它们流淌着真情，也教人以真情。

课外的阅读，使我增长识见，艺术不断给我感染，使我觉得老在艺术的天地里回旋，我的思绪多少变得感性化起来。大约从初二开始，在所有的课程中，我最倾心于作文课了，写作文成了我的一种精神享受，自觉不自觉地投入了我的生命的体验。老师一出题目，我动笔就写，直写到班上同学一个个走光，剩下老师在等我时，我才赶紧收笔交卷。有时老师不出命题，让大家自己选题作文。这时一些同学苦苦思索，我则蘸笔就写，编织起故事来，把我心里积累着的情绪倾泻出来。两个 45 分钟后，同学都走了，我也就慢慢收场，把作文本交到指定的地方才回家。我的这种作文，用现代的话来说，实际上是在写小小说，题材就是我的所见所闻，我自己的生活感受，加上我少年的纯情与幻想。我的作文评语，一般是不错的，文后往往写有老师的好评，有时还在课堂上把我的作文给同学传看。写作议论文，我也拔笔就写，老师阅后推荐参与全市作文竞赛，奖品是一本《学生小字典》还加上别的什么。我做作文时，构思、运笔虽然很快，但是由于时间往往不足，所以毛笔字如何写好，一时就管不上了，一口气地，只顾写下去。结果，毛笔字越写越不像样，以致留下今天书写的残伤，令我后悔不已。

1949 年 4 月，无锡解放。人们从动荡不安的生活进入另一种充满激情的不安的生活，瞬息万变的时局，不断改变着人们的命运。在面临高考时，绝大多数同学选择了理、工科专业作为自己未来工作的方向，我则从未考虑过这些专业，我对它们全无兴趣，我思考的只是将来如何实现自己心爱的写作，这才是我生存的形式。

但是……但是，我家的生活在崩溃下去；大变动后的社会，像一架推土机，筑路架桥，碾平了前面阻挡着它的一切。我未来的志愿虽然并不有悖于它，但它当时并不需要，后来经过多次的搏斗，我的命运终于顺从了时代，那倔强的写作的愿望，被一次次的暴风骤雨冲刷干净了，一棵绿色的幼芽被掐断了，那理想的圣地被夷为废墟了，烦愁、痛惜的心情可想而知，而且还要一次次地进行自我批判，批倒、批臭！

　　所幸几经曲折，命运嘉惠于我，让我走上了文学理论研究的道路。怎么说，文学理论是有关文学的事，于是重新唤起了我的热情，我的挚爱，我的眼泪，我的激情与向往……继续我那阅读之旅，我那人生之旅！

作于 1999 年 4 月 3 日，2010 年秋稍有补充

（原刊《我的中学时代》，福建教育出版社，1999）

往事与反思

——大学生活琐忆

一个偶然的机会使我进入了中国人民大学

我真想再度一次青春岁月，一个像今天多少可以自我选择的岁月，如果可能的话。

1951 年，我以一个偶然的机会，考入了中国人民大学俄语系学习。

这年夏天，我在报考大学时，屈从了世俗的观念，报了医科专业，为了将来有个牢靠的谋生的手段。但我的文学爱好是我少年时代就用心血浇灌的一块绿地，是我心中的真正圣地，我怎么舍得放弃它呢。因此高考后，心里总是闷闷不乐。回到无锡，学校正急着找我，说要分配我去报考中国人民大学，说人民大学是所干部学校，学员的主体都是调干生，都是供给制，进去不但不花一钱，还有生活补贴。我一听，自然满心喜欢。

1949年后家庭经济日益败落，已无力供我上大学，去人大是干部待遇，供给制，这对于一个穷学生来说，出路真是不错的了。同时，去人民大学学习俄语，觉得这比学习医学更接近文学，将来当个文学翻译家也很好，这也曾是我少年时代的梦想之一啊。所以心里暗暗高兴，自然愿意去人大了。此外，1950年我参加军事干校没有成功，心里总有一种"内疚"感，这次服从学校报考人大，算是服从组织分配的一个表现，可以赎回我的"过去"了。

我总算说服了父母让我去北京学习，说将来自然要在经济上负担家庭生活。9月初，出发去北京那天，母亲抱着小妹，站在屋檐下看我说：不去送我了。邻居都跑了出来，带着羡慕的目光说：钱家老大要上北京念书去了。母亲说，是啊，人大了，翅膀硬了，就飞了，一面偷偷擦着眼泪。

父亲要送我到火车站，他叫了一辆黄包车来，我赶忙把几件行李装上。起程后，我和他跟在车子后面走着。父亲嘱我人在外面，凡事要小心，要常写信回家，免得家里挂念，然后两人是好长一阵的沉默。来到火车站附近，父亲让黄包车停了下来，就到一个小店里买了一小笼肉馒头塞给了我，说京沪路现在常常遇到破坏，火车不能准时到达，路上存些食品是需要的；叫我上车后，先吃馒头，免得饿了。我们两人提着行李，进得车站，看到月台上已有不少人在等车。

从上海开来的火车终于到了。车子刚停下来，人们就一拥而上，要不是父亲帮我在前面挤，从后面推上一把，我拖着三件行李还真不好挤上车去。进了车厢一看，空座位已没有了，行李架上也堆满了东西，车厢走廊里也早就堆放着各种大小行李，这样，我只得在离车门不远处将行李摞了起来。从窗口望出去，正见父亲伸着头在寻找我，这时我发现父亲额上满是皱纹，神情紧张而若有所失，我的心不禁一紧，觉得他似乎比平时老了许多。我赶忙和他招呼，他见到我后松了口气，但看到我已无地方可坐，连说和别人挤一挤，和别人挤一挤，意思是让我和别人挤着坐，可是我站在行李堆中已动弹不得。他见我一副无可奈何的样子，只好招了招手，也是爱莫能助了。

朝鲜战争期间，国民党乘机反攻大陆，不断派飞机轰炸上海等地，京沪铁路也是他们的破坏对象，不时受到狂轰滥炸，力图制造华东地区交通瘫痪的局面，但这条铁路一直没有停运。我乘的这趟驶往北京的火车，时速甚慢，停靠时间也没有个准，有时没有到站，一停就是几小时，车厢里又闷又热，虽然两面都开着窗，但满是汗臭味。饿了，我就先把馒头吃了充饥，累了，就斜站着，靠在行李堆上打瞌睡。有时凉风一吹，醒了过来，睁眼一看，已是夜里了。

第二天下午5时左右，车过山东，将到沧州，列车员用喇叭筒向大家大声广播，说国民党飞机来了，大家赶快下车，在田野里疏散开来，等解除警报后再上车。大家一听，都急忙跳下车，在离火车50米左右处掩蔽起来。有的人伏在田沟里，有的人躲到树阴下乘起凉来，有的跑到水塘边洗涮毛巾，有的跑到附近高粱地里躺了下来，有的干脆坐在铁路边张望，看飞机来不来。大约折腾了个把小时，有人说，听到飞机过了，还有消息说，什么地方被轰炸了，接着人们就陆续地上了车。大约附近城市解除了警报，火车又慢悠悠悠地走了起来，一场虚惊，扰得人们更加疲惫不堪。

第三天早晨，车过天津，人们就兴奋起来，觉得北京就在眼前了，我似乎也没有了疲倦感。可是车子"克通、克通"地走呀走的，直到中午时分，才算进了北京站。那时的北京火车站在前门的东南角，火车从崇文门外缓缓过来，从窗口望出去，靠北的一面都是高大而残破的旧城墙，上面长满了杂树与野草。

这样，在两天两夜多的时间里，在行李包裹中间，我一路站着来到了北京。

大学生活初记

9月初,我先在铁狮子胡同中国人民大学校本部住了几天,据说后院一幢房子,孙中山曾在这里住过。四五天后,就让我们搬到了西郊新校舍去。出了铁狮子胡同,车子向西驶去。只见胡同里的房子,都是斑驳的深灰颜色,相当旧了;大马路上的商店,零零落落,觉得城市很大,不少街道好像连不起来似的。给我留下深刻印象的是西直门城楼,它高耸陡险,上有持枪哨兵,城楼顶上有许多野鸟;城楼内墙也很高,极有气派。出得城门,是西外大街,满地是一薄层破碎的水泥残渣和小石块。大街两旁,只有几处破旧民房;动物园周围都是闲散地。车过白石桥,是西郊林荫大道,两旁植有圆叶杨,偶尔见到几处农舍,散落在高粱、玉米地里。

人民大学的校舍,是当时北京西郊从白石桥到中关村一带唯一的"高楼大厦",一幢四层的灰色教室大楼,三幢三层的红砖宿舍楼,它们的西北边还有几座大平房,这是公共教室与伙房。我就住在一号"红楼",面对大操场。系里领导带着骄傲的语气当面对我们说,这四层的教室大楼,是仿照莫斯科大学建造起来的。可是当1954年我在苏联展览馆(现为北京展览馆)见到有几十层楼高、塔式结构的莫斯科大学的陈列模型时,不禁莞尔一笑,觉得人大的灰楼哪能与莫斯科大学巍峨的建筑群相提并论呢!

人大十分注意学员政治思想的教育,社会上的政治运动与斗争,立刻会反映到人大的学习生活中来,并说这是新型大学的特点。

进入人大不久的第一个大活动是参加国庆节检阅,领导动员说,这是一个光荣的政治任务,要怀着对党、对毛主席无比热爱的感情来参加。这样,我们在课后不断列队、操练、高喊各种万岁的口号。10月1日凌晨2点,四周一片漆黑时,大家都起床了。我们的队伍就上了卡车往城里开去，先在平安里下车，列队走过地安门、铁狮子胡同、东四一带，准备让伟大领袖毛主席在 10 点检阅我们。我们的队伍经东单、长安街，通过天安门时已是下午 1 时左右，只见毛主席在天安门城楼上向着游行队伍挥手致意，大家虽然见得并不真切，不过是个身影，但一见这庄严、伟大的情景，就拼命地山呼万岁，兴奋不已，这时，队伍已走了十多个小时。回到学校，领导不管大家疲劳，趁热打铁，马上组织座谈，要大家畅谈游行收获，以防印象淡化。

我自然深受教育，觉得毛主席是我们的大救星，没有他，我们还处在千年的黑暗之中呢，千千万万中国人就没有饭吃，没有衣穿，比如我们今天吃的，就不用花钱。不久之后，我们每人发了一身灰色的干部服，外带一顶帽子，还有一套黑色棉衣棉裤和棉帽，解决了冬天的御寒问题。而且每月还有 21 万元旧币（合后来人民币 21 元）的津贴，扣掉伙食费 12 万元，还有八九万元的剩余，给家里寄上 6 万元，余下的自己花。

不过，好景不长，次年，供给制改成了薪金制，这对于我简直是致命的一击。班上的学员，三分之二是调干生，他们都一下"阔"了起来，旧币改成人民币后，有月薪四五十元的，少数有六七十多元的。那时有这样级别的收入，养家糊口是不成问题的了，多让人羡慕啊。而我和班上的七八名"青年学生"出身的学员，除了每月免了我们的伙食费外，只有三四元的生活补贴了，这样，我在经济上很难再为家里寄上区区的 5 元钱了，这使我极为惶恐。思想上很是苦恼，但条件在那里摆着，享受薪金制的同学，都是干过革命工作的，为打下无产阶级江山作出了重大贡献，有功劳也有苦劳。我则是学生出身，没有出过力，何能无功受禄呢！动员我考人大时，说到了人大就是干部，享受供给制，但政策是灵活的呀，可以因革命形势的变化而随时修改的呀！我家里虽还没有到无米下锅的地步，但早就等着我给他们补贴，而我现在的生活已是处在最低线上了。可又想想我现在毕竟受惠于国家，思想不通也会通的啊，只好咬咬牙关忍着！克服"个人主义"，这可是革命阵营里的大问题呢。

后来证明，克服"个人主义"正是我需要不断清除的思想毛病，清除干净了，我才能好好地为人民服务！

朝鲜战争在继续中。这年初冬，美帝国主义者竟在我东北扔下了细菌弹，这使中国人极为愤怒。针对过去一些中国人中间存在的亲美、崇美、恐美思想，当局提出了要仇视、鄙视美国的口号。美国的细菌弹一扔，进一步燃起了中国人的反美情绪，从感情上、理性上深深感到美国的可恶、可鄙。

为了减少细菌传染的可能，当局发动了爱国卫生运动，除了不断动员人们大搞卫生、建立良好的卫生习惯外，学校还组织我们清除附近垃圾，特别是要我们清除细菌的传染源——苍蝇。苍蝇的孳生地多半在农村粪池周围一带，冬天，蛆已成蛹，躲在土里过冬，来春或夏天化蝇，传染细菌。爱国卫生运动领导要我们设法消灭苍蝇的幼虫。于是每到下午课外活动时间，我们就拿了铁锹，到附近农村周围去挖蛹，挖出了的蝇蛹，要收集起来统计，然后上报，算是本单位大搞爱国卫生运动的成绩。

先是在人大马路对面的村子周围挖蛹。这里是三家小杂铺，有押面店、杂货店，都是农民开的（现在是当代商城广场的前沿）。说是杂货店，其实只是有几面土坯墙，用几根小木条一撑，四周围上几张芦席的破房子。一天夜里，同室六七个人躺着闲聊，北方同学大谈押面如何好吃，第二天我就特地进押面店吃过一次。一进小破屋，烧起煤来，满屋子是烟；看着一个精壮的小伙子把一块面团，在黑乎乎的破桌上揉来揉去，拉住两端"晃悠晃悠"，不一会儿，竟把面团扯成了竹筷子粗细的面条了，第一次吃起来，虽有些难以下咽，但总算品尝了北方风味。

后来我们挖蛹的战线不断东移，一次在大钟寺附近的村边，不仅挖出了蝇蛹，还挖出了老鼠窝，扩大了战果。农民不明白我们在挖什么，觉得我们可能在挖他们老祖宗留下的宝贝，不时跑来问我们挖什么，经我们解释后他们觉得好笑，说蝇子怎么挖得尽呢？不过发觉我们确实挖的不是宝贝，而是一钱不值的蝇蛹，也就释然了。

我特别喜欢这一活动，在初冬的北方田野里走动走动，凉风吹吹，很是舒心。地里的庄稼早已收尽，四野一片白地，但是小林子不少，有不少墓地，散落着小松林和柏树林。北方的农村，都是低矮的土房，居住条件极为简陋，农舍周围，歪歪斜斜地散堆着高粱秸和玉米秸。一次，我们沿着土路停停挖挖，一直挖到了今天的北京师范大学附近，天黑才回到人大。

后来天气转冷，气温骤降，寒风凛冽，泥土冻得都挖不动了，挖蛹活动才停了下来。

因买了一包花生做了检讨，亲情与冷漠

接着来的是"三反""五反"运动。"三反""五反"虽然和我没有直接的关系，但是领导提出，你有没有浪费行为，有没有浪费的思想？人人都要检查个人主义思想。这么一来，我当然得检点自己。在人大，每星期六下午，是生活检讨会，每人要对自己在一周内所做的事，作一番检查，对自己所犯的错误，自觉地进行检讨，要用马列主义、毛泽东思想进行自我批评，并听取别人的批评。

开头，我们青年学生出身的学员，多半听听干部学员的检查，觉得他们的思想比我们复杂得多。后来运动一紧，就要求我们提高觉悟，联系自己实际，进行自我批评。所以，我常常绞尽脑汁，思考可以检讨的东西。

一次，我在生活检讨会上，检查了我的严重浪费行为。这就是我在1951年冬天的一个星期天，复习功课后，漫无目的地就往校门口跑，看到杂货铺前的摊子上有炒熟的花生卖，花生用破报纸包成三角包，一包500元（合后来的人民币5分）。我禁不住花生香味的引诱，买了一包，在附近散步时就大嚼起来。我不敢往宿舍里走，500元的花生虽是一包，

实际上没有几颗，一会儿就吃完，但吃完后却是满口生香，我怕同学发觉，还特地到盥洗室漱了一下口，以消除"影响"。在会上，我哭丧着脸，真诚地检讨了这次浪费行为，认为这是一种资产阶级的享乐思想，如不加以控制，那发展下去的后果就不堪设想，将来手头一旦宽余，小则搞铺张浪费，大则可能私欲膨胀，甚至走上犯罪的道路。自此之后，我就很少再到人大校门口马路那边的小摊前去转悠了，一是身上实在没有几个钱，二来我在班上的生活检讨会上做过沉痛的检讨，不好再重犯，说话得算数啊！

花生事件，只是使我强制自己不再去买花生解馋而已，但是运动的深入，却日益触动了我的内心。"三反""五反"是反资产阶级的，是反对不法商人与资本家的。在反的过程中，实际上揭发出来的是无商不奸，无商不贪。人们说，奸与贪是商人、资产阶级本性使然，不奸不贪就成不了商人与资本家，这大大地触动了我。

我的家庭成分，按当时的情况是行商。我父亲原是乡下中农出身，念过私塾，文墨不错，写得一手好字。后经亲戚收罗他到纸店当学徒，十分卖力，经常扛搬几十斤重的纸捆，累得吐血，积成肺病，养好病后，被提为账房管账。中年的时候，积了几个钱，与朋友合开了一家小纸店。新中国成立前，大约合伙得不成功，已拆股各自谋生。一间门面大的堆栈式的小店，仍由我父亲租用，后面是我们一家住着。新中国成立后，生意日益难做，父亲就做行商买卖，就是在甲地买货，自己押货，到乙地卖货，这种买卖，出力多，收益少，所以日子逐渐败落下来，于是他就要我就业，在经济上接济家庭。我则自许清高，压根儿瞧不起做买卖的营生，鄙视商人。我不知道新中国成立后父亲有无偷税漏税等不法行为。但无商不奸，资本的每个汗毛孔都充满了血污的思想，"三反""五反"是无产阶级和资产阶级的斗争，资产阶级惯用人情、人性来拉拢子女，要与资产阶级家庭划清界限等等的理论，不时影响着我。我面临的两个问题是，家庭成分与划清界限，它们使我越来越感到苦恼。

就我自己的愿望来说，我的成分自然越低越好。过去穷人被人瞧不起，现在则越穷越好，越穷就越有天然的无产阶级觉悟与对党的深情，在社会上受人尊敬。我开始觉得，我的家庭成分填"行商"是合适的，这既不夸大，也不缩小。但是，随着"五反"运动的深入，领导一再做报告，资产阶级出身的同学，特别是家里做买卖的，要提高觉悟，动员亲属坦白交代违法行为，与资产阶级家庭划清界限，这是阶级立场的大考验。每次听完报告，我总觉得这是针对我说的。我老是想，我应如何在这次运动里有所进步呢？我有时想，可能我的家庭成分报低了，我父亲的店里原有三个店员，后来都辞了，但按照伟大领袖毛主席的阶级分析方法，有过雇工剥削，应是"小业主"无疑，因此把家庭成分写成行商，有避高就低之嫌，对组织不老实，这种思想使我十分苦恼。经过一个时期的思想斗争，我决定按照毛主席的阶级分析方法，提升我的阶级成分，认清我的家庭本质，以示我对运动的拥护。一次，我在每个人都要参加的运动收获小结会上，谈出了我的想法。同时认为，小业主就是剥削者，实际上就资产阶级，我作为一个参加革命的人，自然要与资产阶级家庭划清界限，在经济上不和它有往来。

　　这样，我的家庭观念日渐淡薄，可是思想上又背上了家庭出身的包袱，于是讨嫌父亲来了。但是不久之后，我的日子在人大过得实在不易，发的干部服裤子，屁股部分与两个膝盖处，不断磨损，添上块布，补了又补；几件衬衣，则已稀烂。不知在哪封家信里我透露了这些信息，不久我竟收到了家里寄我的 20 元人民币与一件青色的老布衬衫。

　　这 20 元人民币，我知道家里已来之不易，他们的日子也并不好过，我拿还是不拿？就他们来说，他们只是把我当做自己的儿子，现在自己老大在外边有难，就是从自己嘴边刮下一些东西来，也得给寄去啊，他们总是寄希望于我呀，总有一条亲情的线和我连着的呀！就我来说由于受到阶级教育，正在酝酿与他们在经济上思想上划清界限呢，想努力扯断这根线呢！经过多日的思想斗争，我倾向于把这笔钱保存下来，以备不时之需，补了又补的裤子也会稀烂的，日后总不能光着屁股去上课呀。在总结会上，在写思想总结时，我自然要说，要防止家庭用小恩小惠来拉拢我，所以在思想上要高度警惕云云。

至于那件青色的老布衬衫，我知道，这是用我母亲出嫁时的压箱底布做成的。压箱底布，就是我母亲做姑娘时自己亲手纺线、织成的一块染成青色的粗布，现今给我做成了衬衫，我知道，这是掏了她的家底。这件粗布衬衫我很喜欢，布很厚，不易磨破，穿着它，人觉得沉静、安详，我平时可不是随便穿它的。

"五反"运动结束后，我和家庭的关系渐行渐远。在运动总结时，我认为我自己要无产阶级化，争取站到无产阶级一边。我在总结里甚至写着，在无产阶级获得政权的今天，像我的家庭日益败落是必然的，只有像我的家庭那样没落下去，少吃缺穿的穷人，才会获得翻身！在后来60年代的不断的阶级斗争的教育下，在各种运动之后的填表中，为了一劳永逸地排除家庭成分带来的烦恼，我干脆将我的家庭成分写成了"资产阶级"，以示我在阶级斗争中有了彻底的认识。

别了，我的青春的梦幻

来到人大不久，运动不断。在家庭出身问题上不断地进行自我批判，使我对父亲由逐渐冷漠而萌生怨恨，现在回想起我对待父亲的种种态度，不胜伤痛，难以补偿。与此同时，我还对自己原有的兴趣、志愿，进行了挞伐。

我在中学时代，就想将来从事创作。北上人大时，我拣了十多本小说，捆进了行李包，算是我的财富。其中有鲁迅、冰心、茅盾的小说和叶绍钧、丰子恺的散文，以及几个苏联作家的小说。到北京不久，虽然手头拮据，但我还以文学爱好者自居，还在人大书摊几次另购过当时唯一的文学杂志《人民文学》；有时还买本《文艺报》看看文艺形势。虽说奢侈了些，但除了在生活方面买个牙膏、买块毛巾什么的，我是不敢有其他方面的支出的，实在不敢"浪费"一分钱呀！

不过，这种知足常乐的心态没有维持多久。校方一开始就抓端正学习态度。原说来人大学习俄语，是培养翻译人才。当时中国处于西方国家的围堵之中，要站得住，只有站到苏联一边，一边倒，倒向苏联"老大哥"，这样就要大量俄语翻译人才。这于大多数学员来说没有多少利害冲突，于是大家怀着不同的目的，向翻译方面努力。谁知刚稳定下来，校方的培养方向就变了，要我们将来去当俄语教员了，不少同学不愿当，而我的心愿明确是当文学翻译，并不想当教员。于是领导就要我们不断地检查自己的入学动机。这样差不多用了一年多的政治学习时间，反反复复地检查自己，最后大致消磨了自己的热情，修理了自己的棱角，服从了组织的要求。人一到这种地步，也就慢慢变得随遇而安了。

可是，文学的创作欲望，仍是不断在我心里骚动。这时我已不大敢看从家里带来的小说了，因为在这里的革命环境中，阅读这类小说已是极其不合时宜的了。这些小说，按照当时的理论倾向，认为不具当代新文学的革命品格，它们不写阶级斗争，不歌颂革命战争，对旧社会的抗议也软弱无力，去读这类小说，不是怀旧情绪是什么！在课外阅读时，我常去翻阅新的文学杂志，当然是为了了解新文学的发展，同时也暗中为了学习新作家的写作方式。

我当时阅读过萧也牧的《我们夫妇之间》，后来读过路翎的《洼地上的战役》等小说。我只是从欣赏的角度去阅读，读后觉得可以，有些生活情趣。后来这些小说都挨了批评，而且是什么小资产阶级情调，污蔑当前的革命战争与工农兵形象，这使我十分吃惊。翻阅那些批判文章，受到"启发"，我觉得自己的阅读兴趣有问题了，和它们的调子相差太远了。我如果要写作，我能写什么呢！我不了解工农兵的斗争，农民不了解，工人不了解，士兵不了解，我只知道一些旧社会的情况，新的英雄人物对我相当陌生，那去写什么呢！

暑期到了，调干生有的回北京家里过暑假，有的回到外地老家探亲去了。我们几个青年学生出身的学员，囊中羞涩，只好待在学校里，这倒也不失是与家庭划清界限的一种表现呢（我有4年没有回过家）！这时，我的刚批判过的写作的兴趣又在萌动了，我的写作的心不死呢！写什么呢，就写学生生活。对于大学生的生活，我自己身处其中，自然还是了解一些的。

　　那时思想改造除了政治、阶级斗争教育，还有文艺阅读，人们常说，文艺作品是思想教育的好工具。流行的小说，主要是苏联的小说，如《钢铁是怎样炼成的》《真正的人》《青年近卫军》《远离莫斯科的地方》等，到后来还有《大学生》《三个穿灰大衣的人》等。那时苏联三四流的作家都是很幸运的，他们的一本普通的小说，在伟大的友邦——中国都有译本。保尔·柯察金的形象，成为鼓舞广大中国青年的榜样，他的关于为壮丽的无产阶级解放事业而献身的豪言壮语，成了广大青年的座右铭，我们自然深受影响。每个星期六晚上，在人大广场上都放映中苏电影，大都是战争片、地下斗争片、反特片，还有表现苏联人民过上社会主义幸福生活的巨片。特别是后者，让人感到苏联人的爱情多浪漫美满呀，婚礼穿着多华丽呀，宴会多丰盛呀，人们生活多自由幸福呀！正像一支歌唱的那样，世界上再也没有别的国家，可以像苏联人那样自由呼吸！苏联的今天，就是我们的明天呢！这句话成了一般人的口头禅，电影都拍出来了，有什么可怀疑的呢！至于我们的社会主义，已经从空想到科学了呢！我们的生活充满了金色的幻想，就像一支苏联歌曲中说的，只要幻想，就能成功，只要做，就能得到！说起苏联歌曲，很受我们欢迎，它们欢快又抒情，民歌也深情动听，豪放忧郁，我们学俄语的，自然多唱原文歌。除了这些方面，我们还从俄文阅读中获得教益，特别是普希金、莱蒙托夫、果戈理、屠格涅夫、托尔斯泰的作品，使我们感受到一种人性的温馨与高尚的人的情操。

　　到哪里去进行我心爱的写作活动呢？宿舍里是没有办法写的，同室的人进进出出，我的行动难免被他们看出来，一说出去，定会传得纷纷扬扬，少不了又要去做沉痛的检讨。同时，万一写出来，没有地方发表，也是难堪的事，还会遭同学讪笑。到图书馆阅览室去写，也不行。我转悠了两天，找到了一个地方，就是我们平常上公共课的大教室。这第一、第二两个大教室，并排一起，一到假期原是锁着的，但是我发现，第一大教室有两扇窗子没有插好插销，只需轻轻一拨，窗子就开了。一天早饭后，我就带了些笔记本纸，来到大教室外。烈日炎炎，我看看四周无人，就轻拨一下窗子，打开了一扇，双手撑住窗沿，一纵身，就上了窗台，跳进了教室。我把窗子轻轻掩上，高兴极了，觉得找到了一个没有人监督我的好地方。我不偷不抢，不搞破坏，我没有特别的要求，只盼望有个能够让我安下心来，可以写写的一小块地方就行，这可就是我的安身立命之地了。

这里真是个好地方，可以容纳几百人的大教室里，就我一人。我找了个不易被过路的人发现的隐蔽的座位，就轻手轻脚地摊开了纸，从衬衣口袋里拔出钢笔，在纸上写了两个字"明天"。写大学生们的学校生活，写他们的思想改造，对明天的向往，当然还得写他们的爱情生活。我写得很顺手，积累了多时的一些想法，一下子倾泻出来，不可遏止。两三天下来，写了六七千字，我完全沉浸在写作的欢乐里了。大热天坐在关着窗的屋子里，一会儿就闷热得汗流浃背，我也顾不得了，脱了衬衣、长裤，穿着背心裤衩写，最后，干脆脱下了汗透的背心，赤膊上阵，反正没人看见。回到宿舍，犹有得意之色，同室同学问我这几天去哪里了，我支支吾吾，搪塞了过去。

一天，我又拨开窗子跳进大教室里，由于天气闷热，一进屋，一股热气就冲我而来，两只手臂马上就沁出汗珠。我就半开着窗，设法坐到窗口，这样稍微凉快一些，写着写着，一抬头，我发现窗口有人在看着我，似乎已好一会儿了，当我的目光和他的目光对在一起时，我几乎是本能地、讨好地、自卫性地又是不自然地向他傻笑了一下，他却一转头就走了。

　　开始，我并不在意，还没回过神来。过了一会儿，我突然意识到我已被人发觉，脑子轰地震动了一下，随后就清醒了，但心里也马上不安起来。一是，我的行动还是露了馅了，又在干我刚刚检查过的行当，我那么多次沉痛地检讨个人兴趣第一，现在故态复萌，同学们会觉得我的资产阶级个人主义思想实在顽固着呢，看来我又要检讨、批判自己的个人主义了。二是，现在大家警惕性极高，我的偷偷摸摸的行为，极可能被人当成在搞"暗藏"活动。明明是假日，大热天里，人们一天冲几次凉，你却一个人撬窗潜入已经封门上锁的无人的大教室，书写什么材料呀？准备送往哪里呀？你说是写小说，是真的吗，你是作家吗，你是写小说的料吗？你还写了什么，鬼鬼祟祟地，干了什么见不得人的事？你看，你的脸色那么难看，干吗啦？人们要是这样发问，我的回答能使他们相信吗，我说得清吗？到这个份儿上，领导与周围同学不用另一种目光看你才怪呢，半年、一年的，可难受了！想到这里，脑子里突然一片空白，一种死灰的感觉笼罩着我，背上不觉冷汗直流。我安静了一会儿，穿上衣裤，急速地收拾了一下笔和笔记本，走到窗口，向两边看了看，发现没有什么人，就赶忙纵身上了窗台，跳到窗外，回身关好了窗，装得若无其事地回到宿舍，可胸中兀自扑扑地跳个不停。

　　过后几天，我情绪不安，若有所失，人变得有些傻呆呆的，像害了一场小病似的。有时我在宿舍，拿出我写的东西看看，正好同学进来，问我写了什么东西。我突然一愣，竟答不上话来，一定神，就随口撒了个谎，说是"思想小结"，遮掩了过去。处在这种环境里，我老在考虑，写呢还是不写，会不会被人识破、告发，说我竟破窗砸锁，躲到大教室里干什么勾当去了；或是说我个人主义根深蒂固，不可救药，开了学要不要在生活会上做自我检讨呢，等等。我一面苦恼，一面又觉得写成这篇小说真是不易啊！自己几次阅读草稿，自我感觉良好，可是寄给谁呢？于是寄还是不寄，又搅动着我的内心。这样，写作一事，使我的情绪十分低落，心境极为苦闷，表面看来一个暑假我过得还算平静，实际上我心里上下翻腾，总觉得像是干了什么错事，不知谁会在哪一天揭发我潜入大教室，书写什么，而又有不易说清楚的行为，开学后，怎么进行自我检讨呢？

过了一段时间，我又翻开我写的稿子看看，在感觉上有了些变化，我感到写的"小说"，情节似乎过分松散些。过了几天再看看，就感到不安起来，不少部分的语言，竟写得像思想小结的文字了呢！小说的味道在哪儿呢！这使我有些心灰意懒，我怎么故事都不会编织了呢，我的语言怎么有如干姜瘪枣了呢？也许，我已习惯于写写检讨、思想小结这类文字了吧？这样下去，我有什么希望呢？环境又是那么恶劣，爱好文艺、写作，竟要无休止地检查、自我批评、被人批评，我内心惶惶，精神上真是苦不堪言。不过，我暗自庆幸，我写的稿子未让那些阅读趣味很高又爱挑剔的同学看到。

开了学，我决定在一次生活检讨会上，再次检查我的个人主义，说在暑期里闲着无事，又想进行写作练习，旧病复发，成名成家的个人主义思想死灰复燃，影响专业思想的巩固，必须痛下决心，不断进行思想斗争云云。跳窗写作的事自然不敢抖搂出来，怕引起意外的误会，真要发生这种情况，过着受人怀疑的生活，这就让自己太难做人了。检讨完后，我还等待着别人对我跳窗行为的揭发。幸好，几个月过去，领导总算没有找我去谈话暗示我要交代什么，这使我心上的一块石头总算落地。从此，我对写作的兴趣似乎减了不少，感到自己已渐渐失去了写作的激情与动力。我想，我犯不着为此老去检讨，更不会再次跳进上锁封门的大教室，以致可能会被领导记录在案而惶惶不可终日。自己虽然历史清白，也还年轻，可是大约是运动来、运动去，别人那些担惊受怕的事情看得多了，倒使我这个旁观者也经不起有什么风吹草动了呢！还是老老实实地过日子吧，凡事不可强求。命运唯所遇，循环不可寻！教教书有什么不好啊。于是，我也就过着由人摆布、真正听话的日子了。

"《红楼梦》研究"批判，在人大似乎没有引起多大波澜，因为无人对《红楼梦》有专门研究，说不出什么道道来，当然，就区分唯心主义还是唯物主义来说，无疑，人大的许多人是能手。

倒是抓"胡风反革命集团"事件，使我们大吃了一惊。胡风批判早就听说过了，我也曾读过一些报刊评论，但看来主要是文艺界的事。之后，胡风集团升级成"反革命集团"，人大自然要大张旗鼓来抓"胡风反革命集团"的分子了。先是学习，读了胡风与朋友之间的通信，看看按语，真是触目惊心与怕人。触目惊心的是，胡风等人竟敢对共产党、毛主席的文艺方针暗中议论，说三道四，有的地方公开表示不满，还写成了什么万言书，这还了得，这不是造反是什么，这不是反党反社会主义是什么！听说他们之中某些人还是潜伏的国民党特务，那更不得了；怕人的是，祸从口出，有时随便说句话，有心的人都会记着，说不定什么时候被派上用场，会发生作用，给自己致命一击。私人书信更能成为揭发材料，有时你自己写了什么，都已忘了，到时却是白纸黑字成了你的罪状，真是怕人。所以自己一定要在思想上热爱毛主席，热爱党。学习了，思想武装起来了，这可不是坐而论道，要开始行动，刀枪见血的。接着领导要大家交代自己与反革命集团的关系。这对我们班级来说，算是轻松的一次，就我所知，我班没有一个与"胡风反革命集团"有过联系的人。可是听说，人大发现了"胡风集团"骨干分子，在材料里就说到他，一个在马列主义外衣下隐蔽起来的反革命分子，他就是那个教过我们一年马列主义课的谢韬。这个消息几乎把我吓昏了。问了好几位同学，都说没有错，是他，后来学校开大会声讨，此时谢韬已不在场，只宣布已被逮捕，一派肃杀气氛。谢韬教课，公认不错，重点突出，条理清楚。说是要与谢韬划清界限，自然不是说要与他讲的《联共（布）党史》马列主义划清界限。不过他今天如此下场，也暗中使人欷歔不已（80年代谢韬教授是中国社会科学院研究生院副院长）。在班上学习时，我联系自己谈了更要警惕个人主义，因为个人主义会让你自作聪明，标榜什么独立思考，实则脱离党的要求，走上反党反社会主义的道路，等等。

经历了各种运动的批判与"盐水"的洗濯与浸泡，我的思想似乎"纯正"得多了。在别人大唱星火燎原时，我胸中的写作的星火，却渐渐地被扑灭了！

别了，我的青春的梦幻！

必要的反思

回忆大学时代生活，我的心情总是十分矛盾的。

在4年大学生活里，我确是成长了起来，获得了一定的知识，我极愿服务于我伟大的祖国，希望她能尽快繁荣富强，为此我愿献出自己的青春；我自知我的胸中有一种渴望服务的激情，我至今仍旧怀着这种信念。

但是，我不能离开时代，我是被时代塑造的人。其实，不只是我一人，而是一代的人，这一代人是在特有的环境中成长的，深受文化虚无主义和封建理论的影响，个人的性情被扭曲。20世纪50年代末60年代初，在各种所谓的批判中，我是跟着跑的，时代造就了不会思维、不敢思维、不知创造、没有个性的一代人！这正是我们一代人的悲哀。如果后来一些人还有所作为，那是在他们清除了思维的麻木状态、进行了自我批判之后才取得的。

我作为一个群众，"文化大革命"的参加者，自然无法也无力来承担这次文化大浩劫中破坏文化、破坏传统的灾难性后果，但是在发生"文化大革命"的东方制度的土壤中，是积淀着我这种文化因子的，十多年来我就是这么被塑造的。"文化大革命"的瘟疫肆虐时，我跟着跑了一段时间，要是当时没有像我这样的个人迷信的拥护者、思想上的盲从者、政治运动的跟跟派，在这块封建迷信、专权盛行的土地上，"文化大革命"虽然仍要发生，但声势可能要小些。说来可笑，我是热情地又小心谨慎地参加"文化大革命"的，也山呼过"万岁万万岁"。可是历史和我开了一个残酷的玩笑，明明是一些人在作窝里斗，却让我很快成了群众专政的对象，而且一专政就是 10 年，岂有一点长者之心？我失去了自由，虽然本来就没有什么自由，我被玷污了人格与尊严，被污辱得只少一个地洞钻进去才好。在干校，别说同事，就是对他们的四五岁子女我都害怕，只有钱锺书先生除外，他是唯一的人性地对待我的人。我只是为了妻女才苟活下来，我不敢思考过去。我的这段历史，就我个人来说，以喜剧式的悲剧始，然后演了一出生也不是、死也不能的漫长的生存悲剧，最后又以悲剧式的喜剧终。

20 世纪 70 年代中期，我才开始反思自己，反思社会，反思我过去获得的知识、思想，反思各种人物的作为。由于我实在是个后知后觉者，直到靠近 80 年代中期，在经过了无数次痛苦的思索与自我批判，才完成了反思，找到了自我。

往事、回忆与思考，可以照出历史的影子。一旦明白今是而昨非，我就感到我自由了，至少思想是自由了，人格独立了，与过去的自我决裂了！

我的这篇大学时代生活的琐忆，也算是我的反思之一吧。

我真想再度一次青春岁月，一个像今天多少可以自我选择的岁月，如果可能的话。

2000 年 3 月

（原刊《我的大学时代》，福建教育出版社，2001）

1937 年无锡

——冬之殇

轰炸与逃难

1937 年,正是我开始记事的时候。铺展开来的记忆,一开始就是日本赤佬(江南一带称日本侵略者为日本赤佬)对我故乡的铁蹄占领的惨状,留着刀刻一般的印象。飞机轰炸,黑夜逃难,夜躲坟堆,刺刀逼胸,奸淫烧杀的恐怖的场面,恍如昨日一般。

我的家在无锡东北塘乡南的西浜村,东隔朱姓大村全旺,西邻小村尖岸。这年夏天还未过去,就觉得村子里有些异常,大人们不断聚在屋前场上,交换消息,面色神秘而紧张,说局势吃紧,那里(上海)开战了。秋凉开始,大人们聚谈时说到日本赤佬飞机轰炸了无锡西南郊的什么地方。都说:日本赤佬要打来了,要兵荒马乱了！

　　我祖母（乡下人叫老亲娘）是个爱走动的人，别人说兵荒马乱，她好像也不怕。一天她要带我去惠山走亲戚，我母亲在这种情况下是不放我出门的，我死活要跟老祖母出去玩。走到靠近锡山的五里街东头时，我们就停了下来，碰到大兵了。这是当时国军的大队骑兵，一律深灰色军服，骑马背枪，沿着锡山东边脚下的煤屑路（那时的公路），往常州方向不慌不忙地过去。我第一次看到兵马，虽然和他们隔有一段路，也十分害怕，是紧紧拽住了祖母衣服观看的。

　　不久，无锡轰炸加剧。我父亲从城里回到家里，见我们刚从亲戚家里回来，忙劝祖母战乱时期，局势随时生变，是不能出门的。父亲当时是城里一家纸店的职员，一到乡下，就和邻居谈日本赤佬的飞机不断轰炸无锡的惨景，说起火车站、附近的什么货栈、仓库，都遭到飞机狂轰滥炸，竟是整天整夜大火融融，烧成一片废墟，一次就炸死了二三百人，城里四处烟雾弥漫，而且轰炸还在扩散。于是他约请几个邻居，在我家后面的老坟后的狗獾坟，挖了个直角形的防空洞，可容十来人，让我们几家遇到赤佬飞机轰炸时赶往避难。这狗獾坟是个独立在我家田里的土墩，约一丈多高，方圆也就十多丈。听老人说，这坟里有洞，过去常有狗獾出没。土墩上面只长干稞，一到秋天，一丈多高的干稞满是白穗，我家到秋末才去收割，当柴烧的。

　　时令已是初冬。一天上午，我们听到日本赤佬飞机的轰鸣声，就逃往防空洞。到了防空洞口大家停了下来，往南面高空看，只见几架飞机正向西面飞去，飞到等我们快看不见它们时，突然转了个大圈子，向东面飞了过来。接着就看到它们俯冲下去，俯冲的高度快接近远处的树丛时，突然轰鸣声大作，又向上飞，升向空中，往东南面苏州方向飞去。这时只见前面不断闪耀火光，紧接着是一阵阵闷雷般的爆炸轰响，随后是升起一团团夹杂着火光的浓烟，我们看得都呆住了。大人们恨恨地说，前面是周山浜，看来那里的纱厂、面粉厂遭轰炸了。等飞机远去，人们都跑到场上，东一堆西一堆地围在一起，议论着刚刚亲身见到的轰炸，神情沮丧，嘴里不断重复着：日本赤佬要打来了，日本赤佬要打来了！日本赤佬到底什么样子，像哪路凶神恶煞，他们谁也没有见过，只是觉得一筹莫展，只好等待。东隔壁家的阿姆，连连说她家云娥怎么还不回来，云娥怎么还不回来？不时地往摆渡口张望！

云娥是周山浜一家纱厂的女工，每天一早提个搪瓷饭琴（一格擦一格的）出门，渡过塘河到工厂上班，晚上天黑前回家。这天傍晚，云娥提着饭琴架子，蓬头散发、失魂落魄地从塘河摆渡口方向急步回家来了。正在场上等待消息的人们，一拥而上，问她城里轰炸情况。云娥坐定下来，大家才看清她脸上、身上血迹斑斑，满是灰土，围裙被撕去了一半，裤子、鞋子满是发臭的烂泥，我们孩子自然挤到了她跟前。只见她一拍巴掌，好像在自言自语。大家叫她松口气，她家阿姆端来了一碗温开水，说不要着急，已经回到家了，回到家了。云娥缓过气来后，大声说，不得了啊，不得了啊，纱厂炸掉了，面粉厂炸掉了，厂房、机器都给日本赤佬的飞机炸掉了，城里到处丢了炸弹！赤佬飞机来时，女工都往外面逃，等听不到飞机声，以为它们走了，没有事了，就回车间去。我走得慢，刚回到车间门口，就听到飞机声又来了，接着听到一阵阵呼啸，马上就落下炸弹，轰隆轰隆地厂房被炸平了，机器被炸烂了，车间里的人都被炸死了，血肉横飞，一片火光，黑烟乱窜，我被死人和木柱压住了，吓得昏过去了。醒过来时压我身上的木柱已着火了，我拼命地爬了起来，被浓烟熏得气也透不过来。四周炸得已让我不辨天东地西，附近的村子房子都炸塌了，死猪死人血肉模糊，满地横躺。我吓得不认得路了，跌跌撞撞、木知木觉地竟往长大厦（周山浜东的村子，我们村在东北面）那面跑去。后来我在野里转来转去，总算转了回来，到了摆渡口，可那个老不死的摆渡的就是不肯给我摆渡过去，我急哭了，气得大骂，才算把我渡过了河。说着说着，云娥竟是伏在面前的小桌子上掩面而泣。大家安慰了她，说大难不死，这条命是捡着了，叫她好好歇息，她家阿姆就把她扶进了屋里。众人一小堆、一小堆，一面议论，一面慨叹，不久就散开了。

这时我爸爸还在城里，不知情况如何？我母亲急得在屋里暗自落泪，老祖母倒安慰我妈妈不要着急。晚饭过后，也不敢像平常那样点个油灯。我家的邻居婆婆，她晚饭后总要和我祖母说会儿话的，这天就谈她住在城里的儿子媳妇一家不知如何了，很是着急。正要睡觉，突然屋外一阵脚步声，随后人声嘈杂起来。我母亲从门缝里看去，像是军队，后面跟着几位村里的老人，妇道人家不明村里发生了什么，夜里也不敢出去打听，邻居婆婆趁黑摸了回去，这样不安地熬了一夜。第二天一早，我母亲就闪身出去打听情况，原来夜里开来了一队败兵，约 20 来号人，要驻扎在我们村里。村里老人们商量后，就凑了一笔钱塞给了他们，让他们在我们前巷后面的后底巷安置下来。早饭前，只听得响起了一阵嘀嘀嗒嗒的喇叭声，大人们说，这是老坟那边的军队在吹号操练呢。老坟过去是埋过死人的地方，后来成了东西两条巷之间的通道，边缘的几个坟头都被铲平了，老坟就变成了一块平地，平时长满了茅草。我们几个小孩与大人拥过去一看，只见几十个头戴鸭舌帽、身穿深灰衣服、腰束皮带、排着两列的陌生人，在老坟南头竖起了一根竹竿，上面已升起一面旗，旗杆旁边支着十几条长枪。他们排着队唱着歌，然后开步走，又跑起步来，"一、二、三、四"地叫喊起来。我们小孩从未见过这等模样的人在村里活动，十分好奇。但是大人告诫我们，不能靠近他们，这是些从前线败下来的乱兵，是要抢东西的，他们会把小孩拐跑的。白天大人不许我们到外面去玩，把我们关在家里。第二天早晨，老坟上又响起了喇叭声，我们踏着薄霜，又赶忙跑过去看他们升旗、唱歌、跑步，旁边仍是支着十几条长枪。这些败兵还算好，白天也像我们小孩一样，大都被关在房子里，不大出门招惹是非。第三天早晨，村子像往常一样平静了下来，不见了军队吹号、操练，听大人们说，他们连夜开拔走了。

但是，随即整天传着日本赤佬要冲来的消息，村里的人显得惊慌又无奈。一天夜里，突然我姑夫闯进了我的家，大家吃惊不小。他家在东北塘东北面的水渠里，离我家有七八里路，种田为生。他们也知道了无锡城里大轰炸，外地早已传说日本赤佬奸淫烧杀，无恶不作。他和姑母商量后，要把我接到他家去避难，那里离铁路远些，偏僻安全一些，母亲和祖母商量后，觉得局势已经紧急，还是离县城远一些好，于是同意姑父接我去他家避难。姑父见祖母和我母亲都同意，二话不说，拉了我就走。我跟着他，他一个壮汉，大步流星，我一个小孩，如何跟得上？走到巷口，他蹲了下来，索性让我爬在他的背上，驮了我就走。这时野里一片漆黑，全凭脚下泥路发出的微光走路。姑父觉得日本赤佬好像就在后面追赶似的，背着我走得很快。快到近东北塘南的陈巷时，他一脚踏瞎，踩到引塘水灌田、横路而开的水沟里去了。他一声"哎哟"，身子立刻趴了下去，我则从他背上翻跟头地滚到路边的小麦田里去了。他赶忙把我抱了起来，问我跌疼没有？又把我背到背上，当时我吓了一大跳，感到头疼，没有吱声。后来他们对我说，来到他家里时，我竟是在姑父背上睡着了。第二天醒来，看我没有什么异常，姑母就给我讲了姑父和我夜里跌跤的事，幸好我只是跌到了左边小麦田里，要是往右翻跟头，就翻到路边的池塘里去了！

第二天一早，我母亲来到姑父姑母家，传了老亲娘（祖母）说的话：说战乱年头，孩子还是跟妈在一起好。姑父姑母明白我母亲的意思，也不强留，稍稍耽搁了一会儿，母亲就领我回家了。回到家里，就听大人议论，日本赤佬杀人放火，要冲来了；还有传本地的"游击队"要在路旁树林设伏，"碰碰"日本赤佬。当时所谓本地的"游击队"，其实就是附近几个村里平时游手好闲的无赖小子组成的土匪队伍，头头是村东全旺村的无赖"硬毛头"，他们不知从哪里弄来了十几支"盒子炮"，这"盒子炮"也叫"廿发头"，一撒就是二十发子弹。这帮人平时枪系红绸带，插在腰间，偶尔成群在村人面前经过，神气活现的，谁敢惹他们？

他们早就在干着打家劫舍的勾当，这村的土匪给邻村的土匪走穴踩点，说哪家哪家可以去抢，那村的土匪给这村的土匪说哪家哪家可以去"烧屁股"，甚至绑票，村里人不敢冒犯他们。大人和我们小孩一谈起他们，就恭称他们为"游伯伯"，免得我们瞎说触犯他们。他们抢劫的方式是：一到黑夜，几只乌篷船偷偷摸摸地摇进村里河浜，停靠下来，"游伯伯"们拔出盒子炮对空"叭叭叭"地一番射击，算是信号。这时村里人知道，土匪来了，家里大门虽然早就闩上，但是乡下人的大门是几脚就可以被踢开的，所以他们大多心里发毛，只好听天由命地守在大门后面，从门缝里张望外面的动静。十几个蒙面汉子从几只乌篷船里跳到岸上，立时分散开来，冲向各自早就定下的抢劫人家，掳掠一批钱财、细软，一时三刻就满载而归，钻进乌篷船，飞快地摇出河浜，一会儿就消失在黑糊糊的塘河里，不见了踪影。现在听说这批土匪要"碰碰"日本赤佬，但是赤佬比"游伯伯"多，"游伯伯"们游击一下，四面散去，可哪也跑不去的老百姓怎么办？有枪的"国军"已是溃退，逃得无影无踪，真让老乡一筹莫展，人心惶惶啊。

中午时分，不知哪位邻人指着天空大喊：快来看，快来看。大家跑到屋外抬头一看，只见空中飘着一批白色透明的圆形物，慢慢地向西南方向飘去。过了一会儿，又是一批慢慢地在空中飘过，原来这几天正刮着东北风，接着又是一批。后来才知道，11月中旬，日本赤佬兵分两路，一路沿着铁路、运河经过已经占领的苏州向无锡进逼，一路则从常熟白茆口即十二圩港（今属张家港市）登陆，斜刺插向无锡。这时正好刮起东北风，无锡县正好处在白茆口西南面，于是日本赤佬放出气球，气球向无锡城飘去，成了在白茆口登陆的日本赤佬杀向无锡城的风向标。

乡里人见到这种乱象，知道一场灾祸已是不远，夜里不敢在家里睡觉，于是留下老人，年轻一些的就拿了几张芦席、棉被，躲到附近大坟堆里去过夜。这大坟堆村子东面有十多个，有的大些，有的小些，每个坟堆边缘与中间，长满了高大的翠柏和冬青树，在村子里望去就是原野里的一片片的小树林，坟地里茅草丛生，叶子开始变黄，还有各种杂树长满四周，树叶黄了，但尚未完全凋零，而翠柏与冬青树则是常年碧绿森青的，就是冬天也是如此。我家与几家邻居找了离道路稍远一些的坟堆，铺下芦席、被褥，和衣而卧，从坟堆外的路上看，即使是白天，也是看不见里面有人的。说和衣而卧，其实大人夜里是根本睡不着的，他们随时注意坟堆外面的动静，和村里老人保持联系。这样，白天黑夜在坟堆里躲了一天。大家见夜里和白天没有什么动静，就纷纷回家了。

烧杀与屠城

谁知回到家里睡了一觉，天刚发亮，情况突变，我们的村子被日本赤佬包围了，人们已跑不出去了。接着听见了几声步枪声，大门外面，日本赤佬哇里哇啦阵阵乱叫，一个汉奸帮着吆喝，叫所有居民到河西巷集中。西浜村有六条巷，河西面三条，河浜尽头是观音堂，观音堂后一条巷叫后底巷，观音堂左边一条巷叫前巷，东距前巷大约 50 米处又是一条河，河浜后面是荣巷，前面讲的"老坟"就在后底巷与荣巷之间，全村有 300 多人。村里在观音堂里办了个小学，两个外村来的年轻老师这次与大家一样，头天晚上回到观音堂里睡觉，早晨起来一听说赤佬来了，披了衣服，就从观音堂后门奔到后底巷，过了后底巷就往荣巷那边跑。赤佬见有人逃走，哇哇大叫。两人只顾逃命，已跨进荣巷后面的小麦地里，赤佬见状，立刻端起长枪，叭叭两声，两人应声而倒，死在麦田里了。后来听老人说，两个教员被打死后，几个横着枪的日本赤佬赶到荣巷，一阵乱叫，村里人开门出来，赤佬挥着手势，叫他们往西去，一个见不得这种恐怖场面的惠姓老人，拔脚就往东跑，赤佬拉起枪来，叭的一枪，就把他射死在荣巷东头。这还不算，两个赤佬叽里咕噜了一下，就从场上稻垛里抽出好几束脱了谷的稻草，划起火柴点燃稻草，就往中间一家屋里、屋上丢去，房主人摇手上去阻拦，立刻被赤佬用枪托劈头盖脸地砸去，一会儿就昏死了过去。乡下人的房子架子是木柱木梁，很多是用芦席隔墙的，遇火就烧，众人眼看着自己房子被点着了，要去救火，都被赤佬用刺刀挡着，枪托砸着。妇女呼天抢地大哭大叫，男人也号哭起来，但都被赤佬刺刀逼到了河西巷，这时荣巷已是浓烟滚滚，火光融融，后来是碎瓦断墙一片，一条村子被烧得只剩下半条了。

我母亲得知日本赤佬要把大家集中起来，估计没有好下场，于是让我躲到后造的阁楼上，交代我没有人看到不要自己下来。我躲藏的阁楼是十分简陋的，这是在房子两个三脚架之间钉上一些木板，堆放一些旧家具的地方，如果我藏在家具之间，万一给日本赤佬发现了，反为不美，所以我母亲叫我别躲得太死，万一被发现就从梯子上下来，于是我就忐忑不安地一直站在搭着梯子的地方，两眼一直盯着进入后屋的门口，等待什么意外发生。母亲早就在堆柴小屋的底下秘密挖了个洞，透气处在连着外屋木板隔墙的缝隙处，因此上面即使堆满了东西，也无碍处，她和我的刚满一岁的弟弟，就躲在这个地洞里。我正感到有些饥饿的时候，突然听到我家的大门被踢开了，接着是几声哇哇乱喊，我知道日本赤佬进到我家了。赤佬叫了几声后，就往里面走，凭着他的脚步声，我想他走过二门了，走进灶间了，走到我的对着小天井的房间和我妈妈的房间了，他在那里踢了几下，又往里边走了，走到后屋了，哎呀，进来了，我的心要跳出来了，我见到他了，一顶窄顶帽，一身黄呢军装，一双大皮靴。他踢了几件旧家具，走到我家的坐马坑旁，就回过身来，往阁楼上一看，他的两道凶光直向我射来，四目相对，我突然感到一阵眩晕。只听得他对我大吼，做着手势叫我下来。我按照妈妈原先的吩咐，就沿着扶梯爬了下来，一落地就往外面走。快走到二门口，后面的赤佬跟了上来，一下就冲到我的面前，操起他靠在门口的上了刺刀的步枪，逼着我的胸口，哇啦哇啦大声嚷嚷。我一个小孩，哪里见过这种世面？哪里经得起这种威吓？我的心顿时要跳出来了，卡住喉咙了，我要昏厥了。但我马上记起母亲对我说的话，真要碰上日本赤佬，你就对他摇摇手说：

我们没有枪的，没有枪的。于是我对面前用刺刀逼着我的日本赤佬摇摇手说："没有枪的，没有枪的。"赤佬对我又是叽里咕噜一通，我还是摇摇手，用惊惶的声音对他说："没有枪的，没有枪的。"日本赤佬刺刀逼指我的胸口喊话，足足有半分钟时间，在这半分钟的时间里，我的脑子里除了"没有枪的"四个字，全是空白了，也许脑子已经死去。这时隔壁的瞎婆婆在门外听到了我遭遇上了日本赤佬，就呼我小名说：剑平到我这里来，到我这里来。我巴不得有人叫我，不等端着刺刀的日本赤佬的发落，就往门外跑。我见瞎婆婆身束一条油腻得发光的青色老布围裙，坐在一张竹椅上，两手理着一把乱麻丝。我叫了她一声，她连呼我小名，叫我快到她身边去。日本赤佬听见有女人声音，就跟了出来，见是个瞎老太婆，就往别处去了。我搬了张小板凳，坐在瞎婆婆身边，想想刚才的情景，真是满身惊恐，于是我就把头钻到瞎婆婆的围裙里面，闭起眼睛，瞎婆婆一再安慰我叫我别怕，有她在呢！过了一会儿，西面又有赤佬过来，走到瞎婆婆坐的地方，哇啦哇啦就叫，我惊恐地把头探了出来，原来他的吠叫正是冲着我来的，他一面叫，一面挥着往西去的手势，意思是叫我到河西巷去集中。这个赤佬糟红鼻子，满脸横肉，他腰间挎有一把战刀（我们那时叫指挥刀），他身材胖墩矮小，所以他走起路来，竟是拖着指挥刀走的，刀鞘在路面上拖刮，发出咯咯咯的声音，显出可怕的威风与一身杀气。

我无奈地站了起来，见到东北边黑烟滚滚，散向西南，空气里是一股股呛人的焦味。我往东走过几家人家，看到荣巷正在燃烧，浑身一阵阵激灵，然后是沿着各家各户的墙脚，颤抖着往巷西走去，没有见到哪家屋里有人。隔河向河西第三条巷望去，终于看见了乡亲们被赶到一起了，只见大堆大堆的人坐在地上，等待什么，四周有日本赤佬站岗。走到河边时，有个邻居老太从屋里艰难地跨着步，慢慢地走了出来，是赤佬叫她出来的，看见了我就说，你去哪里呀！我指了指河对面。她说你想法躲起来呀，你到那边去是寻死路呀！我是老了，被逼得没有办法了呀！可是我好像已被赤佬的眼睛盯上，不得不前行，于是索性就拉了老太的衣襟前往河西巷。临近河浜的观音堂，只见堂前空地横着几个血肉模糊的人，他们是谁，死了还是活着，吓得我与老婆婆侧着头，掩面急行，而观音堂里还不时传出一阵阵惨叫声。来到集中地，老老少少大约有一二百人面东而坐，面对老乡，日本赤佬架有两挺机枪，另有五六个持枪站岗的赤佬，散在被围人群周围。观音堂那边的阵阵惨叫声，这里听得分明，令人揪心，老乡们个个垂头丧气，满脸恐惧，自己是死是活，也是命运未卜。在刺刀、机枪迫胁下已是一个上下午，真是让人像过了几十年了啊！这样的局面直到太阳西斜时才有了变化，先是老乡周围的五六个持枪赤佬相互嘀咕了几下，撤了下来，接着是几个赤佬把两挺机枪提了起来，排着队往观音堂后面去了。老乡一见赤佬撤了，像捡了条命似的赶忙四散开来，不少人往荣巷奔去，我也随着大流去了，只见荣巷已成一片断墙瓦砾，黑烟呛人。荣巷的一些乡亲找到了自己已被烧光、无法安身的家，就在烧烂了的门槛旁边踏脚拍手地号啕大哭起来。我祖母也已回家，告诉了我母亲赤佬已撤走消息，她就同弟弟从地洞里爬了出来，赶到荣巷，荣巷是母亲的娘家。我舅婆（姥姥）、舅舅的家坐落在荣巷东头，他们的房子（和荣巷西头的几间房子）竟是奇迹般地保存了下来，逃过了一劫，人也平安。巷上不少人家，与我家都有一些亲戚的关系。我母亲把我从荣巷拉了回去，大家一天没有吃东西了，她就烧了一大锅饭，让我和祖母在家先吃，自己就盛满了一筥箕饭，分送到荣巷的亲戚家里去了。第二天，巷上的人传说着昨天一天，被日本赤佬枪杀、刺死、上刑折磨、糟蹋而死的共九人。两个被射杀在麦田里的小学教员，一个想逃走而被射杀的荣巷上人，两个被折磨死后抛尸在观音堂前空地上的村民，两个上老虎凳后死在观音堂里的人，两个被日本赤佬强奸后死在河西巷南头独门独院里的女人。我家前巷最东头的一个姓缪的人家的女人，在这之后经常出门来到场上，踏脚拍手地"杀千刀、杀万刀"地大骂，她男人就把她拉回去，开头我们小孩好奇，围上去看，几次之后，我母亲就喝令我们小孩走开，不许再去观看，只说她有病。后来得知，这位邻居被日本赤佬强奸了，发疯了，一年后就死去。

几天过后，我爸爸突然逃回家了，他说老板叫他和另一伙计看店，现在城里大轰炸，谁还敢在那里等死啊！他瘦得只一把骨头，家离城区虽然不远，但东躲西藏，已好几天没有吃饭了。祖母、妈妈见爸爸活着回家，自然欢喜。后来说起日本赤佬拿装着刺刀的枪对着我的胸口，哇哇乱叫，我母亲正躲在附近柴堆下的地洞里，听着赤佬对我大喝，吓个半死，正想冲将出来，听见隔壁瞎婆婆的叫唤才罢。她学着赤佬对我的吼声，后来经大家对赤佬的语音进行辨析，原来日本赤佬喝问我的话是"花姑娘的有？花姑娘的有？"

这是我亲身经历的1937年11月初冬的事，其时我的年龄，按乡下人的说法是叫名7岁，而实足年龄正满5周岁。几十年里我做着两种噩梦，它们成了我梦的原型，其中之一是常常梦见持枪的日本赤佬在阁楼上追逐我，在田野里堵袭我。

抗日战争70年过去了，我查到20世纪90年代出版的《无锡县志》，它简要、真实地记录了1937年初冬时分无锡沦陷的惨状，和我的经历可以相互印证，现摘录转述于下：

10月中旬，日本赤佬加剧对无锡的轰炸，飞机轰炸了火车站、惠山、周山浜、戚墅堰、庆丰丽新纱厂，厂房设施全被炸毁，死人无数，仅10月28日，一次轰炸就死伤200多人，一个防空壕被炸坍，40余人全部遇难。

11月起，敌机滥炸市区、孔庙、省锡师、竟志女校、普仁医院等地。上海《密勒氏评论周报》刊有普仁医院的美国医生日记片段："11月10日，日机轰炸，今天是最凶的一天了，投掷的炸弹至少有一百几十枚（140多枚），多处起火，被炸的地方有惠山、工厂区以及水西门外一带。惠山的军用医院中弹，伤兵多人被炸死，工厂区内的平民的死伤，更不计其数。送到医院来的平民伤员都残缺不全，惨不忍睹。11月12日，今天是恶魔的日子，炸弹击中了医院……医院上空都飘着美国旗……医院的工作已无法进行了。"不少城市居民逃亡四乡。

11月15日，无锡县长率县府机关过西乡西遁，城门四闭。

11月23日，日本赤佬一路从苏州沿运河进攻无锡，一路从白峁口登陆。他们一路烧杀掳掠，在无锡许巷上，全村有223人被日寇用机枪扫射而死，仅有一个婴儿活着，据说是他母亲用身子压着他使他活了下来。24日，日本赤佬继续在无锡城郊各乡奸淫烧杀。堰桥一妇女被奸淫后，赤佬用刺刀乱戳她的阴户、割去她的双乳而死。"鸭城桥被集体枪杀40余人，新安魏巷上一次射死20余人。"23日夜，维持无锡秩序的宪兵一团西逃，无锡遂成空城。24日前后，大批中央军溃退过锡，自早至晚两昼夜。24日下午，日寇先头部队百数十人窜入无锡城里，占领城区。

11月25日，无锡沦陷。日本赤佬设24个中队，四出杀人放火，奸淫杀掠，进行屠城，残忍至极。26日起，无锡"大火连烧十昼夜，自三里桥经北塘到老北门，从火车站到工运路，城内从老北门到三凤桥等繁华市区建筑，尽付一炬。12月9日，日寇纵火申新三厂、广勤纱厂。至此，无锡主要工厂、主要街道商店、主要建筑、校舍、银行、医院、戏院，尽成废墟，市民被惨杀千余人。真是尸横街头，骸填河渠。周山浜长善坊胡斌君等84人被杀，丽新路70余人被日本赤佬机枪扫而死。城区有韩慕荆为救护妇女被赤佬刺杀后抛尸流芳声巷河中，小娄巷居民胡佰铭为扑救烈火而被活活投进火海，中市桥漆匠华喜宝为了不愿受辱，自焚住宅，一家祖孙三代男女7人，以身殉难"。

腥风烈烟，裹卷大街小巷，无锡经历了千年不遇的浩劫，成了死城！

《无锡县志》说，据不完全统计，仅仅 1937 年 11 月前后初冬一个多月，无锡死于日本赤佬暴行的有 14150 余人，烧毁房屋 65600 间，半个世纪发展起来的无锡民族工商业，被日本赤佬摧残殆尽，全县损失财物达两亿元以上。

到处是血腥、死尸、焦烟、断垣残壁、逃亡与屈辱、叹息与迷惘！这冬之殇！1937 年无锡的初冬！

（原题《直面战火的童年》，原载《文汇报》，2007 年 7 月 8 日）

梦断乡关路，犹忆乡情深

乡关何处

"日暮乡关何处是，烟波江上使人愁。"古人回到故乡去，路远山遥，薄暮时分，看到江上升起烟波而愁绪满怀，但是他还是有家可回。而我呢，如果现在我真要回故乡看看，可我的故乡在哪里呢？真是关河梦断，乡关何处？

我的故乡，一块充满水乡灵秀的江南土地，在近三十年来的工业化过程中，从地面上消失了，而且消失得是如此之快，不可抗拒又让人带着无可奈何的惋惜，永远地消失了！

"大跃进"年代，农村公社化，又要田园化。为了首长们从飞机上看下来，田地的确是整齐划一、锦绣一片，于是乡里领导做出了田园化的规划，一条线画到我家老屋。结果是拆了房子，从我家老屋下开始挖河，把挖出来的土，填了东边那条通向塘河的河。其实这条被填的清澈的河，离我家老屋仅 100 米左右，河浜相当宽阔，平常年头，河水最深处大约有 2 米半到 3 米深，老乡喝水、灌溉农田全靠着它。那年农民们真是"意气风发，干劲冲天"，于是就有了挖了西边土，填了东边河的伟大创举！也正是那年，故乡田野里的森森青的柏树林，坟头一圈圈的冬青树，河道两边的楝树与各种杂树，村头的百年乌柏树、老山杨树，村里屋前一片片青青的竹林，高高的野桑树和野杨梅树，好多棵粗壮的枣树，一丛丛的木樨花藤，一棵棵栀子花树、桃树，全都被挖光、砍光、烧光，为炼出几块破铜烂铁做出贡献了！

20 世纪 80 年代，故乡农村大办工业，一时成了全国乡镇企业的龙头，获得了"华夏第一县"的美称，谁不羡慕啊！我这个远在外地的游子也好兴奋！1985 年初夏，我乘长途汽车从扬州到无锡故乡，在苏北沿江而行，我看到农田里的大片小麦，和旧时江南已经长得一样好，油菜花金黄金黄的，连绵不断，河水清澈，相信时代是不断进步的，过去被认为是贫瘠的苏北，如今已是赛江南了。回到故乡，和童年期间的邻居聚聚，却看到那熟悉的田野里原本优质的土地，渐被荒芜，小麦地零零落落，我曾经在少年时代捕鱼捉虾的几条河流，全被污染，河水黄黑油腻，鱼虾不生了！"华夏第一县"，实际上也是"污染第一县"！到了 90 年代，乡办工业下马，工人回村，马上又转为农民，他们回家大规模地养牛、养猪，牛、猪的排泄物就地往河里排放，河道变成粪池，住在河边的人家，一年四季都要关紧门窗过日子，可夏天谁受得了啊！乡人每年写了提案设法交给市县人代大会，请求解决环境污染问题，全无回应。人代会议事日程上安排的是各种形象工程，大马路拓宽了，新官上任还要拓宽；盖了高楼了，但一定要比前任盖的楼还要高。乡下臭气熏天的污浊空气，也涌不到城里的漂亮办公室，而且谁会领着北京的高层领导，到污染恶臭之地做"调查研究"和"考察"呢？再说老外要圈地投资，那山明水秀的地方早就为他们准备停当了。总之，只管做锦上添花的事！

2005年我再次"回乡",看着老乡们拆除了低矮、阴湿的百年老屋,住进了已经像样得多了的砖房,用上了自来水,手里也有了两个钱,可居住的环境却依然那样恶劣,被臭气熏着、包围着,沿河到处是垃圾,土地乱糟糟的,田野竟是光秃秃的,真让人有一股说不出来的心酸!最近几年,听故乡人说,土地已集中到少数人手里,当资本玩着,囤放着。不久前原来的村子已搬了地方,住房集中了,房子条件好了不少,交通也称方便,在原来的村子土地上,一条沪宁高速公路飞架而过,出现了千人一面的集中的楼群、街道、各色小商店。这就是农村城镇化的过程了。但是那一小块一小块的田园、冬春季节随时换着颜色的麦田、红花(紫云英)田,夏秋季节的水淋淋的不断丰满起来的稻田,还有那桑树林、枣树、竹林、乌桕树、老杨树、栀子花、木槿花丛、野杨梅树、干棵丛、曲折的河流甚至河里的水草,都不见了。它们都曾是我童年环境的点缀,抚育着我的成长,它们给了我生命的第一次幻想,记录着我的生命的源头。可是,现在它们突然都已消失,永远都见不到了!我是从哪里来的呢?如果现在再想去寻找我的生命源头,那只能是一曲梦幻了!

我曾把我的童年的故事,讲给亲人、朋友们听,他们都要我赶快记下来,否则这段"历史"就会湮没无闻。乡关到处是乡情啊!

童年、少年时期那些经历过的、至今仍记得的东西,永远无法再现。但是往昔的年华可以在回忆中复活,而回忆不仅是再现,回忆还是美的,因为那远去的年华在主体的再度感受中,不仅有我的个人参与,而且还饱含了我生命的价值,它们可以化为叙事的愉悦。童年、少年时期,我生活在自然里、田野里,是半个自然的人,我承受着自然的雨露阳光,经历过那些如晦风雨,回忆那些自然变幻和人们的生活,就是我通过我特有的眼光与独特个性,在叙事中再次去感受那田野与自然,所以就具有独具个性的不可重复性,产生着叙事的愉悦之美,抚慰着自己的心灵。

但更重要的是,那时的乡间生活,虽然贫困、落后,但质朴的人际关系,却为我传递了千年沉积下来的一个普通人应有的德性,这就是血性与良心，同情与怜悯，质朴与坦诚。它们并没有高调的耳提面命，但却在相互的交往中，在那健康的风尚习俗的氛围里，以及我的自然的亲身参与中，有如无声细雨，滋润着我的心灵，让我去学会分辨善与恶、爱与恨、真与假，培植我的亲情、人情和幼稚的美的感悟，对社会、家国的爱，而筑起了我所以成长为人的精神家园。自然，精神家园是不断变化的，因新的时代因素而不断获得丰富的。

历史总是充满着个人的偶然性的，现代儿童和少年，不可能再遇到我的那些充满幼稚乐趣的童年故事，他们有着自己的更新了的环境与童年。他们可能被样式一致的高楼、大街、大商场和超市包围着。当他们长大成人时，也许他们只记得日本的动漫，再也不知道日本侵略者的真刀真枪，血腥杀戮，以至现在有的所谓知名画家，却像民国遗老一样，在文章里如数家珍般地重复着汉奸文人的"教诲"而不觉可耻。他们只会记得美国的"麦当劳"、巧克力派，美国大片中面目狰狞、手执刀枪的血腥残杀；或是看着跳舞的武装队伍，挥舞着一排排大刀，随着高亢的歌声，一路喊杀，培育着盲目的憎恨、隔膜，陷入相互防范、猜忌与孤寂；或是只知追求物欲享受、性感刺激，培育着失去怜悯与同情、血性与良心的心灵。今天人们道德底线正在急剧崩溃，新的准则难以确立，精神家园荒芜得很。只要社会诚信继续受到侮辱，那么我们的精神家园还要败落下去！

我还要说一声，关河梦断，乡关何处？

怀恋乡情，乡愁如海！

私塾里念前、后《赤壁赋》

1937 年冬天，日本侵略者占领无锡。次年秋冬，我 6 岁，进了村里的私塾。

这家私塾是我的一个惠姓亲戚办的，我要叫他舅公，比我大两辈，老先生的私塾开在他的隔壁人家铺着方砖的厅堂里。他先是教我父亲在城里给我买回来的"方块字",一盒有 100 张,从认识 10 个数字开始,后面是"人手足刀尺""干戈弓矢""父母兄弟姊妹""山河江湖""花木虫草",字旁都有图画,就是现在的看图识字了。100 张方块字学完,就让我读《百家姓》。先是教我开头四句,念熟了就回到自己的位置上,反复再念上几十遍,就去背。然后往下去再教四句,连着上面四句,念上几十遍,再去背。这样前后连接,循序渐进,大约个把月就全部背出来了。但是愈到后来,有好多姓氏笔画太多,单独的字让我念,我念不出来,于是我无师自通地按着次序背下去,背到那里,就会准确地念出声来,但这是蒙出来的,所以过后又会忘记。接着教我《三字经》,也是采用这种办法,那时我完全不知道里面讲些什么。

这年冬天,私塾南边的天井里,南天竺结果了,火红火红的,母亲告诫我,那果子有毒,是不能吃的。这时老先生因年老体衰,病得厉害,私塾就停办了。正好这时村里河西边也有一家私塾,来年春天,我就转了过去。老师张惠文,是近村年埭人,他那时带着一副金丝眼镜,身穿长袍马褂,在地方上是个交游广阔、有些势力和身份的人。一上课他就和我们讲了他和好几个村上的"游伯伯"去年在日本赤佬冲杀过来时,设伏抓住了一个鬼子如何血腥处置的故事,听得我们小孩毛骨悚然!他平常不来馆里,让一个 20 岁左右的青年人替代。这位青年老师一开始叫念我父亲为我买的不知哪个年级的小学课本,现在依稀记得有这样的课文,一是:"山上有塔,塔上有铃,地静路小没人行,风来摇铃鸟来听。"二是:"北风呼号,大雪飘飘,登楼远望,一片洁白。"三是:"白发老老,颠头颠脑,急急忙忙,要上木桥。桥高板窄,吓得心跳。两脚一软,扑通跌倒。孩子看见,吃惊不小,赶忙上前,扶起老老。一步一步,走过木桥。老人连说,多谢多谢。孩子回答,应该应该。"大约这些文字近乎顺口溜,小孩觉得有趣,所以念着念着,就记住了。特别是最后一个,既有故事性,也有幽默感,不断背诵,我母亲听了也懂,十分高兴。这些课文，70多年过去了，直到现在还记得。

念完这几课，张老师大概认为我已认字不少，居然要我念《古文观止》里的文章来了。他打开一本线装书，开头就要我学《前赤壁赋》。张老师先是让我跟着他念熟课文，花了不少时间，然后是抑扬顿挫、摇头晃脑唱着念，叫我跟着学，我是莫名其妙，跟着他唱着念，同室的小伙伴们看着我们两人那个样子，伸着脖子都笑了起来。张先生一转脸，金丝眼镜后面的两眼，寒光逼人，吓得他们都不敢吱声，缩回头去大声念自己的课文去了。这样一天一段，一天一段，个把月下来，我居然可以全文背诵了。但是文章里的好多字，像《百家姓》里的字一样，要我单独念，我念不出来，如果背着念，背到那个地方就能蒙出来是什么字，而且我对课文的内容也全然不解。张先生只留了句话：现在你还不懂，以后你会明白的。如果念前面的几个课文，对于小孩来说，有顺口的节奏感，带有些游戏的特点，那么学习《前赤壁赋》这类文章，简直是背着重负的长途行军了。但是背完《前赤壁赋》，张老师的助手还要我念《后赤壁赋》，他也是如此这般教我，最后我也之乎者也地背了出来。回家背给母亲听，母亲不知道我在念什么，只觉得好笑。《古文观止》所选220篇文章，其中不少文章我后来也念过，但是至今背得出来的就是这前、后《赤壁赋》两篇，真是年龄越大，就越能体会文章的妙处。当然有好多年不读古文，被遗忘了。但是20世纪80年代后，又把它们捡了起来，好文章真是百读不厌啊！这十多年来，我把那两篇文章当成训练记忆的方法，借着幼时的底子，不断地念它们、背它们，所以今天仍旧能够全文背诵它们。

在私塾里，一个私馆十多个学生，要每天轮流供老师吃饭的，这叫"供饭"。饭菜自然非同寻常，菜蔬是自家田里种的，没得说的，但总得有酒有鱼有肉，老乡平常要到过节时分才会设法去买些鱼肉，所以一顿供饭对老乡来说，是一种相当沉重的负担；此外年中、年终还要付交"束修"，不过不是过去的肉干，而是法币了。

在私塾里，我的同学都是同巷的朋友，有十来个人，年龄和我差不多大，还有好些孩子家里实在很穷未能进来。我和几个同学关系很好，常在一起玩耍。其中有"强盗阿荣"的一个孩子，和我特别要好。说起他爸"强盗阿荣"，并不是真的强盗，而是他长相蛮凶，长年在外县打工，仍是家穷。他的老婆是抢来的，乡下人叫"抢亲"。其实抢亲，也是由于双方穷困，女方又过了20岁，再拖下去出嫁就难办了，于是托人物色对象，见面后双方合意，就商定由男方暗中到女方家里去抢，这样男方可免掉彩礼、办喜酒一大笔开销，女方就免掉置办嫁妆的支出。听母亲说，抢亲的方式是这样的，夜里，男方约五六个小伙子扛着棍棒同去，一到村里，就吆喝起来，村民不知就里，一看这种架势，不知出了什么事，吓得都关上了门。新郎来到新娘家里，背起早已做好准备的姑娘就跑，她的父母在门口装模作样喊了几声也就罢了。五六个小伙子随后也喊了几声，为自己壮胆，拥着驮着新娘的新郎，跑回了村里。新娘在家里待了几天，就出来干活，和大家见面熟悉了，谁也不歧视她。她家后院里的蔬菜花样很多，还种了几棵"洋菊花"，一棵香橼树，这在村里可是稀罕的东西，不少人都去观看。我因同她孩子友好，常去她家后院，穿堂过户，就像在自己家里一样。稍后我长大了些，再未听说有"抢亲"的事。

秋天以后，我就同这位同学和其他朋友分手了。

洋学堂与"游伯伯"

初夏，这家私塾也停办了，于是在这年9月，我就转到邻村的全旺小学读书，这是附近乡里的一所完全小学，当时人们叫它"洋学堂"。全旺小学在村东的全旺村，这是一个大村，大都为朱姓人家，去到那里约有二里多路。小学设在村南的朱家大祠堂里，门口有棵高高的玉兰树，有一抱多粗，春天它开花最早，花朵洁白，花瓣和我当时的手掌一样大，香飘四方，周围几十米内就此一棵，它成了朱家祠堂的标志。在小学里，邻村路远的同学，中午可以吃包饭，母亲为我办完各种手续，就让我每天背着一个小书包，到洋学堂读书去了。

我们村里就我一人到全旺小学读书，所以早晨上学，下午放学回家，没有一个伙伴，就只我一人在田野里走着，在大路上跑跑跳跳，十分开心。有时专挑大路下面田埂走，寻找些花花草草，但也不免觉得孤独与寂寞。上学路上，总要经过几十米长、十多米高的干棵埂，据说那里出现过狗獾。到了初夏，干棵长得一人多高了，一片葱绿，秋天又转成青黄色。我怕从里面蹿出个什么野兽，所以当一人经过那里心里总不免有些胆怯，有时就加快脚步走，或是弄出一些声音来壮胆，或小跑经过那里。后来听说里面有鸟窝，就同村里的几个小伙伴专门出征，拿了棍子钻进了干棵埂，开出了一条弯弯曲曲的小道，结果什么也没有发现。有时放学后，我还特地钻进去冒险了几次，梦想得个意外的惊喜。

洋学堂和私塾不同，学习花样多得多，有国语、算术、常识课，有劳作、美术、音乐、体育课，我都喜欢。特别是体育课，大家感到新鲜，喊口令、排队、操练，下半课就分队赛跑，大家十分起劲。平常在祠堂东边的一排砖地上上体操课，祠堂南面有块茭白地，秋天茭白早收完了，地也干了，准备翻地种麦田。有一次移到这里上体操，又是分队比赛赛跑。我跑得很快，到头该回身了，可刹不住脚，竟跳上田埂，一下翻到下面的秧田里去了。秧田比茭白田低一米半左右，幸好田里的稻子早已割掉，地是湿软的。我跳下去，竟是两脚先着地，后来身子倒了下去，只是外衣上擦上了一摊泥，全然没事。后来听说，老师同学见我从田岸上掉了下去，吃了一惊，赶忙跑来看我，见我安然无恙，就把我拉了上来，哄笑了一通。

大约在朱家祠堂待了一年，学校就搬了家，搬到全旺村最西头的"硬毛头"（至今不知其名）家。"硬毛头"就是我们乡下的土匪头子，平时专干打家劫舍的勾当，老乡背地里还得叫他们"游伯伯"，得罪不起啊！我们村上有个干泥瓦匠的农民，因为有手艺，手头较一般农民宽裕，还盖起了楼房，新屋上梁时各色糯米团子抛了不少。坐在梁上的人先往东边抛团子，唱着："抛梁先抛东，紫微东来满堂红！"下面的老乡就抢。往南抛时就唱："抛梁再抛南，南极老星长寿翁！抛梁再抛西，王母娘娘来把蟠桃献！抛梁再抛北，北斗金星照新屋！"热闹了一番。乱世时候造屋这样排场，自然给"游伯伯"们看住了。一天黑夜，摇船来的邻村的"游伯伯"，跳上岸来，冲到他家，三腿两脚就把大门踢下来了，逼问他要钱。这个邻居不肯拿出钱来消灾，结果被"游伯伯"架了起来烧了屁股，屁毛烧了，屁股肉都烧烂了，躺了好几个月才好。我家在村上并不富有，也不是最穷的，"游伯伯"暂时没有光顾我家。主要因为我母亲心地好，勤劳，善良，富同情心，有的邻居春荒时期连粥都喝不上了，她会悄悄地送去一二升米；有时邻居向她要借块把钱急用，她也从不推托，总是解人危难。隔壁邻居兄弟困难时都得到过我家的一些照应，因此这位邻居的弟弟后来当上了"游伯伯"，暂时也不敢觊觎我家。

　　如今国难当头，可"游伯伯"们都富了，一到夏天，这些爷们都穿起了"香云纱"做的衣裤，一身光鲜，十分吃架！"硬毛头"发财后，就扒了自己的老屋，沿河盖起了三四间门面的楼房。可是他却不敢住进去，生怕日伪军来抓捕他，烧他的房子，于是他就令全旺小学搬到他家，让学校给他做挡箭牌。

　　早就听说日本赤佬要来烧"硬毛头"家的楼房，大人们十分担心。赤佬奸淫烧杀，烧掉我故乡西浜半条巷，凶残地杀死过我村多人，这时我心里也是不安与害怕，真是硬着头皮去上学的。说是赤佬要来，赤佬真的就来了。在新校舍，小学一年级的同学在楼下上课，姓邹的老师在管；二年级、三年级的同学都在楼上上课，由王姓老师管。一天上午，王老师正给我们上常识课，学校就被十多个手持步枪、装上刺刀的日本赤佬包围了。先是只听得楼下乱成一团，说是要烧房子，后来几个赤佬上楼来了，还跟有一个翻译。楼梯上咯咯的皮靴声，惊得我们心都咯噔咯噔地跳。这时王老师叫我们跟他大声念日文字母："啊依乌哀恶、卡克库开哭。"我们就拼命地大声跟着念。一个腰挎战刀的赤佬走到黑板面前，叉着手看着我们，不一会儿就和翻译嘀咕了几下，翻译走到黑板一端看了看贴在墙上的课程表，回来和那个赤佬不知说了什么，这个赤佬狞笑一声，就走到王先生面前，拉开手臂，对王先生重重地打了一记耳光。面对这种突如其来的暴行，我们一脸惊恐，吓得赶忙低下了头，继续大声念着日文字母，不敢再看前面发生的事。接着，几个赤佬和翻译就下楼去了。这时抬头看王先生，只见王先生左边嘴角鲜血直流。他一面叫我们继续念，一面用手抹了一下嘴角的血。大约十多分钟后，下面的老师上来说，日本赤佬走了，摆手叫大家停止念日文字母，这时大家才松了一口气，接着两位老师让我们不要乱走，他们就下楼商议去了。我们交头接耳，惊惶地小声议论着。大约一小时后，王老师上来说：现在估计日本赤佬走远了，要大家中午时分再离校回家，下午照常上课。我中午回家后，说起上午的遭遇和惊吓，母亲就叫我下午不去学校了，荒年乱世，一个小孩在野地里走远路实在危险。后来大人说，赤佬为什么打王老师，可能是翻译跟赤佬讲，这堂课是常识课，不是日语课，以为我们念日语字母是应付他们的。可是不应付又怎么办？他们嚷着要烧房子，下面已经乱了，也许是念了日文字母救了房子，也未可知呢！

这次赤佬来乡里、学校里骚扰之后，稍稍安静了一阵。后来赤佬、伪军发动了"清乡"，一会儿是一期"清乡"，一会儿又是二期"清乡"，企图消灭反抗队伍，同时大肆搜刮民财，强制领所谓"良民证"，在我们幼小的心灵里，种下了更多的仇恨赤佬的种子。说起"游击队"，我们巷上还真有人参加新四军游击队的。有个叫缪富泉的中年邻居，突然好久不见了，后来乡人说他"做工作"去了，那时所谓"做工作"，就是参加打日本赤佬的队伍去了。至于那个"硬毛头"，在乡里作恶多端，据说后来被正式的游击队收拾了。

在全旺小学，我念到四年级上半期，即 1942 年年底。全旺小学给了我现代知识，老师都是师范学校出身。像王先生、邹先生，都是多面手。王先生教国语、常识、美术、劳作课；邹先生教我们算术、音乐、体育课。搬到新校舍后，突出的印象是学校有了一架风琴，放在我们二楼，因为一年级还不教音乐课。邹先生一身学生装，白球鞋，显得很是英俊，有个年纪大我们好几岁的三年级女同学，对他颇有好感。有的时候，邹先生在黑板出了道算术题，先让一位男同学上去解题，这位男同学做不出来，邹先生让他下了台，接着就让那位大龄女同学去做，她在黑板上几下子就做出来了，于是邹先生对她大夸一通，表扬她如何聪明，等等。后来课余时间这位女同学常和邹先生嗲声嗲气地说话，这种时候我们可是捞不到和邹先生说话的机会的，这些"情况"我们小男生都看在眼里，有时还要相互间做个神秘的、极为短促调皮的眼色，表示不可言传的心领神会。

在音乐课上，邹先生总要我们先练唱 7 个音符，校准音域，然后再教唱歌。他弹琴十分熟练，我们课余时他也常坐下来弹琴，大家新奇地围着听，觉得很好玩。有三首歌我至今还记得，一是《春天这样好》，歌词是："春天这样好，春天这样好，园里开红花，地上铺绿草，蝴蝶双双飞，小鸟吱吱叫，我们早晨上学校，青山绿水看不了！"歌词很是好记，它描写了我们上学时的情景。屋前桃花，田里一片片紫云英，处处芳草，蝴蝶、小鸟满世界飞，映着远处青山，真个是山清水秀好地方。在上学的路上，有时就唱着这个歌，蹦蹦跳跳地走着。另一首歌是《月圆花好》，这是当时的流行歌曲，邹先生把它引入了我们乡间小学，我们这些二、三年级的小学生，对这首歌的词义大体已能领会一些，唱到"双双对对，恩恩爱爱"时，有些小男生忍不住会抿着嘴笑起来，等一下课，他们就放肆地互相对着大唱这几句歌词，这引得旁边的同学哈哈大笑，可惹得几个女同学微红了脸，别转了头。这首歌可能对于乡下孩子来说太超前了，它原是为那个时代十里洋场的上海滩上歌舞厅写的，大概那里是灯红酒绿，一片歌舞升平，我们乡间受难的日子和那里相比，真是一个天上，一个地下！

邹先生还教我们唱一首歌，是岳飞写的《满江红》。这首歌我真喜爱，其中有些歌词我不大懂，但有些我是懂得的。如"仰天长啸，壮怀激烈"，如"莫等闲，白了少年头，空悲切"，如"壮志饥餐胡虏肉，笑谈渴饮匈奴血。待从头，收拾旧山河"等句子，一经老师解释，就领会了不少。这首歌的曲子悲壮、激越，想起我曾面对赤佬刺刀，目睹村里人被奸淫残杀，一条巷被烧成废墟，《满江红》的歌声，正是我想喊出的声音（很久以后才知道这曲子是后人谱的）。唱着这首歌，我觉得虽然模模糊糊，但在精神上好像长大了许多，好像有了一种责任感，要收拾旧山河呢，只是还说不清楚。至于"莫等闲，白了少年头"，单从个人理解来说，那就是从小就应努力用功，不要老大徒伤悲，这是老师课上说过的话，我可一生记着。音乐像润物细无声的春雨，滋润着我们幼小的心灵！

一次，做了邹先生的小劳力

邹先生平常没有和我说过话，但有一次我成了为他出力的小帮手。

大约是念完三年级升四年级的夏末，就快开学了，一天中午，我正在村东头的舅婆家屋檐下的春凳（春凳是乡下人乘凉用的、可睡人的单人木床）上睡午觉，突然有人叫醒了我，我一看原来是邹先生，他说让我跟他到城里去领新书去。我见是先生让我干活，二话没说，也来不及和舅婆、母亲、祖母打个招呼，赤着膊就跟他去了。我们来到摆渡口，渡过了宽阔的塘河，上了岸，走上弯弯曲曲的土路，绕过好多个村子，他一路问我家庭情况，我一一回答了他。不一会儿，我们来到周山浜附近的"大检问所"。原来这时无锡四乡有了真正的游击队，新四军游击队，他们不时袭击日伪要人与武装人员。日伪军为了维护他们在城区的统治，发动了多期"清乡"，围剿抗日武装，就围着县城，在近郊区筑起了一道竹竿编就的围墙，叫"竹枪篱笆"，绵延几十里，在通往四乡的几个交通要道口，设立检查站，就是所说的"大检问所"。检查站筑有高高的瞭望哨，插着膏药旗，由赤佬把守。下面有日伪军，对进出的行人进行检查，搜索有无枪支弹药，等等。邹先生让我在检查站外面隐蔽处安顿下来，叫我不要走开，他进城到有关部门领取教科书，然后等他回来。我老老实实等了好几个钟头，直到傍晚时分他才拎着几捆书走出了检查站。于是我上去提了一捆过来，分担他的重负。我拎的一捆书虽然不大，但我毕竟是个小孩，况且百步无轻担，走着走着，我的脚步开始歪歪斜斜起来，两手不断交换拎的书籍；邹老师更是走得气喘吁吁，满身大汗，他的整洁的白衬衣竟是湿透了。走到我们村头，就停了下来，他让我回家。这时我母亲和邻人都围了上来，看到我安然无恙都放心了。邹先生向我母亲表示道谢，我母亲赶快递了碗凉茶给他喝了；他要了根绳子，把书捆成两扎，搭在肩膀上，要紧赶路，就匆匆走了。

　　下午我失踪后，家里大乱起来，有人说，我好像是给一个老师模样的人带走的，大概是帮忙去办事的，安慰我的祖母和母亲，于是她们也只好在村头等着，不住往摆渡口方向探望。我回到家里，自然受到祖母、母亲的严厉责备，说我没有"清头"，怎么临走前不告诉她们一声，让她们担惊受怕，打听了一个下午，要是碰上个"拍花党"怎么办？把你卖了还找得回来？以后不许我自说自话，随便跟人就走。我最近听大人说过"拍花党"这类事，这种歹徒专搞孩子，拿迷药在他头上一拍，孩子就糊里糊涂跟他走了。我心里也紧张起来，心想幸好碰到邹先生，要是碰到"拍花党"，那岂不要遭殃了！我自知做错了事，忘记了疲劳，只好细听她们数落我的不是。但当我把长长的"竹枪篱笆""大检问所"一说，她们倒是当成了新闻，骂着日本赤佬害人不知要害到几时，就把话题岔开去了。不过最后还是交代我要有"清头"，乱世年头，不能随便瞎跑，出了事，干系可不得了的啊！

我、黄狗与风筝

每个人都有自己的童年，每个人的童年过得又不一样。看着今天七八岁的孩子，上学、放学时，前个时候都背着一个背包，后来背包渐渐膨胀，越背越大，于是干脆将背包改成拉杆箱了，里面装得鼓鼓囊囊的。我问他们拉杆箱里都是书吗？他们说都是。我问他们都用得上吗？他们回答说，都要用的。我的一个邻居有个十多岁的孩子，放学回家，我很少见他出来游戏，他一到家就关起房门做功课，直到睡觉。我听女儿讲，我的外甥倒是很有反抗精神，放学后他一见大人给他布置作业，就要嚷嚷：我玩的时间都没有了！他懂得"玩"应是他的生活的一部分。

我想想我过去在农村度过的童年，可能比现在的孩子要快乐得多，虽然我那时吃不到现在孩子吃的雪糕、巧克力派，知识范围也不如现在的孩子书本知识多，但是精神上却是感到轻松的，我会自己寻找快乐。

初春时节，放学后，小跑还未到达村口，我拉着喉咙一声长呼："阿汉——噜噜噜噜噜——噜！"喊声未毕，只听得啪啦啪啦一阵乱响，一只黄狗就飞快地跑到我的身边，它又是摇头摆尾，又是围着我的两脚乱闻。这只狗是邻居家的，但我和它成了好朋友。我拍拍它的头，对它喝着：跟我来，跟我来，它就跟到我家里。我放下书包，和母亲打个招呼，拿起已经准备好的风筝就跑出大门，找了邻居的同龄伙伴，过了木桥，黄狗就跟着我跑到田野里了。我的风筝是六角鹞，也称乌龟鹞，开头是母亲教我的，后来我就自己做了。用两根一样长短和一根较短的芦苇秆片在中间一扎，用白线在三根芦苇秆头平均地拉住，一个六角形就出来了，然后用练习写大字的黄稿纸糊上，系上三纵线，风筝就做成了。风筝能否飞上天，系的三纵线很重要，三纵线系的一样长，风筝刚上升马上就会打转转掉下来；上面两根线过长了，风筝一飞上去，就会瘫痪下来。关键是中心的那根中线要稍长一些，形成一个小坡度，风就趁势把风筝托了上去，这都是后来邻居小伙伴教我的。调试时风筝下面还要系几根稻草，使之平衡。我们一过桥，看着风势，就往麦田里跑。

初春天气，小麦返青，有十多公分高，这时踩踏是不会伤到它的，大人也是不管的。我们一跑，大黄狗就跟着我们跑，有时我拿块泥土往前一扔，对它"嘘嘘"，它就拼命追过去，然后"呜里呜里"地等我跑去。这时风筝升高了，我们就快速地放线，等它有往下沉的意思，我们就再跑，阿汉也跟着跑，真是开心极了！这样在麦田里跑了好多个来回，我们和黄狗都跑得气喘吁吁的，于是收了线，收起风筝，慢慢回家。吃晚饭时，阿汉守在远处看着我，我偷偷地用筷子夹了几块饭或几口菜，丢给它吃，犒劳犒劳它，它吃得可高兴。

有时我们出去放风筝，还会碰到几个外乡人来我村打猎的。这些外乡人头戴绒毡舌头帽，穿了短棉袄，捆着腰带，扎着绑腿布，手拿铁铳，带着一只猎狗，就冲进村子的小麦地。我们十分好奇，赶快收起风筝，跟着他们，看他们怎么打兔子，有时还有野鸡。阿汉见到猎狗，就在我们脚前脚后乱转，竖起尾巴，嘴里发出"呜呜"叫声，意思是这里是我的领地，你外地的猎狗怎么来了？猎狗见状，倒是礼貌三分，奔下了尾巴。我们跟着跑了一阵，猎人好像知道哪里有兔子藏着似的，三下两下就从小麦地里轰出兔子来了。兔子被赶出来后，拼命逃命，这时猎人用铁铳打去，轰的一声，铁制的散弹发射出去，好像没有打着兔子，于是他们调唆猎狗赶快去追。我们也在小麦地里跟着追过去，阿汉也跟着我们一个劲地奔，但是哪里赶得上兔子和猎狗的速度，跑了一段，只好停了下来。猎人见兔子不见了，只得呼啸一声，把狗召了回来。有时铁铳散弹打到了兔子，这时兔子已跑不快，猎狗才发挥了作用，追了过去，然后把一只被咬伤的兔子拽到主人面前。等猎人走远了，我们才拽着风筝和阿汉一起回家。

这个季节，不仅我们小孩放风筝，就是大人也放。附近村里的一些小青年，共同制作了个大风筝，是个两人来高的蝴蝶鹞。骨架是竹竿做的，翅膀是用旧布缝的，线是好几捆小指粗细的麻绳，大风天，风筝飞起来了，在空中左右盘旋，吸引了很多人看。到傍晚时分，青年们慢慢地把风筝拉了下来，平均分段地系上20多个点上蜡烛的灯笼，又一连串放上去。天黑后，风筝看不见了，从远处看就看见一溜天灯在高空中晃悠，孩子大人聚在场上，阿汉也在，要观赏好久。有时傍晚放，风筝放得很高，但是也有断线的时候。这时，只见风筝在空中翻转打滚，飘到老远老远的村子那边去了，我们一些孩子好奇，结伴追去，呼啸一声，阿汉立刻跟着我们乱奔，追了一会儿就回来了，因为断线的风筝飘得实在太远，到第二天才听说它飘到了哪个村子，那里离我们村可有三四里路呢！

初春季节，放了晚学后，正是我拿着风筝和阿汉瞎起劲地奔跑在田野里的开心时光！那"阿汉——噜噜噜噜噜——噜"辽远的呼叫声，至今还在我的耳边回响⋯⋯

野菜鲜　割草忙　麦收时节莳秧时

我父亲在城里一家纸铺店工作，这纸铺店老板是我巷上的一个亲戚，是我外公的侄儿，他年少时，在乡下受过我外公的培养（我外公在乡下算是个有学问的人，但是个封建脑袋，本着传男不传女的规矩，没有教他四个女儿读书识字，却培养了侄儿），后来发迹了，就把我父亲招为店员。我父亲十分卖力，主动帮助店里做些重活，累得吐血，回家休养了一阵。由于他受过几年私塾教育，写得一手好字（毛笔字），后来就被提拔做账房先生，所以家里是有些零用钱的。我母亲和我们在乡下务农，生活也还可以，我家有六七亩田，其中三亩是金粮田，就是说这田完全是自己的，从祖父手里传下来的，专种小麦、稻子，每年完个税就是；其他四亩多是向一个住在城里的田主租的，有水稻田，但大部是桑树田，每年要向他交租。每年深冬，田主就派代理人下乡，通知佃户哪天来船收租交大米，叫我们准备准备。几天之后他来到我村收租，到我家时，我母亲还要煮两个鸡蛋给他当点心吃。我母亲那时年轻力壮，包揽了全部农活，种田和养蚕，当然在种田方面，她一面劳动，一面做"组织工作"，入夏麦收、翻地、车水、平整土地、插秧、耘稻，秋天割稻、翻地、种小麦，都得请人帮忙打工。至于养蚕、采桑、"上山"、落茧、卖茧，都由她一人担当，我、姐姐和祖母，就当上了帮手。

我母亲聪敏过人，在生了弟弟后，她仍住在正房里，就安顿姊姊睡在靠近厨房的明瓦（当时乡下以鱼鳞代替玻璃）窗前，我和祖母睡在二重门后的一个壁角落里。一个深秋的晚上，我准备躺在老祖母的脚跟头睡觉时，她撩开帐子准备吹灭油灯，可把帐子撩到了火苗上，帐子马上着火，火星变成火团往上直蹿，一下子就着了一大片，封住了床沿。祖母慌了，大叫我母亲："火着了，火着了！"我也呆了，直往床的里边缩。这时我母亲跑出房来，劈见火光，立刻顺路跑进厨房，拿了一个大盆，从水缸里一扣，很快盛满了水，奔向我们的床边，向往上直蹿的火苗哗的一泼，大部分的火被浇灭了，然后叫我们赶快下床，她又去盛了一大盆水，再来一泼，火居然全被浇熄了。这时姊姊拿来油盏灯一照，喝，被子都泡在水里，湿透了，我和祖母全成了落汤鸡，这全靠母亲的快速反应，当机立断，避免了一场火灾！以前我见母亲每天傍晚，总要把厨房水缸的水挑得满满的，我说缸里还有水呢，干要天天挑水？母亲回答："老话说：'穷柴仓，富水缸，没有错的，真要用起水来，只恨嫌水少呢！'"她没有挑明"真要用"的意思，比如家里"着火"这类话，乡下是忌讳的，我也半明不白。这次她即使不说，我也可真正懂了这句"老话"的意思了！每晚要把灶仓里的乱柴收拾干净，而水缸可要挑满水的！

春来大地，田野一片碧绿。放学后，妈就叫我和姊姊去挖野菜，我们拿了篮子和斜锄，就往地头、田埂跑去了。春天先是马兰开始，地头埂边有的是，是挖不完的，马兰味道清凉，有时挖的很多，洗净晒干后，做马兰干藏好，冬天菜蔬少的时候吃。往后是荠菜，到处都有，路边、田埂边多的是，大约桑树田里的土比较松软，我们常去除草，所以那里的荠菜又大又嫩，吃起来清香无比，连它的根也是清香的。再往后是金花菜，肥肥嫩嫩的，一会儿就可挖满一篮，金花菜不如荠菜清香，但味道鲜。春天加上自己种的过冬菜，吃菜的花样是不断翻新的。

农历二、三月间，小麦一片青绿，田埂上野草丛生。放学后母亲让我拿把小镰刀和篮子去地头割草，将割好的草倒在我家地头的凼里，然后请人挑去家肥沤肥。几天下来，草倒割了不少，邻居还夸我十分卖力，谁知一次割草，左手抓得太低，右手的镰刀一拉，竟拉到左手的食指上端，一时鲜血直流。我扔下镰刀和篮子，右手按着伤口赶回家。母亲见我左手食指鲜血直流，吃惊不小，又直怨我笨，割草竟是割到手上去了，然后用干净棉花（不是消毒棉花）和布条（当然不是绷带）给我包扎，让我在床上躺了下来休息，并且要尽量把左手举起来，要高过头。这办法还真有效，一会儿，血就停流了。割破手指，出血不少，为了慰劳我，晚饭时专门给我炖了一碗鸡蛋羹，当然姊姊弟弟只是少量分到一些，这可是我的意外收获了！

这时节小麦在拔节，田边的蚕豆已长高了，开出紫色的花。有时我同邻居的孩子，采集几朵蚕豆花，扒了开来，吮吸它的底部，可以吸出花蜜来，当然这蜜是淡淡的，但觉得好玩。到农历三月中下旬，蚕豆一溜一溜地长得饱满了，几个孩子出游时就抓了几把，剥了生吃，一面还唱着顺口溜："蚕豆荚荚，大家吃吃……"一面剥吃，一面哈哈大笑，这是谁都管不着的。

小麦抽穗时，稻谷浸种早就开始，秧田已经做好，平滑如镜，等稻种起芽，播谷就开始了。真是灵验得很，不知从哪里飞来的布谷鸟，就来催人布谷，"布谷布谷，快快布谷""布谷布谷，快快布谷"，一会儿近，一会儿远，有时相互呼应，要叫个把月呢，插秧结束了，它们还未飞开，要到禾苗返青，才飞得不见踪影。布谷鸟一叫，野鹁鸪就来凑热闹,特别在细雨濛濛的早晨,从田间小树林里、竹林里、桑树田里,不断传来"鹁鸪咕——咕,鹁鸪咕——咕"的叫声。这些鸟是很受老乡们欢迎的,它们的隐身本领也高,老乡们是从不抓它们的。还有一只猫头鹰,冬天它躲在场院前竹林旁边的一棵老山杨树的洞里,这时似乎也醒了过来,一到天黑,就蹿出洞来,站在山杨树枝上发出一声声长长的凄厉的叫声,让小孩听了心惊!清明后半个月,养蚕也早已开始,我就帮着母亲采桑叶,小蚕要吃桑叶细丝,我在切桑叶时,把握不好,又快又薄的桑叶刀竟切了左手食指外侧,直疼到心头,又养了好几天。左手食指外侧斜切的桑叶刀痕与镰刀伤疤,至今还清晰可见。晚些时候红的桑葚熟了,紫光闪闪,于是一面采叶,一面大吃桑葚,把嘴巴都吃得发紫了,要好几天才褪尽颜色。

麦收大忙时期,真是一点点时间都耽误不起的。学校放假一星期到十天半月,大孩子帮助家里割麦,小一些的孩子就去拾麦穗。我是两样都来,既割麦子,又拾麦穗。我在自家小麦田里割麦,看大人一垄已经割完,我只割了一垄的头,我割麦不能持久,腰酸得很,不割了就去拾麦穗,反正我这个劳力能割多少算多少。有时割着割着,突然一只野鸡"啪"的一声在前面飞了起来,带着惊惶的咯咯悲鸣声,一高一低、一上一下地落到还未收割的远处麦田里去了。在它飞起的地方,往往有个软草窝,留下一窝蛋,我如获至宝,可高兴了,嚷了起来,招呼别人来看。割麦时捡到野鸡蛋是常有的事,有时还有带花的鹌鹑蛋。麦子一上场就得脱粒、收藏,因为麦秸不好储存,割和藏必须一气呵成,而且马上要翻地、打(灌)水、平整土地,将凼里沤的肥挖出来,散到田里。这时麦田已经改成稻田,汪洋一片,等待莳秧了。

我这时能干的活就是拔秧,把秧捆扎成一兜一兜,准备让人来挑走。当然,就是拔秧,我也只是一个帮手而已。拔秧前,秧田里要隔夜灌水,浸泡一下,使秧田的土更软。第二天一早,带着工字形的秧凳,踩进相当凉的水里,坐在秧田里开始拔秧了。大人教我拔秧时两手要一前一后轮着拔，不要抓的太多，不能揪着拔，要沿着秧苗的根部快速拔；要是两手抓在秧苗中间，就会把秧苗折断、拔断，成了死苗；教我两手已满是秧，就合到一起，在水里顿几下，洗去秧根的泥土，把准备好了的、打软了的稻草，大拇指扣住稻草头，一绕一抽，一个秧兜就扎成了。我学了半天才觉得顺手一些，和大人一起干活，心里真开心。拔秧开始，稍后莳秧也就开始了。有人把堆在秧田里的秧兜，用篾筐挑到平整好的稻田岸边，一把一把等距离地扔到田里，好让插秧的人插完一兜，随手接上另一兜。几个插秧的人都是邻居，都是种田老手，所以插得很快，我家几亩田，两三天就完工，于是他们又到别人田里或自己田里插秧去了。

割麦、插秧的日子，我妈忙着做饭菜，素菜多个，鱼肉那是不可少的，还要有黄酒。人泡在水里，整天弯着腰，追着时间干活，实在劳累，喝些温过的黄酒可驱寒，所以供养一定要好。吃饭时，我母亲尽给邻居夹好吃的，同时也犒劳我和姊弟，给我们夹上两块平时不易吃到的红烧肉，只觉得真是好吃。有时我舀上一勺红烧肉的汁浇在饭上，捣匀了饭，也觉得这饭鲜美无比，可一口气吃一碗饭，其他菜也不用吃了呢！有时还有用新麦磨成粉的麸皮并吃，清香无比。第二天饭后，我又去拔秧，这时秧田里的水澄清了，突然我看到一条爬出了洞的大黄鳝，伏在秧田岸边的水里，头露在水面上。我惊喜不已，慢慢地走下秧田小埂，摸到它的身旁，它竟全然不察。我早就伸出右手中指，其他四指并拢握拳，将中指迅速地勾住了它的靠头的部分，用劲一夹，拎了起来。可是这条鳝鱼拼命反抗，竟是慢慢地强劲地滑出了前身一部分，转过头来，在我手背上咬了一口。我吓了一跳，一松手，它就掉下秧田，钻到浑水之中乱窜，但是几下子又给我拨了上来。我大喊我抓到一条老黄鳝了，回到了家里，把它投进木桶。我的几个邻居同伴围着看，我把捕捉过程又说了一遍，大家很是羡慕，说我运气真好呢！晚上，这条大鳝鱼自然成了我们的盘中菜了。拔秧、莳秧时节，黄鳝最多，最易捕捉。它们经常在秧田、大田田埂边打洞，留有洞口。我们就用铁丝磨成尖头，弯成钩子，用蚯蚓小段套在钩尖，在洞口轻轻晃动，不一会，黄鳝就伸出头来了。接着它突然咬了一口蚯蚓，急得连钩子也吞到嘴里去了。这时轻轻将钩子提起，一条鳝鱼也就被钩子拉上来了。

这时节，我家养的三梯大约有二十来个大蚕匾的蚕，进入大眠时期。它们通体透亮，不吃不动，说明它们要成"正果"，结茧了。于是把它们一批一批请上蚕山（用去了残叶、轧得整齐的一捆捆麦柴秆，两头切齐，八九十公分来长，在下部扎紧，然后将它旋转拉开，可以直立），做窝结茧，是忙得很的。看着蚕结茧子，也很有趣。只见它们稳定下来后，就开始吐丝，东绕一丝，西缠一丝，给自己将来的窝定好位置，然后头不断绕来绕去，一天下来，可以吐出很多的丝，两三天内，还可以在薄薄的茧内见到它们，再往下，就难以见到它们的身影了，只觉得茧子在不断变白，变大，变硬，接着蚕已丝尽成蛹，此时真是"春蚕到死丝方尽"啊！十一二天之后，开始"落山"，也就是把结在蚕蔟上的茧子一个一个轻轻地勒下来，收聚在竹箩筐里。等茧子收完后，母亲特地让我同她一起去卖茧子，说有好吃的东西给我吃。于是她挑担在前，我跟随后面。我自然不关心茧子多少钱一担，而是想着吃什么好吃的东西。来到东北塘东南的寺头小镇，那里有茧行，卖完茧子，母亲就在茧行外面的摊子上买了几块"海棠糕"，挑了一块让我趁热先吃，也算是对我手指受伤后的犒劳了，余下的带回去给老祖母、姐姐、弟弟尝尝。所谓"海棠糕"，就是一种类似月饼、搽上点油、带点甜味的松软的烤饼而已，那时吃得真是香甜！

大田秧插完后，开头几天莳下的秧因易地再插，总要受些损伤，所以这时秧的颜色会由青变成青黄。如果插得好、大田底肥足，一般一星期、十来天就缓过来，秧由青黄变成绿色、青色了。其后就是忙着打水（灌溉）、晒田、耘稻除草。

我家里有部小型水车，有车轴、斗板，各种零件一应俱全，也是祖父传下来的。小水车是供两人用的，轴上有八个踏脚。田里需要大量水时，就请机器船来打。有时我家请人装上自家的水车，请人来车水。这时我就守在旁边看着，趁有人歇息下来时，就跨上去，先是两手抓住横档，头部尽力探过它，看着车轴上的踏脚翻动，两脚就凑上去踏。开头即使看着踏脚，有时也会踏空，人就吊了起来。旁边的邻居连着说：踏瞎了，踏瞎了，于是我赶忙重来。后来两脚也能凭着惯性踩踏，但是不久之后两脚又会踏瞎。有时我一个人戽水，拼了命踩，也能戽上一些水来。当然，大人是不把我当做劳力看待的，我学戽水，多半是出于好奇，觉得亲身上去踩踩，虽然劳累，但是可高兴呢！

回去和我母亲说，我会车水了；母亲顺势开玩笑地说：你本事大，那明年车水我就不请人了，就靠你了！

梅雨时节鱼汛多

大田秧莳好后不久，就进入梅雨时节了。整天阴沉沉的，一会儿细雨纷纷，一会儿大雨如注，这是捕鱼的最好日子了。巷上的大人、我的伙伴都穿上蓑衣，头戴笠帽，背个竹篾编的篓头（形状就像扁形的蓝墨水瓶），拿个插在竹竿一头、绷在盆子口大小的铁丝圆圈上的网兜，到大田的各处排水口去了。祖母见我跃跃欲试，叫我安安稳稳待在家里，雨打水淋是要生病的。我说我有斗笠，不怕有雨，抓鱼可好玩呢。妈妈帮我说话，说老亲娘（祖母），大家都去，你就让他去吧，不去他脚底可痒痒呢！于是对我说，雨要是大起来就赶快回来。我自然应着，家里只有斗笠，没有蓑衣，母亲就给我穿了件稍厚的外衣，以挡风雨，弟弟嚷着也要去，给母亲哄了下来。于是我带上斗笠，卷起裤腿管，赤着脚，背个篓头，拿起装在竹竿上的网兜，也到大田那边捕鱼去了。

原来稻田里的水有个十来公分就够了，可进入黄梅天后，雨水极多，有时一场大雨下来，往往会把刚插不久的三十多公分高的禾苗全都浸没，或是只露出一个头，这对禾苗生长极为不利，所以需要放水。大田两边都是河道，田主人会在自己田边的田岸上开条沟，让多余的水排往河里。田里的浑水聚在沟边冲向河里，形成一股小小的浊流，发出哗哗的声响，这声响就吸引鱼来。大概鱼都有一种本能，它们喜欢沿着急流，逆水而上，我们那里的河道里，其中特别是鲫鱼最为放肆，不仅要逆水而上，而且还要沿着浊流没头没脑地往上跳，所以也叫"逆水鲫鱼"。口子大的排水处，鱼多，人多，网也多，有时几条"鲫掐头"会同时跳起来。我就寻个没有人的放水处，把网靠在岸边，做好准备，看着流向河里的浊流。果然，哗哗水流把鱼引了过来，它们不住浮出水面，十分兴奋，游动极快。不一会儿，有的鱼开始跳了，我赶忙用捕竿网掠过去，掠急了，让鱼跑了。鱼一受惊吓，都钻到水下去了，于是我只好等待。待了一会儿，鱼又来了，我按着不动。等到有的鲫鱼又往上跳蹿时，我又把网兜掠了过去，鱼倒是套住了，但三跳两跳居然让它跳出了网兜，掉到河里去了。正在这时，我的邻居伙伴来到我这儿，看到了我一条鱼都没有捞到，就对我说太性急了，要等鱼儿再游上一点时用网兜套；要是套住了，要马上旋转一下竹竿，封住网口，鱼就跳不出去了，然后他帮我一起抓。果然，在他指点下，我竟套住了一条鲫鱼，真是高兴极了，问他自己抓到没有，他拍拍斜挂在身上的篓头，说里面已有四五条了！等他走后，我等了好久，又网到了一条。我觉得收获不小，背着篓头，就赶快回家去报功。回到家里，母亲见我真的抓到了鱼，当然高兴，把鱼倒在盆里，它们啪啦啪啦在盆子里大跳了一阵。姊弟们围着看得高兴，连祖母也过来欣赏我的"本事"了。

真正的浑水摸鱼大战

在乡下还有两次捕鱼的时候，都是在梅雨之后。但是一次是在久旱不雨之后，在河沟里捉鱼；一次是发了大水，水退后在秧田里捉鱼，真是一场浑水摸鱼大战。

有一次旱灾，干到宽阔的塘河都停开了汽轮班船，只能走小船了。塘河一干，通向我村的河流，几乎成了水沟，来到平常村里人淘米、洗菜的河滩，只剩下几个浅浅的小水滩了，喝水都成了问题。幸好我家厨房灶间里有口水井，上有一块方方正正的厚木板盖着，平常是不用的，我们自己也去河滩头挑水吃。河水混浊，用敲碎了的明矾往挑满水的大水缸里一洒，半天之后，就成了一缸清水。灶间有个天窗，中午阳光一照，沉淀物都积在缸底，看得清清楚楚。我有时放学回来口渴，用铜勺掏了一大勺生水，咕嘟咕嘟地喝了就出去玩了。这次碰上旱灾，我家的井水成了救命水，巷上人都到我家来打水，我母亲是来者不拒，有时井里水不多了，打不上来，我母亲就用我家积起来的水先给他们用，因此都说三小姐（我母亲排行第三）心地好。有时井水都被打干了，但到第二天，井里又有水储存起来了，当然水位已浅下去了。

河道干涸，河床立刻暴露，它自身有着许多沟沟坎坎，原来见不到的河里的各种小生物，这次都藏到了沟沟坎坎的浑泥浆水里，有白条、鲫鱼、虾、糠虾、泥鳅、鳝鱼、黑鱼、蟛蜞、小蟹、翁公、土婆等，还有大量螺蛳。我的一个同伴，是个孤儿，一到夏天，他整天泡在河里，捕鱼摸虾，上岸一晒，皮肤就变黑，一个夏天，他身上要脱几身皮。这次干旱，他得风气之先，大显身手，比谁都下手得早，抓到的鱼虾比谁都多，大大小小有五六斤，邻人叫他趁鱼新鲜，赶快拿到街上，可换几个钱呢！我是后知后觉，等我也去抓鱼，那完全是凑热闹了，大人们已经在河床的沟沟坎坎里，进行过两三遍的簸箕式"清乡"了。可是我仍不死心，还要去抓，真有漏网之鱼给我抓到的，当然，那不过是三四条给猫吃的膨皮鱼、小泥鳅和几颗螺蛳而已！旱灾多日，大田里普遍缺水，有的高田的泥土早已龟裂，禾苗枯黄，乡民们愁眉苦脸，心疼啊！我家的水车，搁在河滩上，已经难以派上用途，只好盖上一些草垫防晒。村里的十多个老太太也来贡献力量，聚集到摆渡口的土地堂里求雨，吃素念佛三天，求拜土地老爷。第三天，有人在塘河对岸放出几十只乌龟，这些放生乌龟一进水里，都未钻到水下，却个个昂起了头，朝着老太太念佛的土地堂一个劲儿地游过来，让人啧啧称奇，蔚成奇观，引得不少老乡围拢来观看。乌龟的这种统一的集体行动，我至今不明个中原因。

另一年梅雨后不久，大雨、中雨连绵二十来天，田里水多，不断往河里排放，河里、塘河的水位天天高涨。那些秧田，一般要比大田低一米到两米，原本都已插上秧苗，现在真个成了泽国，全被淹没，而且水深到大人腰部，插下的秧苗大都漂到水面上来了。老人说从小到老可从未见过这种大水呢！大水把淘米、洗菜的河滩石级全都淹了，要是水再上来几尺，可要淹到屋里来了，真让人心里发毛。幸好大雨逐渐停歇，太阳出来了。一天下午，我瞒着母亲和祖母，同邻居伙伴下秧田去游泳。我们那时不懂游泳有什么自由式、仰游式、蛙式，学的是闷头划水，就是吸口气，把头钻到水里，两手同时划，两脚一起敲水。正学得起劲的时候，伙伴们说，你老亲娘（祖母）来了。我抬头一看，劈见祖母手执长竹竿，在岸上喊我："你这个'钻地肉'（大概是闯祸的太岁的意思），你不要命了？你赶快给我上来，你不上来，我就用竹竿打你，你还不上来？"我母亲也叫我赶快上岸，不许再游。学游泳没有大人在旁边教，都是些小伙伴，老人、母亲怎么放心呢？况且站在秧田水里，水到我胸口呢，要是水性不好，身子站不住，就会漂起来或沉下去，可要了小命的呢！我上岸时说，老觉得有什么东西在啄我的腿，伙伴们说那准是鱼，大水不断把河水搅动，鱼都游到水流缓慢、比较安稳的秧田里来了。可不，在与河道连成一片的秧田里，不时有鱼跳出水面。我们说好，等水退下一些就来捉鱼。

我们先是在大田的放水口捉鱼，收获不大。十来天后，河水急速退去，秧田里的水退到齐膝盖处了。一天早晨，秧田的放水口早被人封住把守，一些青年拿了用细竹竿撑起的三角网架，在秧田里赶鱼、捕鱼，收获不小。原来他们是几家秧田主人组织起来干的，不容我们孩子插手，由于人多，到处搅动，于是真的变成了一场浑水摸鱼的大战。这些精壮汉子满身是泥，有时追条黑鱼，几个人围拢起来吆喝，跌到浑水里也不顾。他们的提桶里、篓头里装着各色鱼虾，还有抓到大甲鱼的。我们小孩下得田去，只好在田埂边抓些向着四面逃窜的小鱼。一个上午，我只抓了几条小鲫鱼、泥鳅和小虾之类的东西。孩子们在水里东跑西蹿，大呼小叫，跌倒再起，泥水飞溅，个个成了泥人，真是快活！

水灾之年，鱼虾不值钱，因为四乡八邻都有鱼吃，拿到街上，不易卖掉，因此抓了不少鱼的几家青年，干脆把几小桶鱼分给巷上每家每户吃了。

以后几十年里，我再也没有遇到这样开心的浑水摸鱼的时节了！

寂寞而有趣的暑期生活

要放暑假了，学校教我们学唱一个歌，是"暑期歌"，歌词是："知了声声树上催，新荷昨已开，炎暑去复回。曾几入学几何时，匆匆百五日，又将正中归。韶光一去不复回，珍重宜自爱，离别莫伤悲，待到秋风送爽时，吾友，吾友，早归来，早归来！"唱完这支歌，老师发了成绩单，和我们相互道别，我们同学相互道别，大喊"吾友，吾友，早归来，早归来"，在欢笑声中跳跳蹦蹦，回家过暑假了。暑期作业留得不多，大约每天清早做半个上午，20来天就做完。

在乡下过暑假，有时碰到水灾，会"大闹"一番，有时到离开好几个村的这个姨母家里住几天，再到那个姨母家里住几天，与表兄弟们玩。回家后，帮助母亲做些辅助性的农活，其他时间主要是自己出花样玩了。捉知了是件乐事，它们高高地趴在树上叫，一个知了叫起来，一大片的知了都会疯叫起来，怎么把它们捉下来玩呢？办法是在一根长竹竿的头上，插上一个巴掌大的铁丝圈，每天早晨起来，就拿了它在屋角、小林子里跑。看见蜘蛛网就慢慢地把它卷在铁丝圈上，由于早晨网上露水未干，所以卷多了，这个网黏性很大。知了一叫，我就轻轻走过去，把铁丝圈上的"网"往知了身上一扣，知了就被粘住了，下午就去抓一种会发出"嗞嗞"声的小知了。抓了知了，就把它们放进一个小小的竹笼里，有时它们之中一个叫了，别的知了不甘示弱，也叫了起来，加上买的一小笼叫哥哥，唱得热闹得很，只是声音单调了些。第二天一看有的知了有点蔫头蔫脑，就把它们放了，让它到自然界去吃些好吃的，营养一番。

　　一天中午吃过了饭，大家都要小憩一会儿。我闲着无事，跑到离我家五六家远、长在屋边的一棵高高的野杨梅树荫下乘凉，一时高兴就爬了上去。我身子灵活，爬树是爬惯了的，好些同伴都不如我。我两手一抱，两脚迅速缩到臀部，脚底贴着树往上一挺，两手往上一抱，身子直了起来，两脚再缩上去，如此这般，很快就可以爬得很高。那天我上树后，找了一个树叶浓密的、几枝树杈交错一起、躺着可以被树杈夹住、不能翻身的地方躺下了，不一会儿我打起瞌睡来，竟不知不觉地睡着了。午憩一会儿之后，村里人又出来干活了。我母亲发觉我不在家，不知哪里去了，她跑到河边看看，那里没有什么动静。回家后，我祖母也在嚷嚷，问我的下落，隔壁相邻都说不知道。于是我母亲跑到屋前的高埂上，叫着我的名字找我，惊动了好几家邻居。这下家里忙乱起来了，大呼小叫的，我弟弟跟着母亲也到处跑。好一会儿后，有个邻居来对我母亲说："三姐啊，我家东屋边的野杨梅树上，有个人躺着，你快去看看是不是你家剑平（我的名字）。"我母亲焦急地赶到野杨梅树下一看，马上就认了出来，不断呼着我的名字，我就慢慢地醒了过来，回应着她的叫唤。她叫我抓住树枝，慢慢地转身，脚下踏实了，再往下爬。我这时卡在树杈中，翻个身都不容易呢。几个邻居都跑来看着，说我忒大胆了，要是困梦瞎搭，摔下来怎么办？经过一番努力，我终于离开了树杈，转到了主干上。一上主干，母亲不断对我说，小心小心，她说着，我已迅速地溜到了地上。这时母亲顾不得我的面子夹里，当着几位邻居的面，一手抓住我的手臂，一手在我屁股上狠狠地抽了几下，一面骂我："你这只猢狲精（我真是属猴的），竟然爬到树梢上去困觉了，一翻下来不要戳穿肚肠？跌个半死？你还有没有清头？"我忙嬉笑说："不会的，不会的，几个树杈把我四面夹着呢！"我母亲气得很，她说她的心现在还在乱跳，说我还要回嘴，接着又抽了几下，说看你怎么向老亲娘交代。回到家里，老祖母也是大怒，骂我不要命了，拿了竹竿要抽我，我母亲赶快为我求饶，说我已被她打了好多下屁股，以后他再也不敢放肆了，一场风波才告结束。

一天下午，大约 3 点钟左右，真是骄阳似火。母亲让我提了一壶上午煮好的凉茶，给在我们田里耘稻的邻居送去。我拎着茶壶走过木桥，转上了官道土路，突然看见一条大蛇，盘在路上晒太阳呢！蛇见了我，口吐舌头，把我吓了一跳，接着我由大惊马上转为大喜，这下有事可干了。于是轻轻地退了一段路，放下茶壶，没命地大喊同村伙伴的名字：快来呀，有条大蛇呀，有条大蛇呀！我这么一喊，好几个伙伴手拿竹竿，飞速跑来了。乡下人见到蛇，不管是什么益蛇还是毒蛇，都很讨厌，有时在水田里碰到了蛇，如果手里没有工具，也是十分惊惶的；有时几条蛇挂在自己家里屋梁上，也真是吓人，在家里出现的蛇，毒蛇居多，老乡总要想方设法要把它们弄死才罢，家里有蛇，心里不安啊！伙伴们见到了蛇，情绪高涨，喊了起来。这条大蛇一见有人来了，就往河里一钻，不见了。但是一会儿它在河对岸边出现了。于是我们分工两个人在这边打，两个人往河那边赶它。结果蛇游来游去，两边不能歇息，疲劳不堪，竟被我们的竹竿打昏了。我们把它拖上了岸，商量如何处置它。一位伙伴说，蛇肉可以吃的，我是吃过的，鲜得很呢，这条蛇那么大，可炖一砂锅呢！他们商量如何处理大蛇，我则送茶去了。等我回到村里，蛇已被挂了起来，开始开剥。先用碎碗片割它，说是不能用铁器的，据说用了铁器会有毒的。这时在蛇脖子四围切开了皮，将皮往下一捋，蛇皮就下来了，于是又用碎碗片划破肚子，清理内脏，割成一小段、一小段，配上生姜、黄酒，在砂锅里煮了。因为我报信有功，分给了我一小碗汤加上三块蛇肉，这是我第一次吃到蛇肉。至于那颗蓝晶晶的蛇胆，就送给了我祖母，因为她眼睛不好，祖母用烧酒冲服了。

河边掏蟛蜞，几乎也是我暑期的一大乐趣。蟛蜞就是长不大的小螃蟹，它们虽在水里生活，但它们都有住所，这住所就在河边离水面一两公分的地方。看到河边离水面很近的地方，有包子一样大小的一堆扒松的泥土堆着，就可知道，这堆湿泥后面是个洞，一定住着蟛蜞。看到这样的水边泥堆，我们的心就活动起来了，要是泥堆在河道的这边，那好办，赤了脚，卷起裤腿，沿河摸过去就是，当然有时不免要浸湿裤脚管。摸到泥堆那里，轻轻把湿土扒开，蟛蜞自己就跑出来了。有时洞比较深，就要用小树干诱它出来。要是蟛蜞洞在河那边，那不管有人无人，只好脱了裤子，划水过去抓。一个上午可以抓到五六个。然后洗洗干净，蘸些面粉，油里一煎，成了午餐时的一道好菜。在乡下平常是难得尝到荤菜的，这算是改善生活了。

河里的东西什么都可以吃，这大概是靠水吃水的吴文化流传下来的生存习惯。20 世纪 60 年代末下放到河南南部的五七干校时，在与那里的老乡闲谈中，得知老百姓虽穷，但不爱吃河里的鱼，至于大螃蟹更不敢吃。于是干校大开杀戒，见鱼见蟹就大力采购，竟帮助当地老乡建立了"市场经济"观念，使原本不值钱的鱼蟹时价大涨，从两三毛一斤的大鱼，一下涨到了七八毛一斤！

中秋深夜捕蟹时　月夜瓜田小故事

说到蟛蜞，难忘捕蟹，真正捕蟹的时节是稻子快熟的时候。我知道邻居晚上如何捉蟹的事情后，要求母亲让我同隔壁家的大我十多岁的哥哥晚上去捕蟹。母亲开头不肯答应，因为捕蟹要在农历月底月初半夜出去，没有月光，夜里漆黑一片，野里坑坑洼洼，极不安全。后来经不住我的纠缠，总算同意了，但要瞒着老祖母，并交代了隔壁的哥哥不要冒险，一定要安安全全回来。原来稻子成熟时，河里的蟹常会到岸上来找食吃，那些压弯了的挂到田埂边的稻子是它们的主要食物。到了半夜，隔壁的邻居来叫我，我和母亲打个招呼就跟邻居出去了。邻居拿了一盏马灯，挎了个篓头和拿了一把锐利的铁叉，就和我出发了，铁叉就是小的乌枪，一根小手指粗的铁条，两头磨尖，中间弯曲，两端间距四五公分，中间合并的部分，插在竹管里，用细铁丝捆绑好，就成了一把锋利的武器和工具了。出了村，过了木桥，沿着河大约走了一里路左右，我们就停了下来，原来不远处就是我家的稻田，河边一溜都是芦苇，已长满了苇花。邻居对我说，芦苇丛里有大蟹，它们喜欢灯光，到深夜才会慢慢爬上岸来，抓时要快，不要出声，要是有了声响，后面的蟹就会缩回去的。

于是我们将马灯放在近河边的一小块平地上，两人各拿工具，蹲下不动，静静等待大蟹的光临。秋天夜间河边青草里的蚊子特多，好在我们都穿了长袖衣衫和长裤，只露了个脸，但是还有蚊子不断进攻我们，疯狂到撞击我们脸部的程度。我们不断用衣袖抹脸，一抹总有好几个，我们当然不受它们干扰，只是紧紧地盯住河边的动静。等了好长时间，我有些耐不住了，自言自语地说着，怎么还不上来呢？邻居立刻制止了我，说就来了，别出声。果然，河边几支芦苇动了一下，过了一会儿，一只外壳有巴掌大的大蟹，慢慢地爬到河边了，可是不知为什么又缩了回去，隐入水里，可能是试探一下？邻居大哥叫我揭开篓头的盖子等着，别出声。我除了不住抹面赶蚊子，一声不吭。一会儿，一只大蟹又拨动了芦苇，慢慢地上了岸，先是停了一下，觉得没有危险，开始向马灯爬来。当它快接近马灯时，邻居哥哥真是手疾眼快，三个手指按着螃蟹的壳，拎了起来，飞快地往篓头里一塞，叫我马上把盖子盖上。螃蟹在篓头里乱爬，我就把篓头放到了我的身后，好减少声音的干扰。不一会，又一只大蟹上来了，大摇大摆地向马灯爬来，邻居向我使个眼色，我心里明白，等他按住螃蟹拎起来时，我已将篓头盖子打开，他就将蟹往篓头里一塞，又一只蟹抓住了，而且干得悄无声息，我们两人相对一笑，十分高兴。但是两只蟹在篓头里乱爬，声音大得多了，我们无法管住它们，只好让它们各自去发威，过了一段时间，它们发现难以突围，也只好暂时安静下来。这样我们又等了一阵，轻轻地把暗下去的马灯旋亮了一些，各自打了几个呵欠。正在这时，发觉有几支芦苇又在轻轻晃动了，我们一看，嘿，竟是同时上来两只大螃蟹，我高兴得几乎要叫起来。等它们迅速横行，快到马灯那儿时，我也准备抓它一个。只见邻居哥哥一手抓住一只，一手用铁叉快速地叉住了另一只蟹的一个大螯，我赶快把打开盖子的篓头凑了过去，篓头里又添了一只大蟹。邻居大哥示意我去抓那只被叉住的蟹，我就照他那样子，用右手抓住了蟹壳的两边，拎了起来。谁知大螃蟹顽强地反抗，一只大螯拐了个弯，竟然夹住了我的食指，我吓了一跳，本能地一松手，蟹螯也是一松，大蟹就掉到了泥滩上，迅速地往河边水里跑去。快近河水时，邻居大哥又是一叉子，叉住了它的一个大螯，蟹就用另一只大螯来夹铁叉，自然毫无结果，就像被钉住的一般，邻居大哥叫我再去抓。这次我可用了劲，等我抓紧了，他才抽掉铁叉，我就迅速地把它扔进了篓头里，于是里面又是一阵大乱，我们情不自禁地哈哈笑了起来。我们一热闹，惊动了水面，居然好长时间没有一只蟹再上来。再等了一会儿，看看没有结果，我们只好背着篓头回家了。来到家门口，母亲正在等我，叫我赶快洗洗就睡。

第二天，邻居哥哥分给了我两个大蟹，还夸了我一通捕蟹的"本事"呢！这段童年的经历，让我感到最是有趣的了。

我同这位邻居还有一件有趣的事，就是夜里跟他去瓜棚里看瓜，这是麦收后的事。那年我的邻居种了两亩田的西瓜，放学后我是经常去玩的，看看西瓜是如何长大起来的，西瓜叶子纹理特别，青翠碧绿，浓淡相间。瓜田周围都是小麦田，当小麦拔节的时候，西瓜已经长个儿了，这时就得在西瓜田里搭起棚子看瓜。开始不是防人，而是防备刺猬和狗獾捣乱，它们主要散居在田里坟堆、高埂的很深的土洞里，晚间出来找食吃，要是不去巡查，西瓜都会被它们啃坏的。看瓜的棚子搭在瓜田中央，四根木桩一竖，两根横档一扎，三四块木板往上一铺，拿上两床破被子做垫盖，顶上搭块大油布，挂上一顶补丁连补丁的帐子，弄张破凳子做个踏脚，再带上铁叉与篓头，拎个马灯，看瓜棚所要的东西就一应俱全了。看瓜，不是一天两天，前后要看一个来月。一到农历五月初麦收大忙季节，早熟的西瓜开始上市了。这时不仅要防乱啃西瓜的动物，还要防人——大贼。我和母亲闹着要去看瓜，邻居哥哥在旁边撺掇着，和我一唱一和，说保我无事。一天傍晚，母亲就特许我与邻居哥哥同去看瓜去了。

吃完晚饭，月色很好，我们就去瓜棚。夏天晚间来到田野里，蚊子乱飞，它们疯狂扑面而来。来到瓜田，邻居顺手摘了一个西瓜，我们一起钻进瓜棚的帐子里，将四面的帐子边沿塞好，开始砸开西瓜大吃，说些家常话，同时透过帐子，看着瓜田里四周的动静。我问他平时夜里一个人怕不怕？他说：怕啥，有铁叉呢！别说来偷瓜的小贼，就是大贼，一晃乌枪，就把他吓跑了，这乌枪一戳就是两个洞呢！大贼是有的，是远村的，他们不是偷一个两个，而是挑了篾篮（一种用篾青编制的圆形大筐，可放不少杂物）来的，一偷十几个，去卖的呢！我们这里还没有敢来的。过路人口渴，摘个把西瓜解解渴是作兴的，要是来偷就对他不客气了！

月亮西斜，瓜田里热闹起来了。突然在瓜棚不远处，发出"啪啦啦"的一阵声响，邻居说，这是野鸡飞来落脚的，小麦一收，它们就难有藏身之地，不去管它，夜里不容易抓到它。过了一会儿，瓜田边上好像蹿过一只动物，擦着西瓜叶片发出声响。邻居说这是一只野兔，不知为什么夜里跑出来了。又过了一会儿，邻居哥哥把头凑到蚊帐边，细听动静。突然他一翻身下了棚架，飞快地抄起铁叉，向有声响的地方跑去，叫我听他招呼。不一会，听得他那里有叽叽叽的叫声，不知抓住了什么小动物。接着，他叫我带着马灯和篓头到他那里去。我到他那里一看，原来他用铁叉叉住了一只刺猬，旁边的一个西瓜已被啃坏了。这刺猬满身是刺，若遇不测，它会头尾蜷缩，变成一个几乎无法攻击它的圆形刺球，一般动物无处可击，就放弃它了；就是两手空空的人，有时也拿它无可奈何，得用绳子捆住才行。初夏它们专爱啃食西瓜，老乡就叫它们做"偷瓜贼"。我问邻居怎么听见"偷瓜贼"啃瓜的？他说时间一长，就听出来了！他说，有的时候还有狗獾出来呢！

第二天，邻居哥哥就把夜里抓住的刺猬，送到了我的一个小伙伴家里。我的这个伙伴正生着一种怪病，入夏就心头发疼，躺在春凳上已有半个来月，叫疼不止。打听到一个偏方，说这病可以用刺猬的心脏煮汤治疗，可哪有这么凑巧的事，弄到不少活刺猬呢！他的父母不知如何是好，一筹莫展，愁容满脸。乡间虽有医生，但内科的只能给些治头痛的药片，外科的只有擦擦药膏、治疗疖子一类病痛的本事；还有一个针灸老医生，几次请来针灸过，但也觉得很是棘手。城里医院怎么进得去呢，要有钱的啊！这次我邻居送去个刺猬，岂非天从人愿，小命有救了？于是便服用了我们抓住的这只刺猬的心煮的汤喝了，我觉得我也为我的伙伴出了力了。可是他的病仍未见好，大概是药力有限，总是辗转反侧，呼疼不止，不久便去世了。想起他同我一起放过风筝，一起采过桑葚，吃得满嘴发紫，一起爬树比赛，采过枣子，一起捉过知了、蜻蜓，一起在河边摸过河蚌、鱼虾，一起在河里浴过冷浴，教我游泳，我觉得若有所失，真是伤心了很久很久！

说起生病，在乡下生了病靠的是"自然疗法"，没有医疗，命不好的早殁，命好的就多活几年。我算是幸运的，一年冬天我得了伤寒（后来听母亲说），总是发烧，躺了半个来月，饮食不思，也只是喝些保命的粥汤。就快过年了，我的病仍不见好，爸爸从城里回来，也是无计可施，赶回城里寻药，祖母与母亲十分着急。一天傍晚，我正睡着，突然感到我的头被什么东西死死地捂住，黑暗里呼吸急促困难，我吓得大叫起来。这时我隐隐听见母亲叫我名字，叫我不要害怕。可是我因几乎不能呼吸，极力想挣脱开来，仍是大叫大喊，不明白为什么要死死捂住我的头，闷得我气都透不过来，浑身大汗淋漓。我大概叫了十来声，几乎喊不出声来了，这时我母亲才将裹住我头的一件棉袄拿开，赶忙用毛巾给我擦着汗，说这是让我出汗，不要怕。原来她不知从哪里打听来的"偏方"，吓我出汗来治伤寒。说来也怪，第二天我的高烧竟是慢慢退了下去，后来能喝稀饭了。这时就快过年，父亲已经知道我的病已有好转，赶快回家，带了好些年货回来，但是说我现在伤了胃肠，暂时不能吃这些东西。邻村的寄母知道我病得不轻，送年夜饭时特地为我油煎了一条鳜鱼慰问我，我不能多吃，只觉得这鱼的味道好极了，比什么都好吃，每次吃粥时吃一小块，调调口味，吃了好多天，至今还难忘那鲜美、清香的味道。

不会再有的牵砻山歌会

"农家乐，熟事孟秋多……闲谈风月笑呵呵！"

中秋前后，又是农村大忙的时令，特别是中秋稍后一段时间，更是如此，学校又要放好几天假。但是要说农家乐，那不知从哪里说起。村里主要是田少人多，收入不多，加上日伪军军粮杂税，哪里乐得起来！当然，穷也有穷的乐法。

这时水果下树，瓜田拉秧，都收拾好了，大田水稻就开镰了。我家种过两亩多的水稻，春天我曾去割草沤肥，初夏我曾拔过秧，也学着插过几兜（插不好），车过水，看着请来的邻居耥稻、除草，现在稻子熟了，要割了，心里还真高兴。我下田割稻时，不仅带了镰刀，还带了篓头与长把的掘田螺刀呢。稻子比麦子好割，麦子是散的，我手小不易抓住，稻子是一兜一兜的，抓住了，用镰刀一拉就可，但这一拉的过程要快，否则快刀就变成钝刀了。邻居割起来，刷刷刷的很快，而我割了几行就不行了，落的老远。于是他们叫我改行，拾稻穗与田螺去。割稻不像割麦，麦秆脆易断，掉的多，稻子不易折断，掉的不算太多，拾稻穗花力不多。

但掘田螺却是一件令人兴奋的事。原来耥稻时，稻棵之间留有许多脚印，一个脚印就是一个小坑。几个月下来，田螺在稻田里繁殖生长，到稻子成熟时长得像荸荠那样大小了。割稻前要收水，就是放干田里的水，这时稻田里只有无数小坑里有水，于是田螺就本能地钻到小水坑里去了。等开镰收割时，稻田里的土已干得不再粘脚，连小水坑也已干涸。这时我和姊姊，跟在割稻人的后面，见有小坑之处，就把掘刀伸向小坑轻轻试探，当听到"咯咯"的声音，就可肯定小坑里必有田螺，于是用掘刀在旁边一插，再往上一掘，一个带泥的田螺就出来了，然后把它往篓头里一扔，马上就去掘另外小坑里的田螺。一个上午，我和姊姊掘的田螺，可以装满一个篓头呢！中午跟着割稻的邻居回家吃饭，在河滩头就把篓头放在河里左右晃动，洗去了田螺上的不少泥，回家后把田螺倒在木盆里，清洗干净，再倒入缸盆的清水里漾清，让田螺吐尽泥土，第二三天就给割稻的邻居当做桌上菜了。

收稻时，我扛着小扁担和绳子也去挑稻。虽然我和姊姊常常帮助母亲用小木桶挑河水喝，但我的肩膀还没有练出来。大秋上身穿一件布衫，竹扁担一压，肩胛骨就痛，别说大人用的硬木扁担了，因此挑稻一次也挑不了多少。而且路在河边，我挑了稻担，脚步歪歪斜斜，有时人家看着我要发笑，担心我会跑到河里去。可是我觉得干些农活挺开心的，会给大人帮忙了呢！稻子挑到场上，马上要堆成圆形的稻垛，稻垛高了，就得用乌枪叉了往上摔，我看得很是有趣。于是我捡着机会去试，这乌枪已不是捕鱼捉蟹的小乌枪，是大乌枪，本身就很重，叉了一捆稻子就更重，我怎么也摔不上去。母亲在稻垛上见我力不从心，就连说不要伤了腰，别挑了别挑了，叫我把分散在稻垛周围的稻捆归拢归拢就可，我也只好成了场上的一个小工。

稻子上场时节，一阵大忙。这时马上要请人锄田，把稻田改成一垄一垄的麦田；在场上，就是稻子脱粒，当时已经流行使用人力轧稻机，这比把稻捆在稻桩上摔打脱粒省力与快得多。操作人不断踩下踏脚，圆圆的挡板前的一米长的布满铁钉的滚筒就转动起来，他就立刻把摞在机器旁边的稻捆前端往上一搁，谷子立刻被卷了下来，看看已无剩余，就飞速地将已经打下谷子的稻捆往后一扔，有时不小心我们在机器后面经过，稻捆常会扔到我们身上，他则随手又将身旁的另一捆拿起脱粒。这时我们孩子就要给他不断续上稻捆，免得他停下机器耽误工夫。这机器可以两个人一起操作，所以轧稻轧得很快。做做搬运稻捆的事儿实在单调，我不太愿意干这种差使。有时续不上稻捆，他们就下来一人搬运，这时我就趁机上去学着轧稻。旁边的邻居就立刻警告：两手抓紧稻捆，放在胸前位置，不要移动，不要让机器把稻捆往前卷，往前卷，那要轧到手的。我一脚踏着踏脚，两手拼命用力，还要翻转稻捆，一个稻捆轧下来，邻居已轧完四五捆了。于是我不得不下来，看着邻居本事大，真是羡慕，只得乖乖地去给他们摞稻捆，做个下手。

我家在原来的秧田里种了两分多地的香粳稻，香粳稻产量不高，两分来地收成没有多少。我家有一只小石臼，一把柱头，香粳米稻子下来就舂米，母亲舂得满身大汗，我与姐姐就去帮着。米糠从石臼里掏出来，放在风里一扬，米与糠就分开了。香粳米可好吃，一般只煮粥喝，煮时满屋异香，吃到嘴里，也是满口清香。我母亲特别爱吃香粳米粥，喝着这种粥的时候，她笑眯眯的特别开心，总要说几句：啊，真好吃，真好吃，仿佛天下美味尽在其中，对她来说真是一种莫大的享受。同时她要老祖母多喝几口，还要送几碗给邻居尝尝。吃了几次，就把香粳米藏起来了，说要等父亲回来后再吃。

这时，家家都要把稻谷轧成白米，于是村上人都投入了牵砻这一盛事。先由有经验的人领头，在河边找块宽阔的场地，用三根结实的大竹竿搭成三脚架，撑起来，下边架起砻盘，固定在四脚矮架上。砻盘约厚二十多公分，是用一小条一小条斜形的好木料拼成圆盘，再用竹篾在周围紧箍而成。砻盘有如石磨一般，上、下两面，各用凿子斜凿约五六毫米深的斜形齿槽。上盘边上有一洞，连在推拉架上；中间又有一洞，叫砻脐，上放一个竹片编成的漏斗，可以将谷子不断注入；磨盘转动时，有人专门管住下注的稻谷，帮助推动砻盘与稳定砻盘的转向，叫拗砻。拗砻人是个中年内行人，是个关键人物，山歌里唱"拗砻原是吕纯阳"，旁边不断有人用笆斗盛着的稻谷给他。推拉架的高度维持在人的腰际，两头被砻盘上方搭起的大三脚架吊下来的绳子吊住。砻米要多人合作，两人推拉，磨盘一转，米和糠一起流入下面槽内，然后有专人将它们收拢起来，倒进风车上方的方斗里。风车旁边有伸出的手把，摇动手把，风车肚里十多叶叶板就转动起来，这时就将方斗下方的一块窄形的活动槽板抽出，米粒和糠往下掉时便分道扬镳，糠从前面飞出，积在地上，大米风刮不动，就从风车肚里直接流入下面稻箩里，碎米即糠粞，落到风车下面稻箩旁的匾里，分工十分科学。这些大家伙只有砻米时才拿出来，所以孩子们十分好奇，都来围观，挣着去当劳力——摇风车。砻盘磨久了轮齿就会变钝，于是就得换上备用的砻盘继续干，这时有专人将卸下的砻盘扛到河里浸泡一时，然后扛到场上抹干，用空心凿子沿着旧槽敲打加深齿槽。这种活要有技巧的人才能干，齿槽娇嫩，凿子锋利，是不许我们孩子去抚摸、玩弄的。

有意思的是牵砻的晚上，那时马灯高挂，砻米要砻到深夜，劳动单调，生活又重，要不断换班，唱山歌就成了自发的娱乐，于是一连几天晚上要举行牵砻山歌大汇唱。巷上的人天天见面，但老老少少很少机会聚在一起，只有在四五个牵砻的夜晚，全村男男女女陆陆续续都来听歌。真是，即使在春节时分，也没有那么多的人相聚一起！在山歌大会上，尤其是精壮汉子，精神振奋，都想露一手。于是休息的一班人，就着牵砻节奏，由人带头唱起牵砻山歌，众人就跟上去。我们孩子听不懂他们唱什么，怪腔怪调的，只觉得好玩，可是大人们听得懂，听完四句，有时就哈哈大笑，开心得很，接着再唱。年轻妇女有时点点戳戳，会议论唱得好坏，其实她们也会唱几句的，常常跟着唱。唱了牵砻山歌，就唱情歌，这时气氛更热烈了，不时会逗得妇女们吃吃地笑。20 世纪 60 年代我回家省亲，和母亲讲起此事，她说，山歌都是有本子的，唱牵砻山歌是有老人领头的，大家唱，唱忘了，他就要拿唱本出来对，提醒大家。巷上不知哪位老人有个抄本，年轻识字的人，就会去要来抄一份，不识字的就互相传授，死记死背一些，我母亲说她也会背一些的。我说，这些民间说唱的东西现在挺宝贵的，以后听不到了，要是有机会替我问一问，找一找。后来她真的托人在乡下找到了手抄唱本，让妹妹给我抄了下来，共抄了三个练习本，要是用毛笔书写，就有三厚本了。我一看全是 19 世纪末无锡县北乡一带老百姓留传下来的说唱民歌，内容包括牵砻山歌、古歌、各种情歌等。

给我手抄的牵砻山歌有 49 支，4 句或 6 句算 1 支，从牵砻初发开始，唱牵砻选日、唱砻米场地、唱吉祥如意、唱丰收喜庆，然后对牵砻用的各种工具，如笆斗、筛子、风车都有歌唱。随后历史传闻人物、佛道中的神话人物也纷纷登场，玉皇大帝、四海龙王、二十八宿，都被邀请到牵砻的行列中来，随时听候调遣。山歌用了好多吉庆的语言，其中如：

八仙过海浪滔滔，王母云中献蟠桃。请问众仙何处去？积善人家走一遭。

今夜牵砻初发场，砻挡高搭正中央；上头挽起八角超手莲花结，下底摆定唱歌场。皇历上看来今朝好，通书上拣日今夜强！

今夜牵砻初发场，吕纯阳拣日看阴阳。龙德紫微相对坐，黄道信通大吉祥。看来好块兴隆地，正是牵砻做米场。皇历上看来今朝好，今年要做万年粮！

今夜牵砻暖堂堂，要唱山歌来按方。郎唱山歌来按东，唐朝大将尉迟恭，膝馒头（膝盖）上摆炉灶，拳头打铁口吹风；跨海征东薛仁贵，背驮宝剑手提弓！

风车生来像骆驼，骆驼张口笑呵呵。上头有只千年斗，下底有只万年箩；风车肚里叶叶神仙板，扇清珍珠万万箩！

郎唱山歌来按东，东海东边还有东。天上乌龙取尽三江水，地下木龙富贵虫！天上乌龙藏在云端里，地下木龙藏在米当中；郎骑白马江边上走，姐骑黄龙水当中！

然后按南方、西方、北方唱山歌，这些按方山歌有 47 支。相对来说，牵砻山歌情调比较健康，有丰收的喜悦，也不乏浪漫的豪情。

抄本里情歌不少，有青年姑娘埋怨不争气的男相好；有描写青年姑娘随男青年私奔又留恋父母恩情的，内容比较粗俗。有部山歌叫《赵圣关》的，有 18 回，每回少则 20 支歌，多则 47 支歌，合在一起达 300 多支，讲的是公子小姐相悦，后男相好病了，她如何寻找他，为他寻医求方，求神拜佛，捐献长幡，其中绣幡山歌就有 44 支，反映了当时民间娱乐文化的一个方面。在那个穷困不发达的自然经济时代，农民接触的就是这类民俗文化、历史传闻，旧文化的影响相当明显，这自然限制了农民精神方面的发展。这些山歌是村里一位名叫惠蕴祥的人抄写的，抄写年代是"光绪岁次庚寅桃月"，也即是在 1890 年光绪年间根据之前流传的本子手抄的，看来真有些年代了。

在这里我要向抄写这些山歌的丽珍妹道谢一声，只是她在抄完这些山歌之后不久因病（1963 年）去世了，只活了 14 岁！

牵砻过后，小麦也播种完毕，农事相对闲得多了。于是母亲要我放学后跟她去种蚕豆，蚕豆种在麦田边缘田埂的下边。母亲拿了一个专种蚕豆的装有木棍和横把的铁锥，那是相当重的，一提一放，再提上铁锥，地里就是一个圆锥形的洞。我把三颗蚕豆种扔进洞里，用脚把麦沟里的碎土钩进洞里，再踩上几脚，一窝蚕豆就算种好。母亲很快地一个洞一个洞地打，我往往跟不大上，她就回过头来帮我填土、踩土，检查我踩的土过紧还是过松，土要是踩得太实，将来豆苗不易发出来，要是过松，则会被野鸟把蚕豆叼走。当然，我很快就掌握了这些技术，随后我也想用铁锥来打洞，可不容易呢，总是打得太浅，主要是力气不够。这样几个放学后的傍晚，就把蚕豆种完。

自制甜酒酿　大雪封门天

大秋忙过，农事少了许多，准备过大年的杂事就多了起来。磨芝麻粉、糯米粉，准备做冬至团子，我也会去帮忙，主要是去牵磨，母亲就拗磨，她右手将一把把米或芝麻，塞进磨脐，左手搭住磨样，既帮助磨盘转动，又可把住磨盘转动的方向，不致磨盘歪斜，这些事有时全由母亲和姊姊包了。

初冬最高兴的是做甜酒酿，不是做一碗两碗，而是要做一小缸，酒药早就备好，这是我母亲的高级手艺。小缸外面包着稻草薛子，放在原来堆柴的灶仓口，那里暖热，可以保暖，促使发酵，酒酿甜熟一般要七八十天。母亲交代我们不要去揭开缸上的草盖偷看酒酿是否熟了，否则酒酿要做成夹生的，不好吃了。可是有时我趁大人不在旁边，还要偷偷地揭开一道缝去看一眼。好不容易酒酿熟了，大家围在一起，母亲先给老亲娘（祖母）一浅饭碗，然后给我们每人盛上一浅饭碗酒酿，可甜了。开始我和弟弟小口小口吃，品尝酒味、甜味，嘴里发出咂咂声，我们平常吃不到糖果，只有在过新年（农历）的时候，才能吃到几块"粽子糖""寸金糖"。接着大口大口地吃酒酿，吃完就嚷着再要吃。于是母亲再给我们添了一些，老祖母就说，不能多吃不能多吃，新酒吃多了要醉的。我说，我怎么不醉呀，我怎么不醉呀？我就是吃一缸都不会醉的！母亲说：别和老亲娘顶嘴，停一歇你上头就要混搭糊涂、七搭八搭，下头就要七歪八斜、跌跌撞撞了。大家听了哈哈大笑，吃得真是开心，实在惬意，稍后连晚饭都吃不下。接着母亲又盛了几碗，叫我们给东西邻居送去尝尝。酒酿保持甜味，也就七八十来天，然后酒味慢慢变得"凶"（厉害）了，要稍稍冲些开水进去，否则会呛得难以下咽的。这时，一缸酒酿只剩下了半小缸。再往后，剩下的酒酿就被母亲收进几个小瓮里密封起来，等到冬至、过年再吃。

有一年农历十一月中，特别寒冷，北风连天呼啸，让人直打冷战，河里早早结冰，淘米、洗菜、挑水喝，都得在河边滩头凿冰打洞，人一走冰又结上了。乡下冬天，屋里屋外一样的冷，真是彻骨的寒冷，家家户户都关上了大门，也不下闩了。我勉强去了学校，老师守在门口，对我们说放假几天，赶快回家。回到家里，祖母与母亲正在担心我呢，这时我两手真是冻僵了，伸不直了，她们赶快让我到灶仓里去暖和暖和，我又是踏脚又是搓手又是呵气，才慢慢缓了过来。中午的饭好像煮不好似的，水也不易煮开。饭后，从挂在闷外的、用棉茧纸糊的竹窗缝里望出去，只见四野阴云密布，天色昏暗下来。老祖母和母亲都说，要下雪了下雪了，今年的雪来得早啊。说下雪，屋外真的在飘雪了，一会儿飘起鹅毛大雪，密密麻麻，雪花像直泻下来似的，乱飞旋转，越下越大，几尺开外，就看不清有什么了，满地雪白。我们早早吃了晚饭，就上床睡觉，母亲把能盖的东西都拿了出来，盖在我们身上，可我们还是觉得冷，两只脚缩成一团，不敢伸直。

第二天早晨起得很晚，母亲开始做早饭，我和姊姊弟弟去开门。谁知门好像和外边的什么东西冻住了一般，不易往里拉动。后来我们敲敲打打，拉了一会儿，门被拉开来了，突见门口的积雪差不多有一米来厚了，惊得我们都大叫起来。积雪像一道白色的墙，封住了我们的门，高到我腰里，弟弟只是比积雪高出半个头，可雪还在下！母亲祖母都来看，连说这样大的雪从来没有见过，没有遇到过，真是三尺大雪封了门。于是我们找来锄头、铁耙、簸箕，从门口向外挖出一条一米宽的路来，东邻西舍也都在铲雪，一会儿我们都成了雪人了。直到中午时分，风小了下来，雪也停飘，天空也亮了许多，门前的积雪几乎被我们削平了一半，那些被铲除的雪被我们堆到场院中心，各家的连在一起，竟成了一条雪白的高埂！村里孩子这时戏耍起来，先是互相把雪扔来扔去，后来拿了一把积雪趁对方不备，塞到了他的脖子里。对方岂肯善罢甘休，互相追逐，最后也要把雪塞到伙伴的脖子里才罢。有的年龄小的赢不了别人，急得又追又赶，哭了起来，弄得大人还得出来哄骗，说你要再哭，眼泪要结冰了，上下眼皮要冻住了，调解了半天。

大雪封冻一连多天，吃菜相当困难。乡下吃菜是每天从地里挖的，吃新鲜的。现在冬菜都被盖在雪下，挖起来可麻烦！幸好我母亲有些见识，早几天就挑了一堆在家。我家有的菜畦就在场院前的桑树田里，去挑菜路不算远，一时没有别的菜可吃，就用大青菜煮了几天菜粥。过了几天，积雪化了不少，就把养的七八只鸡赶了出去，让它们自己找食去，它们身边一群群麻雀上蹿下跳，也在找食吃。乡下麻雀成群，夏天吃虫子，啄食果子，一到秋天，大群大群地往稻田里飞，一片一片地啄食谷子，那真叫掠食呢。你在东边轰，它们就往西边飞，你从西边赶，它们就飞到南北边的稻田里落脚啄食，真是奈何不了这群无赖，这叫遭遇真正的麻雀战了。田里的稻草人虽然不时手摇扇子，可是对于无赖式的麻雀群是不管用的。那时稻子亩产量本来就不高，给麻雀群糟蹋过的地方，稻穗上的谷粒就稀稀拉拉，一秋下来，一亩田少说要给麻雀吃掉十多斤谷子，这简直是从人的嘴边夺粮了，让人痛心不已！有的老乡就张网捕捉"黄雀"，有时一网可捕几十只。

一天下午，我和姊姊商量来抓麻雀，于是拿出一个筛子，合在场院雪地上，下面用一块砖头顶住，在筛子顶端的洞孔处穿了根细麻绳，拉到屋里，再把绳子慢慢拉起，在筛子下面雪地上扔了把秕谷与粞，引诱麻雀来吃。谁知我家与邻居家的鸡见后，竟来抢食，我们花了好大的劲才把它们赶开，结果把附近树上的麻雀也吓走了。我们只好耐心等待，在家里手牵绳子，看着筛子。等了好久，麻雀一群群飞来了，先是在筛子周围啄啄这里，看看那里，望望筛子下面，做做试探，稍后有的大胆的麻雀一步步跳到筛子下面，随即"啪"的一下马上又飞了出来，其他麻雀也跟着"哗"的一下飞走，站在不远处的树枝上啾啾乱叫，大概在探问有无险情，继续观望。不一会儿它们又飞了下来，在筛子周围跳来跳去，歪着头看看，跳两步试试，就是不肯进去啄食，真把我们急坏了。正在这时，有两只领先的麻雀跳到筛子下面，我正想放绳子合下，被姊姊的眼色制止。接着它俩马上又跳了出来，看看筛底下的动静，待了一会儿，看看没有什么变化，就又跳到筛子底下，大肆啄食，其他麻雀见它们不断啄食，安然无恙，马上一只一只跳进到筛子下面，有十多只呢，一些麻雀不断地东张西望，一些麻雀放开胆子啄着谷子。姊姊轻拍我的手，我一放绳子，筛子"啪"的一下倒下，只见筛子旁边飞出了好几只麻雀，我则赶快跑到筛子边，听得筛子下面有好些麻雀在乱撞乱跳，我和弟弟不禁大喜，大喊抓到麻雀了，抓到麻雀了。但是怎么从压在地上的筛子里面掏出麻雀呢，很不容易。当我轻轻揭开筛子一道缝，试着把手伸进筛子时，只听得"啪"的一下，一只麻雀从我手旁飞走了，我赶快合上筛子。后来姊姊想了办法，筛子四周用破衣服围上，再伸进手去掏，这办法果然有效，慢慢地竟掏到六七只麻雀。后来把麻雀放在笼子里，喂它们谷秕，它们就是无精打采，不理不睬，不肯啄食。第二天，我看它们还是不死不活，不吃东西，就打开笼门的一边看个究竟，谁知"啪"的一下，一只装死的麻雀冲出笼门飞走了，把我吓了一跳。我连说，麻雀真会诈死，真会诈死的，不能随便开笼。养到第三天，有的麻雀懒洋洋地啄了几粒谷子，就停下了，其他麻雀就是不喝水、不啄谷子。于是不久，它们就被我们当成大肆掠食稻谷的"黄雀"，做了我们的桌上菜了。

融雪过后，到处是水荡，傍晚就结成冰。特别是麦田里，小麦已有七八公分高了，要尽快除去它们的重压，铲扫积雪，这时沟里冰碴很多，很是让人忙了一阵。接着冬至来了，家里又是做冬至团子，又是做糯米（不磨成粉的）豆沙团子、糯米粉糍团，吃的花样多起来了，这都是我们自己劳动得来的果实，吃得香甜，吃得痛快！

至于到农历十二月中旬，请人磨粉推磨蒸糕，那是年关临近时的盛事了！

童年的故事，都是难忘的缕缕乡情！

如今乡关梦断，唯乡情深深深如许！

2010 年 7～8 月

恐怖与反抗

　　1942 年冬天还未过年，父亲从城里回来，和祖母、母亲紧急商量了半天，下午又做了些安排，就进了城。第二天一早，留下祖母在老家，一家带了几个捆扎着被子、衣服的大包裹，上了一只巷上熟人的乌篷船，一个上午，就把母亲、姊姊和我兄弟三人送到老北门的大桥下，船靠码头时，父亲早在那里等我们了。我那时只知道乡下很乱，日伪军不断抢粮、"清乡"抓人杀人，"游伯伯"不仅抢劫，还要"绑票"。经过父亲一番张罗，于是我们一家就在城中靠东的小娄巷住了下来。这里住房十分拥挤，破旧的三室一厅（一室堆放房东的家具），住了两家，各家六人，灶间两锅，一家一个，煮饭、炒菜都得用它。这里没有装上电灯，晚上还得点个油盏头，活动地方狭小得与乡下的老房子不好比。幸好邻居很是通情达理，我母亲也是很随和的人，两家从未发生过不愉快的事。

无锡县城区，是日伪军统治的中心地带，城门口站有手持长枪刺刀的日本赤佬与伪军，进出城门的人，都得在城门口停下来朝日本赤佬鞠躬，不懂礼数的农民，常常被鬼子打耳光，用枪托砸。我还听说常有人被摔"东洋跟头"的，特别是在火车站，日本赤佬觉得那个中国人不顺眼，他就走到那人跟前，一转身抓住那人的两手，像要背起那人似的。正在这时，赤佬屁股一抬，两手用力向上一摔，把那人仰面从他头上摔到前面地上，被摔的同胞由于惊恐，失去任何反抗能力，往往会被摔得半死，真是残忍极了。然后几个赤佬哈哈大笑，丢下被摔的人，拍拍屁股就走了！

　　进城不久，在南城门外的清明桥塊下，一个地位很高的汉奸遭到真正的游击队的伏击，被开枪打死了。游击队很快撤走，可日伪军却把城门紧闭，将无锡城东半个区的老百姓，赶到城中公园，让被捕的"游击队"指认，捉拿所谓凶手同党。由于每户都要去男人，我和邻居家的哥哥就代表两家去了。谁知走到公园门口，看到了一幅极为恐怖的景象。只见公园门口内外停了两辆日本赤佬的十轮卡，每辆车上站着十多个鬼子，端着长枪刺刀，他们面前各有两三个人，算是"被抓的"凶手，都用大块白布床单裹着，在他们眼睛部位挖了两个洞，让他们指认同党，这就像后来看到的美国的三K党人图片那样令人恐怖。后来知道，这些所谓被抓的人其实都是汉奸，人们走过他们面前，谁要是被哪个歹徒一指，那人立刻会被抓了起来，往车上扔去。所以大家经过公园大门时，都吓坏了，这些赤佬汉奸抓人是不由分说的！我俩当然很是紧张，也许那时我俩个儿还小，未受注意，总算没有发生意外。后来被赶进公园里的人越来越多，东边的同庚厅茶座前的空地上挤得满满的，通往同庚厅的石桥上的铜栏杆，都被压弯了，有的人被挤到荷池里去，幸好是冬天，荷池里的水不深。后来听说，这次"被指认"出来的十多个人，都被杀害了。最近老同学聚会，我谈起这次日本赤佬的暴行和蒙脸歹徒的所谓"指认"，都说有过此事，可是那时的无锡报纸却无记载。

公园东面是盛巷，盛巷东面有条大马路叫圆通路，中段有一所日本赤佬的小学。我们有时进出光复门，就走这条圆通路，都要经过这所小学。日本赤佬训练学生的方式完全是法西斯式的，大冬天，日本侨民的子女上学时，背着书包，头戴军帽，男生一律穿着短呢裤，女生穿着短裙，套着到膝盖的厚袜子。他们常在学校里集会，喊着口号，吹着铜号，唱着赤佬的战歌，透出一股杀气，每当听到这种号声、歌声，我的头皮就会发麻。后来每当我经过那里或沿街走路时，就学着他们"大东亚共荣"的调子，轻轻地哼着我自己填进去的反日歌词："还我河山，神圣的责任"，"中华民族，团结起来，打倒日本帝国主义"等。有时进出老北门，看到不少过路人向西边城墙头上张望，一经打听，原来那里挂着几颗人头，是所谓"土匪"的头，实际上是在乡下被抓遭到残杀的游击队领导人的人头，日伪想用这等凶残的手段镇压老百姓的反日斗争。日本赤佬的宪兵司令部在复兴路口，那里戒备森严，赤佬日夜持枪站岗，我们经过那里时都是目不斜视，低着头走路的。

大约是1945年的春天，县城北乡好些地方出现了"先天道"组织，是反抗日伪军的。老百姓对日本赤佬的残酷统治实在忍无可忍，一有人去动员他们，反抗的队伍马上就会组织起来。一天我家来了个乡下的亲戚，说如今荒年乱世，大家朝不保夕，乡下有了先天道，入道的人身带道符红带，可以刀枪不入，逢凶化吉，保得阖家平安，动员我家都去参加，特别是我们兄弟几人，还说先天道在哪里哪里杀了好些赤佬云云。我母亲文化程度虽然不高，但对神仙保命这类故事的态度还是很谨慎的，所以婉言谢绝了亲戚的游说。不久后就听到，先天道在北门外锡澄公路北栅口铁路沿线一带再次举行暴动。他们头扎红色符带，手执大刀，和日伪军对阵。双方人马越聚越多，先天道队伍口念咒语，舞刀冲向日本赤佬时，日本赤佬就用机枪扫射，结果先天道队伍被扫倒一大片。后面的先天道队伍见前面出事，马上乱了阵势，翻身拔脚就逃，结果又被扫死了许多人。唉，血肉之躯怎好与机枪子弹对阵啊！这场壮烈的反抗以失败告终，就像义和团的大刀和八国联军的枪炮拼杀一样，日伪军在城区又是大肆逮捕居民，滥杀无辜，十轮卡在附近的新生路上肆无忌惮地横冲直撞。父亲不敢去城外店里上班，他和母亲把我们兄弟禁闭在家里，好多天不许外出！南方城市是天天买菜吃的，城门多天紧闭，只好喝稀粥了。

　　大家隐约觉得，这是日本赤佬崩溃前的最后疯狂了！

　　但是，怎能忘怀那生存的屈辱与蹂躏！

2010 年 8 月

"仿佛有人唤我醒"

——少年心灵在审美中觉醒

我于四年级下半期转到了小娄巷底的无锡县模范中心实验小学读书。

这是城里校舍最好的小学了，原是一个庞大的建筑群，一条长廊将南北一分为二，北面是无锡县女子中学，南面是实验小学。往北隔河是辅仁中学，往东一百米是圣德中学，辅仁中学后面是东林小学。实验小学有大礼堂，大花园，曲折的长廊，好几幢教室楼，专门的音乐教室，宽敞的老师办公室，还有一个被假山围住的小池塘。

星期一早晨有周会，有校长或训导主任的训话，每天要升国旗，当然是青天白日旗，后来旗子上面加了条黄带子，这对我们并不在意。每次升旗都是在训导主任监督下进行的，我记得他说，国旗代表国家，升旗是神圣的事，这时，军人必须行举手礼，学生必须行注目礼，不得任意走动，升旗完毕后才可继续办事。国破山河在，政府已西迁，但国旗仍在升起！有一次，我们班上有些同学在升旗时居然打打闹闹，这位训导主任竟命令他们在国旗下罚跪达半小时，在残酷的时代，用了非常严酷的手段，真是震慑人心！在他的心目中，国旗仍是原来的国旗，它已经被撕裂、侮辱，你们还打闹，做人的自尊心何在？这件事以后，我更是学会了对国旗的尊敬，十二分的尊敬，它代表我的国家，它升起的时候，就是我的国家在升起！国旗是有分量的，它有不可忍受之重。直到现在，我仍然记着这种训育，在升旗、唱国歌的场合，总是肃穆地站立着，看着我们的国旗，这应是国民的起码素质和品格。遗憾的是，我们今天可以到处看到，在升旗唱国歌的时候，一些人若无其事地交头接耳，随便走动，真是愚昧、麻木，缺乏教养，他们实在需要六十多年前的那种"训育"啊！这位训导主任还会画油画，大礼堂左右两壁，挂有他的四幅油画，其中有幅是"季札挂剑"，是讲述诚信的故事，我常在画前观赏，至今记得。

在实验小学几年，所受的知识教育，历史地理方面学到了不少。我在乡下时，听到从宜兴贩卖东西回乡的邻居说起，游击队与日本赤佬在宜兴山里打了一仗，以为宜兴是远在天边的地方。哪知一上历史、地理课，方知那完全是井蛙之见。海棠叶般的中国地图一展开来，才知道祖国多么伟大，现在已是山河变色！至于在历史课上，得知我们的历史是那么源远流长，有众多发明与伟人。

我对音乐课的印象也很深刻。学校有个音乐教室，有架风琴，有个专业的女音乐老师。我四下进去后，就学了《满江红》，这支歌在乡下小学就学过，听着这曲子，它唱的好像就是现在，振奋人心。还有一只古曲《苏武牧羊》，一开始就是"苏武，留胡节不辱。雪地又冰天，苦忍十九年。渴饮雪，饥吞毡，牧羊北海边。……白发娘，望儿归，红妆守空帏；三更同入梦，两地谁梦谁……"老师说，苏武受到外国人侮辱，被放逐到北海边，面对淫威而不屈，保持做人的气节。老师这些话，真鼓舞人心，因此我们每当唱到这些歌时，心里总是有所指的。那时五、六年级，班上都有演讲比赛。有一次老师课上讲到孙中山先生说过"要立志做大事，不要立志做大官"的话，演讲比赛时我就用这句话做了我的演讲题目，写了篇演讲稿，到时在班上讲了一通。由于我演说并不出众，说话腼腆，不如城里同学会讲，所以也未得到什么奖励。但是这个思想却影响了我，直到今天，人总要做些有益的事，才对得起社会与父老乡亲。

鼓励学习，爱护友谊，如"夕会歌"，天天都唱："功课完了，要回家去，先生同学，大家暂分手。明天会，好朋友，明天会，好朋友，愿大家努力把学问求。明天会，好朋友，明天会，好朋友，愿大家早到无先后！"歌词简朴，却表现了先生、同学之间的深情厚谊。又如《加鞭跃马》："仿佛有人唤我醒，晨光盈盈上窗棂。仿佛有人唤我醒，三五小鸟花间鸣。喤喤何声，喤喤何声，腰肢伸。披衣起立舞纵横，披衣起立舞纵横，校钟鸣响旭日已高升，加鞭跃马力学是从征！"唱着这样的歌，真要披衣起身，闻鸡起舞，让人感奋自强。有鼓励自信、相信自己力量的歌《伟大的手》："你也有，我也有，大家都有，每天不离我们的左右。无论什么工作，它都能担负。它有力量，它能奋斗，要把世界一切强暴者铲除，要把世界一切弱小者援救。你道它是谁，原来是伟大的手！"原来手不仅仅是拿拿东西，还有对抗强暴、扶弱救贫的作用，这是我第一次听说，于是我就不小看自己了。后来还学过一支歌，名《凌霄花》，是教人要学会自立、自强，依赖别人虽然爬上去了，但终究根底浅，底子薄，一旦被依靠的人失势，依附者就会跌得粉身碎骨："有木名凌霄，独秀飞又飘。偶依一枝树，才抽百尺条。托根扶树身开花，寄树梢。自谓得其势，扶影摇动摇呀摇。一旦树推倒，独立残飘飘。疾风从东起，吹折又西倒。朝为拂云花，暮为满地樵。寄言立身者，勿学柔弱苗！"词义极好，唱起来也感动我们少年的心灵，好像体会到了一些人生的哲理，所以至今记得，做人不要去做拂云花。后来我在生活里看到，有多少

"凌霄花"，一时高到天上去了，可和云彩比肩了，但最终还是跌倒尘埃，无人理睬！

音乐课中的人性教育，也是很突出的，母爱的人性教育让我记了一辈子："母亲的光辉，慈爱地照耀着我们。她管着我们的冷暖，她关心我们的成长……她太疲劳了，你不见她的额上，已刻上一条条的皱纹……"学完歌，老师问：做母亲的辛苦吗？大家回答说：辛苦！老师又问：母亲家务辛苦，你们帮她做过家务吗，做过的举手。同学们东张西望，有的往后面看，有的举了手，我也举了手，很多同学不举手。老师说，母亲抚养我们是很辛苦的，你们现在长大了，要分担母亲的一些劳动，比如扫地，擦桌抹椅打水，洗洗自己的小衣服，替家里上街买个零用品什么的。这些家务我是早就做的，在乡下我抢着帮家里挑水，什么农活都做，而且很高兴地去做。但是这支歌曲引起我的思索和心灵的小小震动，我回家偷偷看看，母亲额上还真的有了几丝皱纹，这都是为我们操劳的结果啊，可是母亲总是不声不响，永远是做不完的家务劳动，她是多么慈爱啊，真疼惜母亲啊！

在小学里，老师还要求我们每半年远足一次。近一些我们选择惠山，远一些就去蠡园，那时没有公共汽车，春秋远足都是步行去的。到了惠山，要经过五里街，靠锡山一面的都是祠堂，里面供有各种牌位。也有名人祠堂（观），我记住了有个张巡大老爷的祠堂，大院子像无人管似的，荒芜一片。但有一副对联我至今记得：左联是"国士无双双国士"，右联是"忠臣不二二忠臣"。原来这副对联是讲张巡与许远的，他们是唐玄宗时的名将，因反抗安禄山造反，被困睢阳，不屈而死。农历三月十八日乡间庙会，彩旗招展，都要把张巡的塑像抬出来游行。鼋头渚很远，不敢去，直到中学里才和同学们结队远游。

不久，日本赤佬投降了，居民们像疯了一样，涌到大街上看赤佬往惠山集中。大街小巷到处是喜气洋洋。县城被占领、践踏，整整八年了！家园被毁，尸横遍野，真是"山河破碎风飘絮，身世浮沉雨打萍"，哪家没有受过日寇的荼毒！这年秋天我进了无锡县中学，学校这时大唱爱国歌曲，有两首至今还记得。一首是《抗敌》："枪声密集炮声响，死力抗顽强。步兵压阵在前面，马队列两旁。洒热血，送军粮，辎重输送忙。敌人未灭，壮志未偿，誓不回故乡！"这种歌在抗战时期是根本听不到的，八年之间从未接触过抗战的歌曲，现在来唱也不嫌晚，所以唱得挺起劲的。另一首是《抗战胜利》："号角声声，鼓声隆隆，伟大的胜利，多么光荣！欢迎呀欢迎，人民的英雄，请你接受我们歌颂！八年的抗战和苦痛，得到了今天的成功！如今每一个中国人，抬起头来挺起了胸！号角声声，鼓声隆隆，伟大的胜利，多么光荣！欢迎呀欢迎，人民的英雄，请你接受我们歌颂！"这首歌我们唱了好久，很是鼓舞人心。1945年的国庆节夜里，大家还参加提灯会，唱着《提灯歌》。

但是好景不长，抗战一停，内战即起。那些接收大员，贪污成风，趁机大肆敛财，席卷公产而去，生活又陷入动乱与困顿。这时我记得教我们的歌曲有《李三娘》，讲的是李三娘丈夫刘知远从军十二年未归，李三娘穷困潦倒的故事，这与老百姓多年战乱中的遭遇十分相像。"俺良人，从军远别，十二度青春。千里送雏儿，消息又沉沉。挑水磨粉，茹苦含辛，直到今。怎奈，干戈，沙场，关山，险阻。恨不能，插翅飞，便好梦，也难成。直指望，破镜重圆，再见光明！只落得，朝朝暮暮，思思想想，凄凄切切，冷冷清清！"这歌唱起来凝重而凄清，好像把八年离乱中发生的不少悲剧，父母双死、夫妇离散、音讯全断、子女生死未卜的悲惨境遇，演绎了出来。这歌每唱两句，都有过场，增加了曲子的回肠荡气的气氛。反映贫苦人生活的有《街头月》："街头月，月如霜，母女沦落走街坊。街头月，月如霜，母女沦落只得把歌儿唱！唱呀唱，唱呀唱，唱尽人世不平和苦难！唱呀唱，唱呀唱，唱到天昏地黑何时休！"还有《月儿弯弯照九州》："月儿弯弯照九州，几家呀欢乐几家愁。几家呀高楼饮美酒，几家呀流落在外头。几家呀夫妻庆团圆，几家呀流落在街头！"这些歌曲所唱的内容，几乎是我天天碰到的日常生活情景，真切、感人。初冬的时候，月儿西斜，在我家门口，有一阵还真见到一个小女孩手拿一根竹竿引着一个衣着破烂的瞎子，瞎子另一手拿着一面小铜铛，每走十多步路，就拿嵌在铛上的一把小铁锤敲一下，发出"叮叮"的清脆、凄清的扣人心弦的声音。他们四处流浪，卖唱为生，常常是生活无着的。歌声与这种所见所闻，给我印象很深。

抗战胜利后，学校里流行好些外国歌曲和外国民歌，有的是外国的曲子，我国学人作词，这些歌曲十分有名，脍炙人口。像李叔同写词的《送别》，曲子是美国的，配上中国式的充满诗意的词，虽然伤感，但十分优美。这支歌三四十年代的学生都会唱，五六十年代，当做四旧扫除了，但到 80 年代电影《城南旧事》采用这支歌后，又普及了开来。好的歌有如陈年佳酿，味正香浓。它抒发了人们常有的、又有文化意蕴的感情，历久不衰，所以摧残优秀文化从来是不能持久的。利用这个曲子配词的还有一个歌叫《到自然去》，不知是哪个电影里的插曲，40 年代学生也很爱唱："珊瑚岸，浪淘沙，海风拂长柳。白云深处是我家，青山照晚霞。草编裙，皮做衣，哪怕风雪雨。陆擒虎豹海斩蛟，杀敌有宝刀。珊瑚岸，浪淘沙，海风拂长柳。白云深处是我家，青山照晚霞。早撒网，晚耕地，工作夕阳边，优者胜利劣者败，携手到自然。"这好像是描绘被现代化了的远古的人与自然的状态、优胜劣汰的景象。《魂断蓝桥》也是40 年代末很流行的歌曲，这是爱尔兰民歌《友谊地久天长》，在美国电影《魂断蓝桥》中演唱后，风靡一时。这歌有好几种译文，各有特点。现在用的译文是："怎能忘记旧日朋友，心中能不怀想，旧日朋友，岂能相忘，友谊地久天长，友谊万岁，友谊万岁，举杯痛饮，同声歌颂，友谊地久天长。"这是第一段，其他几段讲旧日朋友，劳燕分飞，远隔重洋，要珍重友谊。我们那时学的译文是："思君朝夕，逢已太迟，今朝又相离！水流幽魂，花落如雨，无限情别矣！白石为盟，明月为证，我心早相许。今后天涯，愿长相携，爱心永不移！"如果这歌的原文根据的是《友谊地久天长》，那么《魂断蓝桥》便完全中国化了，虽然有几句译词陈旧一些，并译成了纯粹的爱情歌曲，而带有我国古典诗词的一些意韵，唱起来既有含蓄，又有深刻的表白，显得情真意切。当然还有《冬天到了，春天还会远吗？》，这是雪莱《西风颂》中的句子，但演绎成了一首歌："冬天到了，春天还会远吗？度过冬天，就是春天。不要为那枯寂而悲伤，不要为那荒芜失望！先在冬天唱起春之歌来，看呀春天，就在眼前！"这首歌大约是在 1948 年教唱的，在那黑暗的年月，它蕴藏着一种特别强烈的诗意感染力，一种对光明必然来临的渴望，使人从中获得信心与力量！

有奥地利的民歌《菩提树》，菩提树象征着故乡，流浪汉四处流浪，但故乡的菩提树给他流浪汉的哀伤的心以安详。有意大利的民歌《桑塔·露琪亚》，我们唱的这歌的词，可能是中国人配上去的："冷露润草花，远边多瓜架。夜色无限好，仿佛有人家。这边人声闹，那边车声大。村妇在织布，少女在纺纱。声声断复续，声声应又答，是说少年人，当知惜年华！"这似乎是一幅月色朦胧的、优美的中国农村的夜景。还学过一个抒情、轻快的歌曲《海边》："天连水茫苍苍，水连天白茫茫。天低处下夕阳，水平处现万象。天空鸟倦飞，海面鱼吹浪，我独立远望，悠然遐想！"后来知道，这是意大利歌剧《弄臣》中的一段有名的咏叹调，词是原歌剧中的咏叹，还是中国人配的，不得而知了。

这些歌曲，或激情昂扬、凄苦悲伤，或优雅馥郁、自然恬淡，它们唤醒着开始感受生活的少年心灵，滋润与拓宽着他们的内心世界，在审美听觉的丰富中，促进了人与人、人与自然的相互理解，以及人的精神的成长与发展。

1949 年 4 月，无锡解放，在中学里学了好些解放区的歌曲与民歌，听觉为之一新。特别是在暑期里学到的《国际歌》，唱着它，使人有一种慷慨悲壮、庄严神圣的使命感，令人振奋，即使现在也是如此。当然这支歌现在在某些集会上仍然可以听到，但只是哼着它的曲子，至于歌词则早就略而不计了。到了大学里，我又学了《华沙进行曲》《红旗颂》，它们都是俄国工人进行革命斗争时唱的歌曲，显示着为了革命事业而一往无前的精神！虽然现在已无人再唱它们，但当时我特别爱唱，即使现在我个人独处的时候，也会用原文歌唱，它们影响着我的年轻的心灵。

感谢歌曲，美好的歌曲，这是诗歌的音乐演绎！它们使我永志不忘！

2010 年 5 月

那年春节，在闵行

　　每逢春节，就有大批大批的外乡人大包小包身背手提，回家过年。据说今年的农民工和其他人员返乡过节，东西南北来往奔走的人有一亿三千万人，然后半月二十天后，他们再从四乡八落，有如潮涌一般，或返回原地打工，或找个新的落脚点，继续为城市建设出力效劳。那么多人春节回家过年，图的是一家人的团聚，那里有从小熟悉的山山水水，有自己的父母兄弟姊妹，是浓浓的乡情、化不开的亲情的召唤！是一年劳动后休闲欢愉的享受！

　　不久前在电视报道里看到，北京一个大学的工作人员，为了回家过年的同学，代买了一万多张车票，节省了同学去买票的时间；同时在网上也听了《有钱没钱回家过年》的歌曲，潇洒幽默；看报道，上海还有为穷困学生提供路费回家过年的。今年大雪到处封路，日暮乡关，江上烟波，路途坎坷啊！

1950 年的春节，我是从无锡老家赶到当时上海县的驻地——闵行度过的。老家过年的情景，只是我童年、少年时的回忆了！

　　到闵行去，自然不是为了去过春节，而是去完成那时无锡市青年团工委交给我母校无锡市一中的一个任务——派个青年团员为华东军政大学（在南京）去上海县做招生工作，为期十天。这时正是寒假，已是腊月二十七了。学校团组织派我出去，我想这可是为革命工作出力的机会，二话没说，一口承应下来。回家和父母一谈，他俩都表示反对，说："你真是没有清头了（头脑糊涂），大后天就是大年三十了，别人在外地都要赶回家团聚过年的，哪有这时候你反而离家往外走的道理？"我说现在政府号召移风易俗，反对封建迷信，新年代替旧年了，出去十天就会回来的。我把去上海县的介绍信给他们看，他们见是"上头"的通知，表示无奈得很，知道拦不住我，只是十分不快，不时摇头、唏嘘。第二天一早，我把棉被折叠捆扎，插进招生广告，捆成背包，一手拎了装着脸盆等洗具的网兜，告别一声就去火车站买票，豪情满怀地奔上海县去了。

　　这时我虽是高二上的学生，但从未出过远门。这次去上海县，先要乘火车到上海，再换汽车，再说我从来没有去过上海呢！坐在火车车厢里，还真有些忐忑不安。窗外闪过破旧的村落，葱绿的麦地，池塘，还有一片片深绿色的柏树、松树林。来到上海北火车站，已是午后。出得站来，只见破房、楼房参差错落，马路很脏。先打听去闵行的班车，买好了票，见还有时间，顺便就在附近的面摊吃了碗阳春面，算是顶替了一顿午饭。下午三点钟，上了去闵行的汽车，车子十分破旧，开起来摇摇晃晃，乘客都是农民装束，头戴破烂的汤罐帽或鸭舌帽，年纪稍大一些的穿着旧长袍，外束一条破旧油腻的青色围裙。十多分钟后，汽车已开出市区，到了近郊，坑坑洼洼的公路两旁都是麦田、村落、蒿草、小树林和坟堆。

　　行了个把小时左右，汽车到了闵行站，我赶快背着行旅下车，问一起下车的乘客，上海县团工委在哪里？都说不知道。原来这闵行站只是一个停车站，公路南北而走，两边都是麦田，桑树田，附近有几处房子，有的连在一起，有的是独门独院，是个小村落，有石板小路通向那里。向来往的行人打听，都说没有听说过这类单位，天色已擦黑了，这可让我犯难起来了。后来幸好问到一位年轻人，他指点我说，离马路五十米左右的那家独门大院里有个什么机关，可去问问。我背起行李就往那里走去，心想只要有公家机关，就不愁打听不到我要去的地方的。来到院子门口，大门洞开，跨进门去，只见一个身穿灰色棉袄棉裤的青年人，向我迎来，他操着苏北口音，问我有什么事。我说我是出差来的，找上海县团工委办事的，把早就捏在手里的介绍信递了过去，他很快地看了一下，连忙说这里就是团工委，这里就是。这真使我喜出望外，竟是一下就解决了我的难处。我把来意、关系向他仔细说明，说要在这里住下办公、招生，在这里搭伙，他说没有问题，都没有问题，说书记、部长出去开会了，晚上才会回来。于是领我到西厢的一间空房间，把我安顿了下来，并算做我的办公地方。

食堂在另外一处房子里，好多间房子连在一起，据接待我的那位青年干部介绍，县里一些机关都在这里。这些房子看来都是大户人家的，深宅大院，可能是被政府征用了的。下午五点钟左右，那位青年干部就领我去吃晚饭，在食堂里和一些领导干部照了一下面。晚上，外面天寒地冻，屋里阴冷异常，我不顾手冻，就在几十份招生广告上填上了报名地址，第二天早上我就请那位青年干部便中帮我张贴到附近村里、码头，他一口答应，我就静候四乡有志去华东军政大学的无业青年来报名了。

年三十终于来到了，早晨望着窗外，公路上、田野里一片霜华，悄无行人，这种时候，谁还出门走动啊，谁还会在大年三十来报名呀！新中国成立之后，政府不断提倡要改革旧风陋习，春节的习俗也被淡化了，不过吃年夜饭的节目却保留了下来。这里，白天机关里虽是冷冷清清，但到吃年夜饭时，食堂里却是人声鼎沸，热气腾腾的，机关干部、家属都来了，空气里散发着黄酒气味，一些桌子上已猜拳行令起来。端上的菜都很平常，只是量很大，我也喝了几盅黄酒，可给我印象最深的却是蒸包。蒸包是半圆形的，每个蒸包的大小足有现在用的大号菜盆一半大，里面的菜肉馅塞得结结实实的，看得出来，大家十分欣赏，我却吃了大半个就饱了。旁边的干部已经吃了两个，看我吃吃停停的样子，连连招呼我不要客气，说多吃点、多吃点。我总算慢慢地把一个包子吃完了，但是其他的盘菜即使再好我已不想再吃了。真的，直到现在半个多世纪过去了，我还未第二次见到过这样大的包子，所以印象特别深刻。

年三十晚上，大年初一、初二、初三没有听到一声鞭炮声，四野静悄悄的，我却发愁起来了，五六天过去，居然没有一个人来报名领表的。我想出去走走，又怕有人正好来报名，错过机会，只好继续守株待兔了。初四中午，我沿公路南去，走了一段，发现闵行有条街，一座小桥，十几户人家，门面破破烂烂，都关着，门上贴有春联，不过已不是过去的"开门喜庆，新春大发"，"招财进宝，黄金万两"，而是"移风易俗，过革命年"一类的春联了。初五，总算有人来问讯报名，一下居然有五六人，要了表，虽然乱忙了一阵，可让我大为兴奋。后来我和那位青年干部商量，去学校宣传一下可能会有些效果，但是他说寒假期间，学校是找不到人的。我心里想，我怎么在寒假就被人动员出来了呢？恐怕城市和小地方就是不一样！

最后两天，我不断跑到门外张望，好把来报名的人早早迎到我这里，但是公路上人影稀少，守了两天，竟是再没有人来报名的，这让我十分失望，心想要是没有初五那五六个人来报名，回到无锡，我怎么交差呢！

我在上海县闵行，怀着青春的激情，过了第一个"革命年"。从此以后，我常在外面，竟未能回家过上一个大年！随着日渐淡去的亲情，只留下长长的怅惘了！

（原载《文汇报》，2008 年 1 月 17 日）

那遥远、遥远的青春向往

1958年秋天，我正在国外学习，那时国内掀起了"大跃进"的高潮。

翻开当时的《人民日报》，满纸是振奋人心的消息。今天一亩地产几万斤稻子，第二天亩产又高了上去。为了表示并非虚说，驳斥"保守派""小脚女人"，报纸还特地刊有小孩坐在密集的稻穗上的照片，这还能有假？真是"人有多大胆，地有多大产"。还有小高炉大炼钢铁，日夜奋战，钢铁生产遍地开花，产量日新月异；报纸上图片的炼钢夜景是火光烛天，一路燃烧，那场面真是如火如荼，壮观无比，令人兴奋不已。

那时那种意气风发的建设热情，真使我感奋异常，它们也真的激发了无数人对摆脱贫困的理想的向往。我想我的祖国从今走向繁荣富强，将会雄踞世界东方，屹立于世界民族之林。到那时，世界上还有谁敢欺负我们！100多年来，我们受外国侵略者的欺凌、侮辱真是太多太多！我自然更加珍惜学习时间，渴望为祖国、社会工作。不久之后知道，那时从报纸上看来、听来的人间童话，纯粹是"东方夜谭"，"世界第八奇观"，它们不久就酿成了少有的"空难"。

那年国庆节前夕，9月30日晚上，开了一个晚会，很是热闹。晚会后，我回到宿舍睡着一会儿。一觉醒来，已是夜半。突然，我心潮涌动。我想起老家，贫困待助的亲人，故乡的田野，童年的伙伴，捕鱼摸虾，采桑养蚕；中学、大学的生活，朋友和友谊；想着北京，西郊的林荫大道，森青的园林；想着自己应赶快回去，做些工作。一会儿，背着古诗词，一会儿，思绪又转向东方，思念着、思念着，思念得我的心都疼起来了。唉，祖国，我爱你啊！我虽然身处异乡，但与你无比亲近。我仰躺着，闭着双眼，突然眼泪簌簌地流着、流着，竟无法抑制。流着、流着，竟一直流到天明，枕头两边都湿透了，才迷迷糊糊地睡了过去，真是"蜡炬成灰泪始干"！醒来后，回想起晚上想到的一切，竟是对我如此亲切、珍贵，它们好像都汇入了我的生命，随着我的心跳而搏动着。是的，我同故乡的父老兄弟一起经历过时代的苦难，也同他们共享过素朴的欢乐；我怎么能忘记我度过童年的家乡，它的一草一木，塘河苇丛，和散发着芳香的江南土地呢！

我的童年是在日寇铁蹄下的沦陷区里度过的。抗日战争后，年少的心灵曾经扬眉吐气过一个时候。随后，国民党的苛捐杂税、贪污腐化、巧取豪夺、武装镇压，遍地皆是，令人憎恨。内战一开，少年的我，就陷入了生存的苦闷，我多么梦想有个公平、安乐的社会啊！1947年至1949年，我在无锡县中学读书，和同学常常围着报纸看消息，感到社会真是处在风雨飘摇、危机四伏之中，国民党统治已摇摇欲坠，战场上兵败如山倒，大变动即将来临。1949年4月23日，我亲眼见到横渡长江的人民解放军，追逐有如惊弓之鸟的国民党的残兵败将，他们日夜兼程，赶路如小跑一般，通过城区的主要街道，朝苏州方向而去，其势真是摧枯拉朽一般，勇不可当。我站在路旁看到这副情景，心里直叫好。有时见到整排整排的解放军战士，在夜里入城后休息下来，就蜷缩在大街两旁店铺门口休息、睡觉，不敲门、不打扰店家。

后来看到随军南下的当官的干部，与一般干部同甘共苦，他们因为需要赢得人民，立足下来，所以他们和蔼可亲，奉公廉洁，不是太爷，不以权谋私，不贪赃枉法，不封妻荫子，不搞金权交易，不从外国投资项目中攫取大把大把的美元回扣，存入美国银行户头，为他自己、他的妻子、儿女享用，他们免去了老百姓向他们下跪的习惯，他们真为老百姓办事。我拥护的真是这样的干部和军队。那年7月，我进入无锡暑期青年学园学习，第一次听到《国际歌》，那激越、高亢的曲调与那一往无前的悲壮歌词，竟使我心头阵阵发热，两眼热泪欲滴。我好像觉得，我对这一理想，已期待得很久了，它虽然还很遥远，但觉得曙光在前。我多么愿意全身心地投入到为祖国服务的行列中去啊！我的青春的向往！

1959年秋，我回到北京。正是怀着服务于祖国的激情，使我投入了文学研究工作，努力读书、写作。当然，后来明白，我的不少精力被歪曲使用了，这也是时代使然，使我失去很多很多。三年困难时期，由于天灾人祸，有几年吃不饱肚子，全身乏力浮肿，但我读书常至深夜。那时每月只发半斤粮食的点心票，买来六七块糕点，说是有计划地每晚吃一块，但我忍不住竟一个晚上就把它们全吞下去了。有时冬夜读书，饥肠辘辘，无可充饥，难以忍耐，只好回宿舍睡觉。但等我走进集体宿舍大楼时，走廊里的路灯、宿舍里的灯光都已熄灭，正好碰上阴历月底月初，眼前是一片黑暗和静寂，一时竟找不到我的宿舍在哪儿。幸好我记得我的房间的顺序号，于是重新走到走廊头，一个一个房间轻轻地摸过去，才算摸到了自己的卧室，推开门，爬上了自己的床位，这样有好多次。那时我在这种夜读中，真是自得其乐，感到满足与充实。

年青时代构筑的梦想是美丽的，她是我的生命的灵魂。她时时伴随着我，即使后来我陷入了绝境，也能使我忍辱苟活。一旦阴霾尽去，又会激发我身上的热忱，去进行耕耘与收获。

我感谢生活，感谢那陪伴着我的美丽而又遥远、遥远的青春向往！

（原载《光明日报》，1997年5月6日）

友情如歌

——一个四和一个四十

　　每当我拿起逝世多年的小弟与小妹留给我的一个小红本，我的眼角不禁会湿润起来。这个小红本是我小妹读书的小学在 1957 年奖给她的一个小奖品，盖有那个小学的校名。它的真正意义是，记录了我出国留学四年（1955—1959）家里的债务情况，为此我回国后与我大弟一起，还债还了整整四十年，真是一个四和一个四十！后来每当我翻看这个小红本，看着我的那些"债主"——同学与几位亲戚的姓名，在我黯然神伤的时候，心底总会泛起一种由衷的感激之情。在我那么困难的年代，竟有那么多友谊之手拽着我，一路颠簸地走将过来，一路的友情如歌，没有使我走向沉沦！

　　1955 年年初，人大校方通知我与另一位同级同学，被推荐参加留学苏联的考试，让我们好好准备一下。获此佳讯，我自然大喜过望，说实在，我虽然学习俄语，可从未奢望过想去苏联学习。但是问题马上来了，那时我的老家已经十分贫困，父亲早已不能工作，从 1953 年开始，家里已经在举债度日，父母希望我大学毕业后，要挑起家庭生活的担子，自然，这是我义不容辞的责任。此事同领导一谈，领导叫我不用担心，说按照规定，去苏联后可向我驻苏使馆申请家庭困难补助，是不成问题的。于是我解除了思想顾虑，一心扑在俄国文学的复习上，不久，通过考试很快获得留苏资格。

这年秋天去到苏联，我被莫斯科大学研究生院的俄罗斯语言文学系录取。生活安顿下来后，我就向中国驻苏使馆申请家庭困难补助，不久接到通知，说只有参加过工作的学员才能申请，我是青年学生出身，不符规定条件。这真是一个晴天霹雳，把我来苏学习的喜悦完全淹没在绝望中了。前一年大弟已考取了北京医学院，所需费用不多；小弟初中未毕业，为生计所迫，就进了一个地质勘探队，奔走于陕、甘地区的山野里，生活可以自理；可家里还有父母和身有残疾的姊妹，四人要生活下去，我怎么办呢？那时我在苏联的每月助学金是足够生活和零用的，还可以剩余一些。于是我向使馆提出，能否用我部分节约下来的卢布换成一些人民币补助家里？这个要求马上被驳回，说这是不容许的。道理很简单，当时人民币与卢布的兑换比例极不公平，而且多是以物易物，我国运出的是大量农产品，从苏联运进的是大机器，其中差额极大。留学生的费用对于国家来说，花费昂贵，代价极大，国家不容易啊，所以申请被驳回我是完全理解的！

在走投无路之中，我想起了几位中学、大学同学和几位同辈亲戚，他们都已工作，能否请他们帮忙呢？每月借个二十元就足够了。于是，我怀着忧郁、不安的心情给他们写了信。他们回信说，我家里什么时候需要，只要我说一声，他们马上会寄生活费去的，安慰我不用担心，大家帮衬帮衬，就对付过去了。每当我捧着这样的书信，觉得世间的友情、真情，真是热人中肠，千金难买！当然也有一位新中国成立前情况紧急时受到我父亲帮助的朋友，如今是高官厚禄，倒与我家划清了界限的。我在同学们的支持下，安心下来；同时为维持老家四人最低限度的吃喝，到后来我大弟也卷进来了，向他的同学借债，四年之内我们俩都成了债务人。在国外期间，亲情毕竟难忘，有时想起他们的窘境，不免心酸，常常辗转无眠。一次在阅读陀思妥耶夫斯基的小说《穷人》，读到那位小公务员信里写到他的穷极潦倒的邻居在寒冷的冬夜因举家断炊而啜泣时，我怦然心动，立刻想起我父母姊妹可能也处在这种温饱难求的日子中，竟是潸然泪下，热泪双流，当眼泪流到我的嘴角，我真正尝到了穷困的"滋味"了。

回国后分配了工作，就回到老家省亲，看到五十多岁的父母已是十分衰老，穿着破烂。父亲因老家113平米破旧住房（原为堆栈）超过了8平米的规定在1955年硬被纳入"公私合营"的"经租"范围，规定七年之后就应向国家缴纳房租也即房产充公，为此百思不得其解，因此每当谈及房子时，常常语无伦次，精神失常。至于我姊姊在我去苏联后的第二年，因重病无钱治疗而早已病逝，这信息直到我这次回家父母才告诉了我，使我顿时热泪直流而不胜伤感。一看三弟（这时已与他人对调工作回到无锡）与妹妹交我的债务账目，竟有两千多元而使我心头感到沉重。但和父母讲好，我和大弟（已毕业工作）现在都有了工资，我们每月都会给家里邮寄生活费用和有计划地还债，请他们二老放心。于是开始了我们两兄弟的还债的长征！

我向老同学们表示，感谢他们在我陷入困境时伸手帮助我的深情高义。他们安慰我不要着急，先安排好老家生活再说。其中一位中学同学，是几年下来借给我家款项最多的之一，他安慰我好好工作，债是不要我还的。我回信对他说我哪能忘恩负义借钱不还呢！如果不急，我安排稍后一些时候还。这样，我和大弟每月的工资，各自扣除最基本的生活费用，部分寄给老家，部分用来还债，几年之间从不间断；间或我还写些稿子，弄些稿费。60年代初，我在《文学评论》上发表过两篇文章共2

万 4 千字，那时千字 20 元，竟得了 480 元稿费（现在物价早就涨了几十倍，我曾主编过多年的《文学评论》的稿费是千字 29 元和 30 元）；同时在京地和外地的报刊上我也发表过一些文章，有所收入，但未敢改善一下生活而都用来还债了。1963 年，我妹妹得病因无钱医治，很快病故。消息传来，使我伤痛不已。我想都是我的过错，要是我早些出去工作，家里境况何至紧迫如此，姊妹们的身体也可能会健康些，不至于一个接一个地早逝。我去东单邮电局（当时在东单路口）打唁电和寄些钱回去，在电报稿纸上刚写了"闻妹病逝，不胜伤痛"，这时亲情与内疚一起涌上心头，竟是伏在邮局的柜台上掩面而泣！好在到"文化大革命"前夕，在六七年间除了那笔同学的大款项，都已还清。那时同学之间讲的是情谊，借钱的和被借的双方都没想到要偿还利息的，所以过去借多少就还多少。60 年代初，我有了小家庭，有了孩子，后来很长时间里小家庭的支出全由妻子负担，患难之中从无怨言，也实在不容易，那岂是一声感谢了得！

只剩下 Z 君的最后一笔债务了！他先是被下放苏北，通了几次信，"文化大革命"一来就失去了联系。"文化大革命"结束后，我父母在贫病交加中一月之内双双亡故。我由于经济拮据，又是属于帽子拿在群众手里的人，不敢添乱，竟未能回老家去为二老送葬，而成为我永远的伤痛。但是生活毕竟初步安定下来，回归了理性与秩序，随后我个人经济境况也有所好转。80 年代，四散的老同学们开始恢复联系，直到 90 年代，我总算打听到了这位老同学的确切下落，同他联系上了，真是峰回路转，历尽曲折。我知道我欠他的账与情非同一般，现在物价早已上翻十多倍了，我给他写信说要汇款去，他回信却仍然说，他过去寄出的钱是不要还的。看来这笔账与情，我要和他当面"交涉"的了。不久之后，我的小弟病逝。他少年时期东荡西闯，历尽艰辛，后来因病回到老家，总是郁郁寡欢，安分工作，辛苦度日。我因离家较远，不常回家，所以照顾父母的杂务，主要落在他的身上（大弟在上海工作，他一家是常回家去看望的），所以使我特别感谢他，常感歉疚，未能使他在少年时期受到良好一些的教育。他的去世使我极为伤感，为此我专程去了趟无锡，至此我家兄弟姊妹五人，三死两剩。随后我去拜访了 Z 君，诉叙差不多有半个世纪的阔别之情，他仍如青年时期那样淳朴、爽直。之后话归正题，我拿出了一个钱包作为我的欠债还他。谁知他仍旧是那个脾气，坚决推辞，说我过去困难，用了就是用了，现在他也不缺钱用。结果归还与推让，竟使我们几乎在他家里要打起架来了，Z 君真是个血性高义的汉子啊！最后我只好另想办法，回到北京通过几次邮寄大体才算了结。这样，四年债务，竟是断断续续地还了四十年才算还清了，得到过的总是应该偿还的。

朋友是一个有着情谊的群体，相互信任，同步行进。当你要跌倒的时候，他们会自然地扶持你一把，使你继续前行；当你在物质上陷入困境的时候，他们会无私地支援你，使你渡过难关化险为夷；当你精神颓唐的时候，他们会使你挺起腰来，坚定你的信念；当你迷惑于生存的时候，他们会提供你解惑的知识，共享知识的快乐，我都经历过来了。想着同学少年友谊的纯洁与忠诚，我相信人间真有真挚的情义的！想着所欠的金钱是可以还清的，但是那质朴与无邪的真情与情谊，岂是可用金钱去偿还得了！

人的生存是需要友情支持的，需要寻找友情，建立友情！兄弟般的友情是一种财富，也许我的物质生活并不富足，但是拥有这种友情，可以使我的精神为此而富有，获得提升。比如孤寂、迷蒙、焦虑与绝望，是今天疯狂掠夺的资本必然带来的多种病症，是正在弥漫开来的世纪病症。但是我有把握地说，拥有友谊的人，在这个人世是不会孤寂与绝望的。如果人的一生伴随着纯真的友情，那充满友情的生存就是充实的人生，那他会是一个幸运的人！

友情如歌！

2007 年 10 月

桐荫梦痕

1974 年我家从东交民巷东头，调房到西郊的北京外国语学院（后改为北京外国语大学）西院，在西院北楼一住就是 30 多年。北楼房间高度是 3.2 米，现在的新房只有 2.5 米或 2.6 米，所以北楼的四层楼房就像现在的五层楼房一样高。一些朋友到我家里，都说我家住房好高，很少见到这种高房子了！

北楼南面的空地在 50 年代初盖房时，种了十多棵梧桐树，还有其他杂树，我家搬进北楼时，这些梧桐树已长得粗壮挺拔，竟和北楼一样高了。一到春天，稀疏的枝干末端和枝干突出的节梗处，猛爆嫩芽，不几天就长出红色的小叶子，然后看着它们天天疯长，二十来天就长成比手掌还大的叶子了。梧桐叶铺展开来，一树荫绿，挡住了炎热，站在窗口，觉得大大地减弱了夏天的暑气。俗话说，梧桐枝高引凤凰，可现在哪有凤凰，倒是喜鹊、鹁鸪、麻雀，几种叫不出名字的翠鸟，常来光顾的。它们在梧桐枝干之间跳来跳去，叽叽喳喳，或作小憩，还有高空带着风铃来回飞翔的鸽子，点缀着我的窗口。我常静静地看着它们，真是一种愉快。看着看着，我就做起了我的桐荫之梦来了。

东坡先生说："事如春梦了无痕。"茫茫世事，真如春梦，可不，你不经意地放过了它们，它们就渺无踪影。但是细细想想，这话其实只说对了一半，比如，你把它们记录下来，事情可就不一样了，你不仅留下了梦痕，而且是在记录着历史，历史不就是这么记录下来的吗！

80 年代前十几年，我的日子生生死死，大起大落，如梦似幻，我老想把它写出来，但我不善于一心二用，只会单打一，天生的笨拙啊！不过从那时起，我趁着"工作"之余，写些笔记、散文，记述一些亲身的经历与感受，它们就是我的体验与感悟。可是我又想，我不仅要记事，还有一些事也值得记下，那就是梦，梦里有许多有趣的东西呢，它们与真实的事是相互补充的，它们也是我的亲身的体验与感悟啊，只是被赋予了虚幻的色彩。于是也是从那时开始，我还真的记录了我做过的各种各样的梦。人的意识中的黑洞般的无意识活动，它的种种乔装打扮，扭曲变形，它的曲折的非理性突发与展现，确是丰富了人对于自己的深层认识，从这种意义上说，它们也是现实生活的组成部分。

我白日做梦，这就是白日梦了，梦醒后就记下，这种梦还真做了不少。我记下后想想，人世间不少事物，不就像白日梦那样一幕一幕地闪现过去的吗？晚上梦得更多，有时梦做过后，印象很是清楚，心想明天再记吧，可是第二天就想不起来了，了无痕迹，因此后来做过梦后，虽然直想睡觉，但还是起身写个大概，可以帮助记忆，白天再来补充。此外，明明是做了一个梦，很有故事性，醒后发觉原来是在做梦，于是继续工作、活动；可不知什么原因活动被中断了，真正醒了，原来做了梦中梦。有时我做了梦，对人说我做了个奇怪的梦，把梦中的经历说了一下，于是谈论起来，说我在梦中，后有坏人追我，前有大河阻挡，我那时就会闪动两手，在水面上忽高忽低地飞掠到对岸，讨论的结果是，我的心脏可能有问题，说到这里，突然梦醒，又是一个梦中梦！心理、生理上的不少问题，还真会在梦中见出一些端倪。

我的日记里记录了好多的梦，收入这本小册子的《雾湿梦痕》，就纯粹是个梦的记录，我的《东方日报》记者的头衔怎么来的，怎么会是个雾蒙蒙的细雨天气，去和托翁约会，只好说是梦的"拼凑"功能使然了。我梦见过好些作家，如老舍、冰心，还有其他作家与外国友人。我见到老舍时，是在夏天乡间的一间相当大的破房里，屋里蛛网很多，他躺在一张破床上，上有一顶帐子，屋顶上有个大天窗。我一进屋子，老舍先生就大声叫我名字说："你那本小册子里错字好多啊！"我忙说："是啊，是啊，多得连我自己都不愿看了！"这之前我出版的几本书里，几乎挑不出错字来，可第三本书里错字那么多！想起老舍先生早已沉湖，可还在关心我书里的错字，真让人无地自容啊！随后这个场景就隐没了，醒来让我更感愧疚。想起误植之处，白纸黑字，就是用斧子也砍不掉的呀！在这里，梦竟与现实完全交织在一起，梦是现实的延续！我见过冰心女士，她中等身材，身穿长袍，从东城的一条胡同中段的一家门口走出来，怀中抱了一个小孩，旁边有棵大槐树，她缓缓前行。我少年时代读过她的《寄小读者》《斯人独憔悴》与《到青龙桥去》若干篇什，我似乎回到少年时代，立刻认出了她，于是马上迎上前去说："冰心女士，我是在您的《寄小读者》里长大起来的呢！"她只是微微一笑，并不答话，继续走路。我想我怎么叫她"冰心女士"呢？她起码比大我一辈呢！"冰心女士"是我能称呼她的吗？她出版的《关于女人》，自称"男士"，可谁是第一个称她为"冰心女士"的呢，是她自己吗？一时难以考究了。想来想去，觉得还真好笑。

反过来说，现实生活里的不少境遇，真像梦幻那样美丽。沈从文先生描写的湘西故事，"美丽得令人忧愁"，或是"美丽总是忧愁的"。一年仲春，我和吉首大学的简德彬君与湖南师大的赖力行君有湘西之行。在美丽的金鞭溪游览，照简君的说法，我们不是漫游，而是在"狂奔金鞭溪"了，因为时间实在局促。但是进入宝峰湖，好像立刻进入了梦幻似的。湖的四面层峦叠翠，奇山怪石，野花杂树，满湖绿水，湖中小岛，轻雾中恍如仙山一般。这时忽见湖边停靠着搭有篷盖的小船，船头站有一位身穿红色长裙的年轻土家族姑娘，对着我们游船唱起了情歌。谁知我们的简君也是土家族，竟是放开歌喉，与她对唱起来："你要是嫁人，不要嫁给别人，一定要嫁给我！"一听这直白火辣的对歌，我们都哈哈大笑起来，使得水波也是起劲地荡漾开来。土家姑娘的回眸一笑，使得这万绿丛中一点红的景色，更添上了几分的温柔与妩媚，这是动态的湖山之美，令人陶醉。这是多么温馨、纯情的调侃呀！简君后来说，这"也是对遥远的永不再来的青春恋情的略带忧伤的追怀"！湘西之行，真是"一个美丽得令人忧愁的梦"！

"附录"里收了两篇速写，或叫杂记，是 60 多年前我少年时期写的，发表在那时的报纸上，从此开始了我的写作之梦。沧桑巨变，几篇短文能够保存下来，真是一个奇迹，算是一个珍贵的纪念。不久前，中国作协授予我一张从事创作 60 周年的荣誉证书，刚看到时我吓了一跳，后来一想，如果从我发表的那两篇短文算起，那可真有 60 多年了。"附录"里还收有几首旧体杂诗，由于未曾认真学过这类诗的作法，不合诗律，只能算是乱涂的打油诗，抒情一下而已！

外国有个民歌，说的是一个游子自小在故乡菩提树下游乐，尔后在外流浪多年，身心交瘁，他常常回想起故乡的菩提树，而菩提树枝就会在风中籁籁作响，呼唤游子来归，许他会在树下找到安详！我在窗口的梧桐树荫下，做了几十年的梦，有过甜梦无数，也有不少的梦使我悲从中来，黯然神伤。这窗前梧桐树荫，就是我能够找到安详的地方了！我写下的一些学术随笔与散文，算是我留下的梦痕，我的生命的体验与感悟。于是选集起来，就叫它为《桐荫梦痕：体验与感悟》！

2010 年 10 月 18 日

附　录

口　试

　　投考学校和机关，除了笔试和体格检查之外，最后一科，便是"口试"。

　　考试时，先生大有好坏，口才迟钝些的，会少问两句，口才灵敏点的，会多问一会儿，有时会问得学生们哭笑不得。口试的时间，在学校里，多至 5 分钟。考机关可就不同了，我在某报看到的一段小说中，说一位姿色漂亮的大学女生，去投考某机关，口试足有 30 分钟之久。

　　最近，弟弟去投考某私立中学，我去送考。

　　口试的时候，弟弟自去排队，我便在场外看着，听着。

　　一个进去了，老远便弯腰敬礼，口试的先生开口问道："你今年几岁?"那孩子回说："12 岁。""看你的样子一定喜欢白相的吧? 今年溆了几个河浴了?"那个小同学样子很窘，一时答不出来，先生一挥手，说声："出去吧。"说完，便在本子上打个记号。

又一个进去了，对先生欠了一欠身，那先生便问道："你爹叫什么姓名？什么职业？"那个学生见了这副冷脸，吓得只报了一下父亲的姓名，便呆在那里。先生脸儿往下一沉，便道："12 岁的孩子，连自己父亲的职业都不知道，大概他一定是做投机生意的了，或是奸商，去吧!"末了，还补了一声："不然，怎么连父亲的职业都不知道呢？"那个学生拖着沉重的脚步，悻悻地出来了。

又一个进去，我再也不忍看下去了。

回转身来想想，这个口试先生真太可恶了，骂了人家父亲是奸商、投机商人还不算，还添了句："不然,怎么连父亲的职业都不知道呢？"即使那小学生的父亲确是奸商，投机商人，这与小学生有什么相干，为啥要拿看奸商的目光来看待小学生？

忽然，我理解了，从前做父亲的犯了重罪，不是要满门抄斩的吗，那小学生已是便宜的了。

不过，我不明白，这算什么口试？

（原载无锡《人报》，1948 年 9 月）

人　情

弟弟去投考某中学，我去送考。到了投考的学校了，停了一会儿，弟弟自顾往考试场走去，我便被"送考人止步"五个大字，留在外面的亭子里。同我坐在一条长凳上的，有一个我的同学，一个中年女人，她手里还拖了个小孩，一个花发的老女人，和一个卖面包的校役。

好一会儿，那老女人问卖面包的校役道："会计主任……吴先生，几时才来？"

校役回答说："大概就来了，你是不是要找他？"

"是的，是的，有点事。"

一阵子讲谈过后，那老女人又和那中年女人低低地讲着什么。

时候到了，一个校役一面摇铃，一面喊着："要考的快些进教室，要考了！"那卖面包的校役就帮着喊："快些，快些，过了五分钟是不能考的！"

老女人又问那卖面包的校役，他回答说："就快了！"

刚说完，一个人从校门外走了进来，手里还拎了一只黑皮包。卖面包的校役便对两个女人说："来了！"这时会计主任已经走进了亭子，两个女人立刻站了起来。老女人便向会计主任满脸堆笑道："某官，你来了？我们等你好一会儿了。是我们老大要来考这里的学校，录取了还要寄宿，要请你某官照应照应他呢。"

会计主任也是一脸的笑，回说："好的，蛮好！"

那老女人又是一笑，笑得真丑，道："你有事的，忙的……"那个会计主任又一阵说："好的……蛮好……"就进去了。

老女人和中年女人走了，我觉得安静些，默默地看着亭边池里荷叶上的露珠。在这时，我旁边的那位同学怪叫起来："嘿，嘿，这算什么！"

我却笑他，见的"人情"太少了！

（原载无锡《人报》，1948 年 9 月）

再生之歌

　那旧时的歌我早已唱完
冬天到了春天还会远吗
黑色枝头，水滴灵动
可是那飞雪的残梦点点
雨水横空，那绿色的流溢
可曾浸润那陈年的远荒
又是春天，又是春天呀

我那苦寂的心
渴望盈盈碧水的河塘
我那干黑的身躯
时时梦想蓝色天幕的遮挡
我躺得太久，梦得太长
生命曾如游丝轻烟
飘荡在黑星如爆
黑雨如箭的旷空
无依的孤魂昏瞢

也曾倒卧在黑色的浪谷
曲折地上下浮荡
如今，那春之讯息
不再是四时轮回
恰是春潮圣光
在潮涨潮落的祈求中
我笨拙地舞向再生之欢唱
又是春天，又是春天呀

我坐在小花园里
静听那春之喧哗
绿色的喧哗呀
杨冠簇簇迷眼蒙眬
生命可在绽开攒动
柳丝轻荡的执著
可在挽吸那缕缕地泉
阳光漾开我童年的微笑
可曾带着母亲的慈祥
轻抚我那厚黑的伤痛？
突然，那瞬间的催动
使那男子汉的感激之泪
有如线断珠崩
又是春天，又是春天呀

让我复苏吧
那无妄之灾的命运
着实令人长叹
可那再生之恩
定当涌泉相报
就因那苍茫的皇天后土

是我无限留恋的故乡
那里，有我妻子忠诚劳苦的目光
有朋友才华的飞扬
有寂寞探索的欢畅
最难风雨故人来探望
还有，我知道
五千年的土地需要翻耕
让民族变懒的霉味瘴气需要扫荡
没有英雄的民族是平庸的民族
凌空蹈虚的救世主
也只能让我掉进迷幻的天堂
让逃亡者掉头而去，吐沫飞溅
创业者虽九死其犹未悔
不是留恋公平穷困的许诺
和那生来就要让人代表的屈辱
却要使痛苦的智慧
重建辉煌
再度辉煌
又是春天，又是春天呀

还我旧时的节奏吧
那时怀紧迫的翅膀
我不再坐在太湖之滨
叹息生命宛若逝去的风帆
也不再在故园的老屋旁
依着老桑树和乌桕树
失声痛哭
我扶着青枫白杨
琉璃宫墙
又穿过那车潮人涌的十里长街

在高楼和四合院的融合中
寻找那时髦又古老的灵感
我只有在立交桥多变的转动中
享受那未曾有过的自由
挥洒那生命的流畅
我乘风于青蘋之末
趟过冷月黄沙，大漠雄关
穿过天风海雨，雾山云谷
看不尽那三春杨柳
九夏芙蓉，秋山红叶
请相信
只要落入黄泥土地
我就会开花结果
花开
即使泪干风烛
自会升腾一片素朴的灿烂
结果
就像那山林果
会红遍那西山坡，东山脚
又是春天，又是春天呀

作于 1990 年春日大病之后

（原载《大地》，1991 年第 1 期）

杂　感

——几首凑成的旧体打油诗

记干校

其　一

东岳多悲风，楚道尽艰辛。
沙洋隔秋水，空忆儿女情。
黑白分清浊，毛班何时竟？
明港中秋夜，素月如冰心！①

其　二

禾苗黄返青，白露复中原。
干校岁月多，提钩去捕鳝。

---

①　东岳即我的下放地，在河南息县，明港在河南信阳之北，当时我则身陷毛班；沙洋，是我妻子的下放地，在湖北；一个五岁的女儿，则与姥姥留在北京。三地关山阻隔，只好多年遥望。

蛙声忆儿时，流水逝旧年。
安得自由归，烟雨望梅园！①

其 三

柳烟笼轻尘，黑水绕东城。
帘外清明雨，专办万岁声！
新屋曾为鬼，荒坟泣孤魂！
今日长堤外，花红三月春？②

1972 年于明港

登庐山望江亭

望江亭上望大江，只见烟波不见江。
观崖台上观群崖，近者魑魅远魍魉。
日照香炉神仙会，汉阳峰动铁鼓响。
庐山本是清凉地，游人闲论彭大将。

1984 年 9 月 23 日于庐山

---

① 明港兵营周围是种稻子的自流梯田，冬日也是流水不断。梅园为故乡无锡西郊名胜地。

② 黑水为东岳（岳城）西北的汝河。专办即专案办公室，每当批判"反革命"，就有"无产阶级文化大革命胜利万岁"的吼声传出，新屋是我们盖的土坯房。土坯房往西，有长堤，堤外为"小江庄"，村前有几枝桃树，花开三月，零落惨红。干校迁往明港，林彪摔死，但继续奉北京之命，加码大搞反革命。有人因不堪无穷的残酷迫害，自寻短见，出现这种情况，墙上就会刷出大标语："某某某自绝于人民，罪该万死，死有余辜！"一见这种标语，我们知道有人自杀了，一条标语，勾销了一个人的生命。死者就被浅埋在明港军营外的土岗上。没有人性的野狗不时把死者的尸骨拖将出来大嚼，血迹斑斑，腥臭难闻。

大箕山即景①

大箕笼葱翠，五湖②锁青烟。

云去鼋头近，雨斜三山远。

好望③荡残日，竹亭④窥月圆。

待到秋风起，香应满江南。

1990 年秋

长岛游

果然一宝岛，青峰长环绕。

仙阁云中浮，蓬莱一水遥。

借问八仙人，何处灵镜台⑤？

我欲乘风去，天海任飘渺。

1992 年 8 月 18 日于山东长岛

---

① 少小离锡，而今病后回乡，已霜染两鬓。朋友祝我："但愿太湖水，洗尽我伤痛。"在大箕山华东疗养院，漫步树丛幽径，听蝉鸣虫唱，看秋山黄叶，感静谧之无穷，似有远离尘嚣之意；坐观太湖风云，一时四变，残阳烧天，渔舟唱晚，可获怡然自得之乐。

② 即太湖。

③ 大箕山南端被称"好望角"，三面临水，东望鼋渚，西指三山，极目远眺，太湖烟波，湖光山色，尽收眼底，是观日出日落佳绝处。

④ 山上原有竹亭，斑驳雅致，今已改建为水泥凉亭了。华东疗养院四周，桂树如墙；九、十月间，花开二度，香溢四方。

⑤ 借用佛语。

随　感①

大堂之上溢清香，先贤后学偶相逢。

家珍细数有吴君，大笔如椽是康梁。

异乡纵横凭国魂，故园急步造青锋。

他年若遂凌云志，再度辉煌我东方。

1993 年 8 月 3 日于维也纳

武夷游

十里清流何处有？九曲武夷九回头。

奇绝天成岩如削，插天拥翠峰竞秀。

遥望大王②沉众壑，欲上天游③登铁楼。

世事纷扰随风转，此山此水消我愁。

1995 年 5 月 23 日于武夷山

---

① 1993 年夏于维也纳偶遇吴君，一见如故。吴君侠义豪放，古道热肠。观其堂上，有康、梁字联，大千山水，实为赏心乐事。诗以记其事。

② 大王峰。

③ 天游峰。

游戏诗一首[①]

晓鸥绕渭亭，伟平到陈村。
舒婷写兆言，丹娅学中文。
周锋好秉谦，斤澜听晓声。
轻舟江上游，笑语盈富春。

1995 年 5 月 25 日

梦游岳阳

五月下洞庭，汨罗粽叶青。
风追舞黄鹤，波涌震岳城。
三湘草萋萋，君山树森森。
我辈皆狂客，万里寻诗人。

1996 年 5 月 23 日

---

① 1995 年 5 月"太湖旅游区 95 华东笔会"，一路结伴同游的作家有高晓声、叶兆言、陈村、舒婷、林丹娅、周锋、郑秉谦、林斤澜、钱中文、林伟平、水渭亭、王晓鸥等人。26 日船至富春江，两岸景色如画。良辰美景，突然使我想起少时读《大公报》有描述抗战时期重庆文艺界的几句打油诗："芳草何其芳，长歌穆木天。"于是思索一下，把众人名字联成一诗，出示水渭亭、郑秉谦和韩志忠诸人，在他们的笑声中作了修改，遂成游戏诗一首。

与友人同游蠡湖有感①

其 一

友朋自东西，今作蠡湖游。

具区②佳绝地，龟山日夜浮。

学前③同风雨，星散殊命途。

佳期在相逢，何需一孤舟。

其 二

少小离爱乡④，老大思惠泉。

山尽楼林阔，河深龙光⑤斜。

我亦壮思飞，击水曾为先。

今日忆明伦⑥，喜情应无前。

2005 年 5 月

---

① 下面两诗，原作于 1990 年，2001 年回信给无锡市一中同学和 2005 年同级老同学相会于无锡市一中时，曾修改使用过，特此说明。

② 即鼋头渚。

③ 即学前街。

④ 学前街之爱乡桥，今填河筑路，已湮没无存。

⑤ 锡山龙光塔。

⑥ 原无锡市一中的"明伦堂"。